KB180037

「殺人犯を見つけてはいけない家」に
関心をもたれた人たちのおかげです。
ご購読に心より感謝いたします。

실제
十戒

십誡

유키 하루오 장편소설 ─ 김은모 옮김

블룸 6

✛ 차례 ✛

여호와께서 이르시되 보라 내가 언약을 세우나니,

곧 내가 아직 온 땅 아무 국민에게도,

행하지 아니한 이적을,

너희 전체 백성 앞에 행할 것이라.

네가 머무는 나라 백성이 다 여호와의 행하심을 보리니,

내가 너를 위하여 행할 일이 두려운 것임이니라.

구약성서 출애굽기 제34장 10절

섬에는 11월의 바람이 불고 있었다.

작은 섬이다. 동그라미에 가까운 모양이고 지름은 3백 미터가 안 된다. 건물 몇 채와 빈약한 나무들을 제외하면 평평한 지형을 가로막는 것은 없다. 하지만 섬 북쪽에는 잡초가 무성한 곳이 많다.

우리 여덟 명은 섬 동쪽 절벽에 서 있었다.

몸을 내밀자 저 아래에 시체가 보였다. 엎드린 자세로 등에 석궁 화살이 박힌 시체다. 절벽이 가팔라서 내려갈 수 없다. 그래서 얼굴은 확인할 수 없지만 누군지는 안다. 어제까지는 아홉 명이었으니, 여기 없는 사람이 저 시체다.

물론 살인 사건이었다. 범인은 이 중에 있다. 그러나 아무도 경찰에 신고하려 하지 않았다.

통화권에서 이탈했기 때문은 아니다. 외딴 섬이지만 통신 상태가 양호하므로 자유로이 통화할 수 있다. 그래도 신고는 하지 않는다.

섬을 떠나려고도 하지 않는다.

날씨는 좋다. 바람이 너무 강하지도 않다. 통화권이니까 스마트폰으로 전화를 걸어서 배를 부르면 되지만, 사건이 벌어진 섬에 머무르려 한다.

신고하는 것도, 섬을 떠나는 것도 용납되지 않기 때문이다. 금기를 어기면 모두 죽는다.

언제까지 이 섬에 있으면 될까?

사흘 후 날이 밝을 때까지라고 한다.

그리고 무엇보다 중요한 점이 있었다.

이 섬에 있는 동안, 결코 살인범을 밝혀내서는 안 된다.

그것이 우리에게 주어진 계율이었다.

1

⬦⬦⬦⬦⬦⬦⬦⬦

에다우치지마섬

01

폭풍은 물러갔다. 푸른 하늘은 맑디맑았지만 바다는 아직 거칠었다.

스마트폰으로 지도 앱을 확인하자 와카야마현 시라하마에서 약 5킬로미터 떨어진 곳에 있다고 표시됐다. 바다 위니까 실제와 오차가 커도 이상할 것 없다. 현재로서는 전파 상태가 양호하다.

이동 수단은 연식이 있어 보이는 약 15미터 길이의 배였다. 놀러 가는 기분이 나는 크루저가 아니라 실용성을 우선한 낚싯배다. 갑판에 있어도 상쾌한 바닷바람에 섞여 비릿한 해산물 냄새가 몸에 들러붙었다.

이 배는 개발 회사 사람이 준비했다고 한다. 분명 아빠가 그렇게 말했다.

배가 출항한 후, 나는 갑판 제일 뒤쪽 낚시용 자리에 혼자 무릎을 모으고 앉아 있었다. 그리고 함께 승선한 어른들을 별로 신경 쓰지 않으려고 마음먹었다.

어른들도 내게 마음 써줄 여유는 없으리라. 이번 여행에서 나는 그저 곁다리 신세였다.

아빠와 개발 회사 사람이 선실에서 갑판으로 나왔다.

꽤 먼 길이라 숙박할 예정이었는데, 아빠는 평소처럼 털털하게 면바지에 폴로셔츠, 흰색 운동화 차림새였다. 삐죽삐죽한 수염이 눈에 띄는 것도 평소와 다름없었다.

한편 30대 후반으로 보이는 개발 회사 담당자는 키가 190센티미터는 될 법했고, 투 블록 머리에 활동적인 인상이었다. 일전에 인사하러 집에 왔을 때는 양복 차림이었는데 오늘은 인기 있는 작업용품점에서 판매하는 꽤 멋들어진 작업복 차림이었다. 이름은 사와무라라고 했을 것이다.

갑판 뒤편에 멍하니 앉아 있는 내게 아빠가 눈짓을 보냈다.

오른쪽 귀에서 무선 이어폰을 뺐다. 사와무라 씨와 아빠는 갑판 중간쯤에 있었지만 무슨 이야기를 하는지는 들렸다.

"오무로 씨, 섬에 안 가신 지 얼마나 됐다고 하셨죠?"

"10년쯤 됐습니다. 우리 가족은요. 형도 지난 4, 5년간은 안 갔다고 들었고요. 그래서 어떤 상태일지 꽤 겁이 나는군요. 일부러 오셨는데 밤을 못 보낼 정도면 어쩌죠?"

여기까지 오는 도중에도 아빠는 그 걱정만 했다.

"걱정하실 것 없어요. 그럼 오늘 중으로 돌아가면 그만이니까요. 하지만 괜찮지 않을까요? 최악의 경우에는 캠핑할 각오로 왔는데요, 뭘.

개인적으로는 오늘 시찰이 몹시 기대됩니다. 솔직히 이렇게 재미있어 보이는 기획을 진행하기는 쉽지 않거든요. 정말 감사드려요."

아이고, 무슨 말씀을요, 하고 아빠는 어색하게 대답했다. 대인관계가 좋지 못한 성격이라 저자세로 나오는 사와무라 씨를 상대로도 태도가 뻣뻣하다. 가족인 나로서는 보고 있기가 어쩐지 창피했다.

"맑아서 다행입니다. 걱정했었는데요."

"이야, 그러게요. 비가 내리면 섬에 가기가 영 껄끄러울 테니까요."

요 며칠 폭탄 저기압의 영향으로 궂은 날씨가 이어졌다. 출발하기 직전까지 과연 배를 띄울 수 있을지 걱정스러웠지만 날씨가 좋아졌고 바람도 어제보다는 많이 잦아들었다.

두 사람은 앞쪽으로 몸을 돌렸다. 사와무라 씨가 뱃머리 너머를 가리켰다.

"어, 저기죠?"

"아, 맞아요, 맞습니다. 저게 형의 섬입니다."

이야기에 이끌려 나도 슬그머니 일어나서 앞쪽에 보이는 섬의 형체에 시선을 모았다.

아직은 아주 작게 보일 뿐이다. 그래도 어린 시절 기억 속에 간직하고 있는 에다우치지마섬의 모습과 분명 일치했다.

02

에다우치지마섬은 둘레가 1킬로미터도 채 안 되는 작은 무인
도다.

소유자는 내 큰아빠인 오무로 슈조라는 사람이었다.

혼자서 조용히 웹디자이너 일을 하는 아빠와 달리 큰아빠는 훨
씬 독특한 사람이었다.

주식 거래에 재능이 있어서 30대 초에 단기 투자로 큰 자산을
모았다. 그 자산으로 특색 있는 자동차나 건축물을 사들이는 등 사
치스럽게 놀면서 세월을 보냈다.

에다우치지마섬도 큰아빠가 매입한 부동산 중 하나였다. 황폐
한 데다 일본 본토에서 제법 멀어서 아무도 손대지 않던 무인도를
매입하더니, 인력과 자금을 듬뿍 투입해 집과 인프라를 정비한 후,
섬 전체를 개인 별장처럼 사용했다.

아빠는 큰아빠와 성격이 잘 안 맞았던 모양이다. 아빠로서는 어
마어마한 성공을 거둔 형에게 열등감을 느꼈을 테고, 독신인 큰아
빠는 사생활이 그리 깨끗하지 않았다고 한다. 결혼해서 아이를 얻
은 아빠와 소원해진 것도 무리는 아니었다.

그렇다고 왕래가 전혀 없던 것은 아니라서 1년에 한두 번은 만나기도 했다. 그리고 같이 있을 때 큰아빠는 늘 상냥했다.

초등학생 때 큰아빠의 제안으로 에다우치지마섬에 몇 번 갔었다.

큰아빠가 섬에 지은 집은 조그마한 펜션같이 예쁜 목조건물이었다. 거기서 낚시, 별구경, 불꽃놀이 등을 하며 지냈다. 다른 데서도 얼마든지 할 수 있는 일이지만, 그때의 일은 내 가슴속에 특히나 선명한 어린 시절의 추억으로 남아 있다.

하기야 불꽃놀이만큼은 다른 데서도 할 수 있다고 말하기가 미안할 정도로 호화스러웠다. 이웃들의 눈치를 볼 필요가 없으므로 불꽃놀이 대회라도 열 수 있을 만큼 화려하고 커다란 불꽃을 쏘아 올렸다.

초등학교 6학년 때 마지막으로 섬에 갔었다. 그 무렵 오빠가 진학한 것을 계기로 가족이 모두 도쿄로 이사했다.

중학생이 되자 동아리 활동으로 바빠졌다. 가는 데만 꼬박 하루가 걸리는 섬에 굳이 놀러 갈 마음은 없었다. 큰아빠와 만날 기회도 예전보다 더 적어졌다.

그리고 3주 전. 큰아빠가 갑자기 돌아가셨다.

홋카이도에서 교통사고를 당했다. 병원에서 걸려온 전화를 받고서야 우리 가족은 큰아빠가 홋카이도에 갔었다는 사실을 알았다. 요 한동안은 그만큼 서로 연락이 뜸했다.

아빠가 홋카이도로 가서 큰아빠를 화장하고 유골을 받아서 돌아왔다. 다른 가족은 바빠서 모두 집에 있었다. 생전에 큰아빠가 필요 없다고 했으므로 장례식도 치르지 않았다.

별로 슬프지는 않았다. 못 본 지 꽤 오래됐고, 전화로만 부고를 전해 들어서 그런지 실감이 나지 않았다. 돌아가신 큰아빠를 직접 봤다면 분명 눈물이 났으리라. 일단 거실 안쪽에 놓아둔 뼈단지를 보자 구슬픈 기분이 들기는 했다.

큰아빠가 돌아가신 일로 이것저것 뒤처리를 하고 며칠 지났을 무렵. 니초 관광 개발이라는 회사에서 갑자기 아빠에게 연락이 왔다. 큰아빠가 소유한 섬에 관해 상담하고 싶다는 이야기였다.

큰아빠와 개인적으로 친분이 있는, 담당자 사와무라 씨는 큰아빠와 잡담을 하다가 에다우치지마섬에 대해 들었다고 한다.

큰아빠도 오랫동안 섬에 가지 않았다. 불규칙한 생활로 다리가 안 좋아지자 배를 준비해 섬에 건너가기가 귀찮아진 것이다.

그래서 사와무라 씨는 이런 생각을 했다. 에다우치지마섬 전체를 정비해서 통째로 빌려주는 리조트 사업을 하면 어떨까.

생전에 큰아빠는 본인이 드나들지 않더라도 섬을 내놓을 생각은 없었던 듯하다. 어쩔 수 없이 사와무라 씨는 계획을 가슴에 묻어두고 큰아빠에게 상담하지 않았다.

하지만 큰아빠가 돌아가시자 계획이 다시 진행됐다.

사와무라 씨는 오무로네가 고인과 그다지 친밀한 사이가 아니었다는 걸 눈치챘으리라. 사십구재를 지내기 전에 연락해도 기분이 상해서 퇴짜를 놓지는 않으리라고 예상한 듯했다.

물론 오무로네에게는 아주 매력적인 계획이었다. 이제 갈 일이 없는 무인도가 돈이 된다니 고마울 따름이다.

일단 섬을 시찰해서 리조트 사업 계획에 현실성이 있는지부터 검토하기로 했다.

그 후로는 깜짝 놀랄 만큼 일이 순조롭게 진행됐다.

일정은 11월, 사흘 연휴를 앞둔 목요일과 금요일로 정했다. 하룻밤 묵기로 한 건 애당초 도쿄에서는 당일치기가 불가능한 데다 숙박 시설을 차리기로 했으니 밤에 섬의 상태가 어떤지도 확인해야 한다고 판단해서다.

오무로네에서는 이번 시찰에 동행할 사람을 정하기 위해 가족 회의를 열었다.

아빠는 개인사업자라 시간을 조정할 수 있어서 당연히 가기로 했고, 엄마는 자치회 업무를 내버려두고 갈 수가 없어서 집에 남기로 했다. 취직 3년 차인 오빠도 이틀이나 유급휴가를 쓰기는 어려우므로 불참했다.

결국 함께 갈 여유가 있는 사람은 예대를 목표로 삼수 중인 막내, 나뿐이었다.

03

저 멀리 보이던 섬이 점점 커졌다. 사와무라 씨와 아빠는 앞을 바라보며 이야기를 나누었다.

"한 15분쯤이면 도착할까요?"

"어, 그렇지 않을까요? 피곤하시죠? 먼 걸음 하시게 해서 정말 죄송합니다."

저쪽에서 먼저 제안했으니 그렇게 송구스러워할 필요는 없지 않나 싶었다.

사와무라 씨는 호들갑스럽게 손을 내저었다.

"아이고, 무슨 말씀을. 다 알고 왔는데요, 뭘. 저희야말로 슈조 씨가 돌아가신 지 얼마 되지도 않았는데, 이런 제안을 해도 되나 걱정했는걸요. 그렇다고 너무 기다렸다간 더 추워질 테니 마음이 급해서요."

"그럼요. 오늘도 날씨가 맑은 건 다행이지만, 기온이 많이 떨어졌으니까요. 바람이 불면 몸이 으슬으슬합니다."

"안으로 들어가실까요?"

사와무라 씨가 배려하듯 말했다.

두 사람은 좁은 문을 통해 선실로 향했다. 선실로 들어가기 직전에 아빠가 고개를 획 돌리고 말을 걸었다.

"리에, 위에 뭐라도 하나 걸치지 그러니? 춥잖아. 감기 걸릴라."

"괜찮아."

나는 아빠를 외면하며 대답했다.

아빠가 사준 노란색 바람막이를 가져왔지만 소맷자락의 촌스러운 고무 부분이 마음에 들지 않아서 똘똘 뭉쳐 가방에 처박아 두었다.

"정말? 추우면 참지 말고 껴입어."

"응."

"실수로 바다에 빠지지 말고."

"응."

아빠는 드디어 참견을 그치고 선실로 돌아갔다.

무선 이어폰을 다시 귀에 꽂았다. 최신 애니메이션 주제가로 구성한 플레이리스트가 흘러나왔다.

갑판 구석에 웅크려 앉아 있으니 이럴 줄 알았으면 따라오지 말걸 그랬다는 후회가 가슴속에 차츰차츰 퍼져나갔다.

기분 전환이 되지 않겠니?

아빠는 그렇게 말했다. 나도 오기 전에는 그럴 것 같았다.

국립 예술대학 디자인과에 도전했다가 두 번 물 먹었다. 지금은 세 번째 입시를 준비 중이다.

요즘은 고등학교 친구와 연락하기도 거북하다. 입시학원 사람들과는 원래 그다지 사이가 좋지 않았다.

작년까지는 패밀리 레스토랑에서 아르바이트를 했다. 일은 재미있었지만, 공부를 소홀히 해서 또 떨어질 바에야 그만두라는 부모님의 성화에 올해는 아르바이트를 하지 않는다.

그 결과, 집과 학원만 왕복하는 생활이 몇 달이나 계속됐다.

가슴이 답답하고 울적함이 쌓이는 걸 스스로도 알 수 있었다.

내년에 무사히 합격만 하면 환경이 싹 달라진다. 그런 생각에 매달리자 불합격했을 때를 상상하기가 두려워서 비명을 지르고 싶어졌다.

그런 상황이라 처음에는 이번 여행에 적극적이었다. 아직 시험 일정이 촉박하지도 않거니와 고작 1박 2일이다. 아빠와 함께 가는 것이 조금 싫기는 했지만, 어쩌면 에다우치지마섬을 방문할 기회가 다시는 없을지도 모른다.

그렇다면 추억이 담긴 그 섬을 마지막으로 한번 둘러보고 싶었다. 어렸을 때 섬에 가기 전날이면 가슴이 두근거렸던 것이 생각났다. 잠깐이나마 현실에서 도피할 수 있을 터였다.

하지만 아직 섬에 도착하지도 않았는데 벌써 넌더리가 났다.

관광 개발 회사 사람과 건설 회사 사람, 그리고 부동산 회사 사람과는 오후 2시쯤에 어업용 항구에서 만났다.

니초 관광 개발에서는 사와무라 씨와 젊은 여자 인턴 아야카와 씨가 왔다.

건설 회사는 구사카 건축사무소라는 곳으로 수십 명 규모의 회

사라고 한다. 오늘은 사장 구사카 씨가 여자 건축사와 함께 출장을
나왔다.

구사카 씨는 몸집이 작은데도 풍채가 좋아 보이는 50대 아저씨
였다. 건축사 노무라 씨는 머리를 갈색으로 염색하고 테가 날렵한
스포츠 안경을 쓴 마흔 살 전후 아줌마였다. 어쩐지 깐깐해 보이는
건 고등학교 시절 국어 선생님과 닮았기 때문인지도 모른다.

부동산 회사의 이름은 하제쿠라 부동산이었다. 역시 두 명이 나
왔다. 머리를 밝은색으로 염색한 30대 초반 남자 후지와라 씨와
그보다 10여 살 많아 보이는 중년 남자 오사나이 씨였다. 둘 다 기
능성을 중시한 아웃도어 패션차림이었다. 평범한 회사원보다 소탈
한 인상인 건, 도시의 맨션이나 연립주택이 아니라 이런 별난 물건
을 많이 다뤄서 그런 걸까.

그리고 업무 관계는 아니지만 돌아가신 큰아빠의 친구였다는
사람도 한 명 왔다.

이름은 야노구치, 나이는 큰아빠와 비슷해 보였다. 섬을 시찰하
기에는 어울리지 않는 해외 명품 캐주얼 정장과 비싸 보이는 시계
가 조금 눈에 거슬렸다.

하지만 차와 옷에 돈을 쓰던 큰아빠와 비슷한 구석이 있으니 유
유상종 같기도 했다. 고인과 함께한 추억을 되돌아보기 위해 동행
하길 원했다고 한다.

이 일곱 명에 나와 아빠를 더해서 시찰 여행 참가자는 총 아홉

명이었다.

초면인 사람도 있고, 예전에 안면을 튼 사람도 있었다. 배에 오르기 전에 명함을 교환하고 인사를 했다.

나를 제외한 여덟 명은 정겹게 인사를 나누었다. 시찰이라고 해도 리조트 계획에 현실성이 있을지는 모를 일이다. 오늘은 그저 사전 조사에 지나지 않으며, 계획을 진행하기가 어렵다고 판단된들 침울해하는 것도 바보 같은 짓이다. 그래서인지 힐링 여행이라도 가듯 마음 편한 분위기가 감돌았다.

다들 한 차례 말을 나눈 후, 아빠가 나를 소개했다.

"저희 집 막내인 리에입니다. 이야, 웬만하면 가족이 다 함께 오고 싶었지만 평일이라서요. 딸아이만 시간이 났어요."

아빠는 어중간하게 웃음을 지었다. 딸을 자랑스러워하는 건지 부끄러워하는 건지 모를 표정이었다.

"안녕하세요. 리에입니다."

공손하게 고개를 숙이자 사람들은 몇 살이냐는 둥 요즘은 뭘 하느냐는 둥 제각각 질문을 했다.

올해 열아홉 살이고 예대를 목표로 공부 중이라고 대답하자 굉장하다는 둥, 붙으면 좋겠다는 둥, 공부 열심히 하라는 둥 마치 장단을 맞추듯 한마디씩 던졌다. 그리고 금방 에다우치지마섬 개발 계획 이야기로 돌아갔다.

그들은 내가 예대에 합격하든 말든 상관없고 내 인생에도 별 관심이 없다. 그렇듯 너무나도 당연한 사실에 나는 상처를 받았다.

앞으로 이틀간 입시를 전혀 걱정하지 않는 척하며 내게 별 흥미가 없는 낯선 사람들과 함께 시간을 보내야 한다.

오기 전에 짐작했어야 했다. 어른들에게 둘러싸이는 순간부터 여행이 답답하게 느껴지리라는 것을.

04

곧 섬에 도착할 예정이었다. 하지만 일단 선실도 돌아가기로 했다.

어른들과 얼굴을 마주하고 있으면 피곤하다. 그렇다고 고등학교를 졸업한 지 한참 됐는데 어린애처럼 낯을 가린다는 말을 듣기도 싫었다. 그리고 후드티 위에 구명조끼만 입고 있으니 아빠 말대로 점점 추위가 몰려왔다.

페인트가 벗어진 갑판 문으로 들어가자 선실이 나왔다.

길쭉한 선실의 긴 변에 딱딱한 의자가 마주 보고 놓여 있었다. 사람들은 최대한 편한 자세로 앉아서 담소를 나누고 있었다.

"오, 어서 오렴, 리에."

건설 회사 사장 구사카 씨가 과장된 어조로 말을 걸었다.

"밖에 바람 많이 불지 않아?"

"아, 네. 추워져서 들어왔어요."

"아아, 그렇구나. 기껏 여기까지 왔는데 나같이 꾀죄죄한 아저씨랑 함께라니 미안해. 그래도 편하게 있으렴."

어색한 웃음을 짓는 것 말고는 뭘 어쩌면 좋을지 난감했다.

할 말을 다 했는지 구사카 씨도 대답을 기다리지 않고 부동산 회사의 후지와라 씨와 잡담을 시작했다.

나는 문 근처 의자에 앉아 몸을 움츠렸다.

맞은편에 앉은 아빠는 건축사 노무라 씨의 질문을 받고 섬의 지형과 건물에 대해 알려주는 중이었다.

"섬 둘레가 1킬로미터 안쪽이라고 하셨죠?"

"어, 그렇습니다. 그 정도예요."

노무라 씨는 가지런히 모은 넓적다리 위에 세련된 가죽 수첩을 펼치고 연필로 메모했다.

"섬에는 어떻게 상륙하나요? 선착장 같은 게 있나요?"

"아아, 네. 북쪽에 잔교가 하나 있어서 거기에 배를 댈 수 있습니다. 거기 말고는 전부 절벽이에요. 높이는 대략 8, 9미터쯤 되고요. 마치 바다에 떠 있는 병뚜껑 같다고 할까요. 그런 섬입니다."

"아, 병뚜껑이라면 옛날에 탄산음료에 사용됐던 왕관처럼 생긴 건가요? 과연, 알겠습니다. 그럼 섬 위는 어떤 느낌인가요? 죄송해요, 곧 도착하면 알겠지만 어쩐지 먼저 들어두고 싶어서요."

"아니요, 아니요, 괜찮습니다. 지형은 대체로 평평해요. 위에서 봤을 때도 꽤 동그랗고요.

주요 건물은 펜션 같은 집입니다. 섬 남서쪽에 있죠. 그리고 제법 큰 작업장이 섬 한복판에 있고요.

그러고는 한두 명이 쓸 수 있는 작은 방갈로가 띄엄띄엄 자리 잡고 있습니다. 다섯 채든가. 방갈로와 펜션이 작업장을 둘러싼 형태예요. 어디서나 바다가 잘 보이도록 그렇게 배치했죠."

"그렇군요. 별나군요. 형님이 만드신 거죠?"

"네. 그리고 섬 둘레를 빙 걸어 다닐 수 있도록 길을 내놨어요. 하지만 가장자리가 절벽이라 손님에게 빌려줄 거면 울타리를 설치해야 할 겁니다. 위험하니까요."

"알겠습니다. 뭐, 그건 보고 나서 천천히 생각하죠."

"네, 부탁드립니다. 아참, 작업장 아래에는 지하실도 있습니다. 이런 외딴 섬에다 용케 그런 걸 만들었구나 싶다니까요."

아빠는 스마트폰을 꺼내서 옛날에 찍은 에다우치지마섬 사진을 노무라 씨에게 보여주었다.

아빠가 여자와 얼굴을 가까이 대고 작은 화면을 들여다보는 모습이 눈꼴시어서 나는 비스듬히 시선을 돌렸다.

부동산 회사의 후지와라 씨는 아까부터 구사카 씨와 부동산 매매 이야기를 하고 있었다.

"앞으로 인구가 줄어들어서 땅값이 떨어진대도 매도할 방법은 많을 겁니다.

예를 들어 경치는 아주 좋지만 경사가 심한 탓에 중장비를 들여

놓질 못해서 건물을 짓기 어려운 곳이 많잖아요. 매력은 있지만 매입자가 나서지 않을 것 같은 곳요. 아니면 그런 땅을 샀지만 결국 사용하기 힘들어서 방치하는 사람도 있을 테고요.

하지만 생활할 수 있도록 하면 단숨에 가치가 뛰어올라요. 그럼 매도할 수 있죠.

요컨대 조건이 안 좋은 땅에 집을 짓는 노하우가 있는 업체와 제휴해서 분양주택 사업을 할 수 없겠느냐는 거죠. 구사카 씨 회사는 그런 쪽에 일가견이 있지 않습니까?"

"오오, 그렇지. 촌 동네 회사니까. 그런 일을 자주 맡아."

"오늘은 그런 쪽으로 공부도 할 겸 따라왔습니다. 어떻게 보면 이 섬도 그런 곳이잖아요?"

"뭐, 그렇지. 하지만 솔직히 이 섬에는 건물을 새로 짓기가 쉽지 않을 거야. 지금 있는 건물을 얼마나 재활용할 수 있느냐에 달렸다고 할까. 자재를 운반하기가 워낙 힘들 테니까."

두 사람은 곁에서 이야기를 듣는 내가 에다우치지마섬에 애착을 품고 있다는 걸 까맣게 잊은 눈치였다. 두 사람이 섬을 그저 상품으로 여긴다는 것을 알자 서운함과 씁쓸함이 밀려왔다.

이번에는 구사카 씨와 후지와라 씨 맞은편에 시선을 주었다. 부동산 회사에서 나온 오사나이 씨와 큰아빠의 친구 야노구치 씨가 앉아 있었다.

야노구치 씨는 자기 손목시계를 오사나이 씨에게 구경시켜주고 있었다.

"이거, 언제 사신 겁니까?"

"벌써 10년이 흘렀군. 당시에는 그렇게 비싸지 않았어. 요 몇 년 새 가격이 뛰어오른 거야. 게다가 요즘 엔저라서 한 재산 톡톡히 챙긴 셈이지. 참 고마운 세상이야."

"우와, 부럽네요. 저희가 부동산으로 어떻게든 조금이라도 수익을 내려고 아등바등하는 게 바보같이 느껴지는데요."

"에이, 그것도 대단한 일이잖아. 난 엄두도 안 나는걸."

이 두 사람은 초면이라고 들었다. 그런 것치고는 돈 냄새를 풀풀 풍기는 대화로 쿵짝이 잘 맞았고 짐짓 서로를 치켜세우는 것처럼 느껴졌다.

어디를 봐도 나와는 무관한 이야기뿐이었다.

졸린 척하며 무릎에 양손을 모으고 고개를 숙였다. 이대로 섬에 도착할 때까지 시간을 보낼 작정이었다.

하지만 옆에서 시선이 느껴져 고개를 들었다.

니초 관광 개발의 인턴 아야카와 씨가 이쪽을 살피고 있었다.

캐주얼한 면바지에 물방울무늬 아웃도어 재킷 차림의 아야카와 씨는 나처럼 이 자리가 약간 불편한 듯 움츠린 자세로 앉아 있었다.

"아, 미안해요."

내가 시선을 알아차리자 아야카와 씨는 웃음을 지었다.

업무차 모인 어른들 가운데 아야카와 씨만 대화에 끼지 않고 내내 조용히 있었다. 긴장한 것처럼 보이기도 했다. 인턴이니 당연한지도 모른다.

"리에 씨는 얼마 만에 섬에 가는 거예요?"

갑판에서 사와무라 씨가 아빠에게 했던 질문과 똑같았다. 아야카와 씨는 아까부터 말을 걸 기회를 노리고 있던 것 같았다.

"초등학교 6학년 때 이후로 처음이에요."

"그렇구나. 오랜만에 가는군요. 기대돼요?"

"아니요, 별로. 하지만 마지막으로 어떤 섬이었나 봐두고 싶어서요."

"섬에 리조트가 들어서는 건 어때요? 섭섭해요? 아니면 재미있다거나?"

"어, 솔직히 아무래도 상관없어요. 제 알 바 아닌걸요."

대답하자마자 무뚝뚝한 자신의 태도가 싫어졌다.

그래서 얼버무리듯이 물어보았다.

"아야카와 씨, 이런 곳까지 오기 힘들지 않으셨어요? 섬에서 밤도 보내야 하잖아요."

"그야 일이니까요. 원래 야외 활동을 좋아해서 이런 일이 그렇게 싫지는 않아요. 원래는 오늘 참가할 예정이 아니었는데 제가 안 가면, 남녀 비율이 안 맞으니까 같이 가자고 사와무라 씨가 부탁하더라고요. 재미있어 보이는 곳이라 좋은 경험이 되지 않을까 싶네요."

쑥스러워하는 아야카와 씨의 얼굴을 보고 있으니 창피함이 솟구쳤다.

남녀 비율이 안 맞으니까 같이 가자고 부탁받았다. 아야카와 씨 말로는 그렇다지만, 부동산을 시찰하러 가면서 군이 성비를 조정할 필요는 없으리라.

요컨대 아야카와 씨는 애 보기 역할로 참가한 것이다. 아빠가 부탁한 건지, 아니면 사와무라 씨 쪽에서 배려한 건지는 모르겠지만 내가 참가하기로 해서 나와 되도록 나이가 비슷한 여직원을 동행시킨 것이리라.

나는 올해 열아홉 살이니까 일단 성인이다. 그런데도 초등학생이나 마찬가지 취급이다.

스스로가 한심해졌다. 그렇다고 불쾌해하거나 토라질 수도 없는 노릇이다. 어쨌든 아야카와 씨와 내일까지 원만하게 지내야 하리라.

"난 예술을 전혀 모르지만 예대는 경쟁률이 굉장하다고 하던데요. 들어가기 엄청 어렵다고요. 아, 이런 이야기 괜찮나? 미안해요, 무신경해서."

"아니요, 괜찮아요. 들어갈 수 있을지는 솔직히 모르겠네요."

그 후로도 아야카와 씨는 입시학원이 재미있는지, 왜 예대에 가고 싶은지 등등 뻔한 질문을 던졌다.

물어봐도 난감하다. 초면인 사람에게 해줄 대답은 준비해뒀지만, 그걸 입에 담기도 지긋지긋했다.

진짜 이유를 말해본들 무슨 소용이겠는가. 원래 애니메이션을 좋아해서 그쪽 분야의 전문대에 갈 생각이었지만, 아빠가 4년제 대학교에 가길 원했다는 것. 나도 예대에 왠지 모를 동경심이 있어서 목표로 삼았다는 것. 그런 이야기를 해봤자 부질없다.

"……어쩐지 죄송하네요. 겨우 이틀 볼 사이인데 신경 쓰게 해서요."

어차피 내일이면 헤어질 텐데, 마음을 터놓은 척해봤자 허무할 따름이다.

그런데 아야카와 씨가 갑자기 진지한 표정을 지었다.

"글쎄? 꼭 오늘과 내일뿐이라고 정해진 건 아니잖아."

"네?"

"뭐, 내일 헤어져서 다시는 만나지 않을 사람이라면 시시한 잡담을 노닥거려본들 확실히 시간 낭비겠지.

물론 우연히 함께한 사람은 보통 그 한때가 지나면 인연이 끝나지만, 가끔 안 그런 경우도 있거든. 그래서 난 이 사람과 다시 만날지도 모른다는 마음가짐으로 대화를 나눠. 리에 씨에 대해 아직 아무것도 모르니까 나중에 어떻게 될지 모르잖아?

미안해. 말솜씨가 좋으면 좀 더 자연스럽게 재미있는 대화를 나눌 수 있을 텐데."

무난한 이야기를 늘어놓던 아야카와 씨가 느닷없이 자신의 대인관계 전략을 털어놔서 당황스러웠다.

그것은 잡담을 적당히 받아넘기려던 내 약아빠진 속마음을 상냥하게 타이르는 말이었다. 어른들의 자잘한 배려를 참견이라 여기면서도 막상 방치되는 건 싫고 그들이 알아서 이해해주기를 기대한다. 그런 인간이 바로 나였다.

내 유치한 면모에 스스로도 몹시 짜증이 났다. 그리고 아야카와 씨가 이왕 이렇게 말해줬으니 그 친절에 한번 기대보자는 기분이 들었다.

"……솔직히 입시학원은 하나도 재미없어요. 어린 애들이 많아져서 말이 통하는 사람도 없고."

"그렇구나. 뭐, 입시를 준비하러 가는 곳이니까. 다들 신경이 날카롭기도 할 테지."

아야카와 씨는 그런 이야기를 듣고 싶었다는 듯 고개를 끄덕였다.

대수롭지 않은 투로 말했지만 실은 상황이 좀 더 좋지 않다.

작년에 재수할 때 나는 입시학원 강사에게 제일 높은 평가를 받았다. 합격자가 나온다면 오무로 리에일 것이라고 강사는 장담했다. 나도 합격은 따 놓은 당상이라는 기분으로 주변 학생들에게 잘난 척 조언했다.

하지만 막상 결과가 나오자 나는 꼴사납게 떨어졌다. 물론 경쟁률이 높은 곳이니까 두 번 미끄러질 수도 있다고 받아들이는 수밖에 없었지만, 내가 잘난 척 조언해주었던 학생 중 몇몇은 붙었다.

내가 떨어질 수도 있다는 건 잘 알고 있었지만 내가 떨어지고 다른 사람이 합격할 가능성은 상상도 해보지 않았다. 다른 학생들의 실력을 보고 그런 일은 없을 것이라 단정했다. 주변 학생들보다 내가 뛰어나다는 사실만큼은 의심하지 않았다.

나 빼고 전부 다 합격했다면 차라리 나았겠지만 물론 그런 일은 일어나지 않았다. 예대 입시학원은 흔하지 않으므로 그렇다고 올해부터 학원을 옮길 수도 없었다. 강사에게 칭찬받고 우쭐해져서 잘난 척 굴다가 불합격해서 콧대가 꺾이는 나의 모습을 모조리 지켜본 재수생 몇 명과 함께 같은 입시학원에 계속 다니고 있다.

진실을 일부 밝히자 갑자기 마음이 어수선해졌다. 그런 사정을 아야카와 씨에게 털어놓고 싶어졌다. 하지만 선실에 있는 다른 사람들 귀에 들어가는 건 싫었고, 아야카와 씨와도 이제 막 인사를 나눈 사이다.

1박 2일 일정이니 또 이야기할 기회가 생기리라. 재치 있는 대답은 기대하지도 않거니와 말한다고 상황이 해결되는 것도 아니지만, 진지하게 들어줄 것 같기는 했다.

할 일이 없어 보이던 여행에 조그마한 목적이 생겨서 기뻤다.

잠시 후 엔진 소리가 낮아지고 배가 속력을 늦췄다.

선장이 선실로 왔다.

"여러분, 다 왔습니다. 잔교 바로 옆까지 왔어요."

"아, 네, 네. 감사합니다."

아빠가 일어서자 다른 사람들도 짐을 챙겨서 일어섰다. 이제 코앞이라는 에다우치지마섬을 보러 줄줄이 갑판으로 향했다.

나는 아야카와 씨와 함께 마지막으로 선실을 나섰다.

05

배가 잔교에 조금씩 가까워지자 현기증이 날 만큼 강렬한 향수에 휩싸였다.

바다는 검푸르고 거칠다. 에다우치지마섬의 깎아지른 듯한 절벽이 눈앞에 보였다.

딱 한 곳, 경사가 완만해진 부분에서 바다로 잔교가 튀어나와 있었다.

전부 어렸을 적에 보았던 모습 그대로였다. 다만 통나무를 늘어놓은 잔교는 삭아서 거무튀튀해졌다.

그리움과 함께, 실감 나지 않았던 큰아빠의 죽음이 갑자기 슬프게 다가왔다.

"꽤 큰 배도 댈 수 있겠는데요?"

사와무라 씨가 엔진 소리에 지워지지 않게 큰소리로 아빠에게 말했다.

"네. 수심이 제법 깊으니까요. 뭐, 여기에 머무른다고 해도 기껏해야 스무 명쯤이겠죠. 그 정도 배라면 아무 문제 없어요."

"공사할 때 이것저것 옮겨야 할 테니 다행이네요. 뭐, 중장비를 들여놓아야 한다면 모르겠지만, 최소한의 자재를 옮기는 데는 별 문제 없을 것 같죠?"

"응, 그러게."

뱃전에서 몸을 내밀고 절벽을 바라보던 구사카 씨가 맞장구를 쳤다.

잔교 측면에는 너덜너덜한 고무 타이어를 동여매 놓았다. 낚싯배는 신중하게 잔교에 접안했다.

좁은 발판이 잔교에 내려졌다.

"웃차. 자, 조심해서 내려가시죠."

선장의 재촉에 우리는 한 명씩 조심조심 잔교로 내려갔다.

발판이 휘어져서 식은땀이 났다. 자칫해서 떨어지면 큰일 난다. 어렸을 적에 이 바다는 위험하다고 큰아빠가 잔뜩 겁을 줬던 기억이 되살아났다. 해류가 빨라서 절대로 물에 들어가면 안 된다고 들었다. 그게 아니더라도 11월이니 수온이 낮아서 위험하다.

사와무라 씨는 짐이 유난히 많았다. 사람들이 먹을 식료품과 물을 가져왔기 때문이다. 그는 커다란 보냉백 두 개와 생수 페트병이 든 배낭을 아야카 씨와 함께 옮겼다.

아빠는 20리터짜리 휴대용 휘발유통을 가져왔다. 발전기를 작동시키려면 필요하다.

모두가 배에서 내리고 구명조끼를 반납했다. 선장이 큰소리로

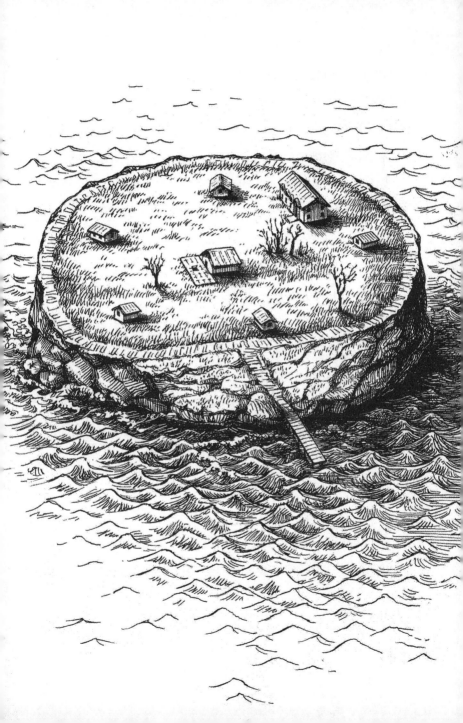

물었다.

"내일은 낮에 오면 된다고 했던가요?"

"아아, 그러니까."

사와무라 씨가 스마트폰을 꺼냈다. 나도 따라서 청바지 호주머니에 손을 넣었다.

"……그렇긴 한데요. 내일 아침에 전화로 정확한 시간을 말씀드려도 될까요?"

"내일 전화로. 알았어요. 오늘은 예약이 잡혀 있어서 무슨 일 있어도 저녁에는 못 옵니다. 조심하세요. 그럼."

감사합니다, 하고 우리는 인사를 하고 멀어지는 배를 배웅했다.

잔교를 건너자 땅이 질척질척했다. 어제까지 파도가 심해서 바닷물을 뒤집어쓴 듯했다.

다들 물기가 없어 보이는 곳을 골라서 걸음을 옮겼다. 하지만 야노구치 씨가 진창을 밟았다. 찰박, 하고 소리가 나서 모두의 시선이 그쪽에 쏠렸다.

"으아. 아차차, 신발 버렸네."

"어, 괜찮으세요? 땅이 안 좋아서 죄송합니다."

어째선지 아빠가 사과했다.

"아니, 괜찮아. 당연히 진창도 있겠지."

비싸 보이는 검은색 운동화가 진흙 범벅이 됐지만 야노구치 씨는 전혀 신경 쓰는 기색이 아니었다.

여기는 섬 북쪽 끄트머리에 해당한다.

"좀 걱정했는데 전파는 문제없이 잘 수신되네요. 인터넷이 안 되면 손님이 묵기는 어려울 테니까요. 뭐, 최근에는 위성으로 인터넷 서비스를 제공하기도 하니까, 어떻게 되기는 되겠지만요."

사와무라 씨는 누구에게랄 것도 없이 말했다. 다른 사람들도 스마트폰을 확인했다.

외딴 섬이기는 하지만 내 스마트폰도 전파 상태가 양호했다. 옛날에 왔을 때는 아빠와 큰아빠가 전파가 잘 안 잡힌다며 스마트폰을 들고 섬을 이리저리 돌아다녔던 걸 생각하면 몇 년 새 기지국이 늘었든지 관련 기기의 성능이 좋아진 것이리라.

잔교에서 이어지는 비탈길을 올라가자 둘레 1킬로미터가 안 되는 섬이 손바닥 들여다보듯 눈에 훤히 들어왔다.

아까 아빠가 노무라 씨에게 설명했듯이 섬은 동그라미에 가까운 모양이고, 잔교로 이어지는 비탈길을 제외하면 지면은 평평하다. 섬 한복판에는 작업장이 있고, 거기서 바큇살이 뻗어 나간 듯한 형태로 주거용 건물이 배치돼 있다.

비탈길 어귀에는 약 4.5평 크기의 작은 방갈로가 있다. 수도 시설은 없고 잠만 자기 위한 공간이다.

이것과 똑같이 생긴 방갈로가 네 개 더 있다. 그리고 나침반 기준으로 남서쪽에 있는 것이 주요 거주 시설인 별장이다.

군데군데 석류나무와 비파나무를 심어두었다. 오랫동안 내버려
둔 데다 기름진 땅도 아니라서 나무들은 반쯤 시들었다.

섬 가운데를 바라보자 어렸을 적에 뛰어다니며 놀았던 땅은 참
억새와 단풍잎돼지풀로 덮여 있었다.

키가 160센티미터인 나보다 더 크게 자랐다. 풀들이 다발을 지
어놓은 것처럼 빽빽하게 우거져서 발도 못 들여놓을 지경이었다.

옛날에는 섬 어디에도 저런 풀이 없었는데 어느 틈에 자리를 차
지한 걸까. 큰아빠가 섬에 발길을 끊은 몇 년 동안 이만큼 무성하
게 자라다니 대단한 생명력이다.

우리 아홉 명은 비탈길 어귀에서 한동안 섬의 현재 상태를 찬찬
히 관찰했다.

"황폐해졌네. 알고는 있었지만."

아빠는 운동화 밑창으로 단풍잎돼지풀을 밟아서 넘어뜨리며 투
덜거렸다.

"용케도 이렇게나 자랐네. 형이 드나들던 시절에는 부지런히 제초
해서 깔끔했었거든요. 그런데 어느새 이렇게 뿌리를 내렸나 몰라."

"뭐, 잡초 정도라면 큰 문제가 아니지. 귀찮긴 해도 베어버리면
그만이니까. 더는 못 자라게 할 방법도 많고."

구사카 씨는 그렇게 말하고 방갈로로 다가가서 외벽을 살펴보
았다.

"이거, 꽤 좋은 자재를 썼군. 수입재야. 안목이 있어. 아까우니까

되도록 그대로 놔두면 좋겠는걸."

큰아빠는 건물을 지을 때 남미산 고급 자재를 썼다고 늘 자랑했다.

건물 색깔이 칙칙해지기는 했지만 허름해진 느낌은 아니었다. 고압 세정이라도 하면 금방 깔끔해질 듯했다.

"저기, 어떻게 할까요? 일단 짐부터 풀까요?"

"그러시죠. 그리고 섬 전체를 둘러보도록 하겠습니다. 서두르지 않으면 금방 어두워질 테니까요."

아빠와 사와무라 씨가 이야기를 마무리 지었다.

섬 둘레에는 선로의 침목처럼 판재를 빙 깔아서 산책로를 만들어놓았다. 판재는 대부분 흙에 파묻혀 있었지만 여기에는 잡초가 번식하지 않았다. 잡초가 자라지 못하도록 무슨 대책을 강구했다고 큰아빠에게 들었던 기억이 났다.

북쪽에서 섬 가장자리를 서쪽으로 걸어서 별장으로 향했다. 잡초 때문에 섬 한복판을 가로질러 갈 수는 없다.

아야카와 씨가 사와무라 씨에게 받은 보냉백을 끌어안고 옆을 걸어갔다. 무거워 보였다.

"저어, 그거, 들어드릴까요?"

"응? 괜찮아. 이제 다 왔는걸. 고마워."

확실히 별장은 코앞이었다. 도와줄 거면 좀 더 빨리 말했어야 했다. 배려한답시고 어설프게 나선 것이 부끄러워졌다.

남쪽 바다를 향한, 별장 현관에 도착했다.

아빠는 펜션 같은 집이라고 했다. 확실히 장식이 더덕더덕하니 거품 경제 시절의 호사로운 분위기가 감도는 별장이다. 역시 남미의 실팍한 나무를 써서 만든 건물로 황매화빛 외벽은 칠이 군데군데 벗어졌다.

"안에 들어가기 전에 섬을 먼저 한 바퀴 둘러볼까요?"

아빠의 제안에 따라 다들 현관 포치에 짐을 내려놓았다.

가벼워진 몸으로 산책로를 동쪽으로 나아갔다.

후지와라 씨는 산책로에서 절벽 쪽으로 몸을 내밀어 아래를 바라보았다.

"으아, 떨어지면 뼈도 못 추리겠네. 영업하려면 울타리는 필수겠어요."

절벽 아래까지는 9미터쯤 된다. 파도가 치는 곳도 있고 험한 바위터가 드러난 곳도 있다. 떨어지면 무사하지 못할 것이다.

이 절벽 때문에 내가 초등학교 저학년 때는 섬에 데려올 수 없었다고 아빠에게 들었다. 분별력 없이 천방지축으로 절벽에 다가가면 어쩌나 걱정됐다고 한다.

돌이켜보면 초등학교 고학년 때도 위험하지 않았을까. 주변에 아무도 없을 때 나는 절벽 가장자리에 걸터앉아 바다를 바라보곤 했다.

이제는 어떻게 그렇게 무서운 짓을 했는지 신기할 따름이다. 어렸던 탓에 위험을 느끼는 감각이 충분히 발달하지 않았던 걸까.

"섬 전체에 울타리를 둘러쳐야 하겠군요. 큰일이네. 현재로서는 제일 예산이 많이 들 것 같습니다."

사와무라 씨의 말에 구사카 씨가 답했다.

"응, 하지만 비용을 줄일 방법이 있어. 콘크리트를 쓰는 대신 땅에 파이프를 박는 거지. 그럼 중장비도 필요 없어. 그렇게 오래 버티지는 못하겠지만 어차피 바닷바람에 금방 상할 테니 그 정도면 괜찮지 않을까? 뭐, 땅의 상태에 따라서는 못 쓸 방법이라 일단 조사부터 해야겠지만."

걸음을 옮겨도 오른쪽 바다 풍경은 달라지지 않았다. 왼쪽에는 잔교 근처에 있던 것처럼 덧문이 닫힌 방갈로가 나타났다.

잔교 반대편인 남쪽에서 섬을 보자 이쪽은 잡초에 피해를 별로 입지 않았다. 원래 밭과 화단이었던 곳은 황폐해졌지만 그 밖의 곳에는 잡초 대책을 강구한 걸까. 섬 중앙의 작업장이 군데군데 밀집한 잡초와 나무, 방갈로 사이로 어른거렸다.

앞에서 걷던 노무라 씨가 땅에서 튀어나온 나무뿌리를 가리키며 내게 말했다.

"거기 위험해요. 조심하세요."

나도 모르게 울컥했다. 거기 나무뿌리가 있다는 건 내가 더 잘 안다. 걸려서 넘어진 것도 한두 번이 아니다.

일행을 이끌 듯이 앞장서서 나아가는 사람은 야노구치 씨였다. 주변을 둘러보는 눈빛도 제집에 온 것처럼 자연스러웠다.

"어, 야노구치 씨는 여기 와본 적 있으십니까?"

궁금했던 점을 사와무라 씨가 대신 물어보았다.

"응? 아, 그럼. 벌써 몇 년 됐지만. 슈조가 건강했을 무렵에 왔었어. 별로 달라지지 않았군."

그럴까?

물론 섬의 형태는 똑같겠지만 잡초가 자랄 대로 자란 이 모습을 보고 별로 달라지지 않았다니 나로서는 공감이 되지 않았다.

걸음을 옮기면서 사와무라 씨가 영업적인 어조로 말했다.

"그나저나 경치가 정말 멋지네요. 이 정도면 다소 불편해도 고객을 유치할 수 있겠습니다. 해변이 없고 바다인데도 수영을 못 한다는 점이 좀 아쉽긴 하지만요."

"그렇죠. 여기서 수영하면 안 됩니다. 이 부근 바다는 정말로 위험하거든요. 형이 섬을 사기 전에 있었던 일인데요. 캠핑하러 왔던 대학생이 바다에 들어갔다가 순식간에 휩쓸려 갔어요. 날씨가 좋은 한여름 날이었는데도요."

아빠는 섬을 팔려면 하지 않아도 될 법한 이야기를 했다.

"무섭군. 겁이 나서 풀장에도 못 들어가는 나 같은 사람과는 상관없지만."

"저도 옛날부터 바다는 무서워서 못 들어가요. 호수는 그나마 낫지만요. 파도가 딱 질색이라."

구사카 씨와 노무라 씨가 한마디씩 했다.

나도 수영은 싫어한다. 그런 이야기를 하고 나서 바다에 둘러싸인 주변을 바라보자 갑자기 섬에 갇힌 듯한 불안감이 머리를 스쳤다.

섬을 한 바퀴 도는 데 15분 남짓 걸렸다. 다시 별장의 현관 포치로 돌아왔다.

오후 4시가 넘었다. 앞으로 한 시간 정도면 해가 진다.

"자, 이만 들어갈까요. 만약 발전기가 고장 났다면 밤에 뭔가 하기는 힘들 거예요. 날이 밝을 때 할 일을 해두는 편이 좋겠죠."

아빠는 큰아빠 집에서 가져온 열쇠로 현관문을 열었다.

들어가자 건축 자재 냄새와 곰팡내가 났다. 이 냄새는 옛날과 전혀 달라지지 않았다.

현관 홀은 넓다. 2층까지 뚫려 있고, 바로 오른편에 계단이 있다. 정면에는 복도가 뻗어 있고, 왼편에는 넓은 응접실 문이 보였다.

외딴 섬에 응접실이 왜 필요하겠냐마는, 큰아빠는 고색창연한 저택의 형식을 재현하고 싶었던 듯하다.

"여기는 서양식이라 신발을 신고 생활합니다. 진흙만 털면 그대로 들어가도 상관없지만, 슬리퍼도 있긴 있어요. 발이 피곤하신 분은 사용하세요."

아빠는 스탠드에 세워져 있던 슬리퍼를 사람들 앞에 늘어놓았다.

다섯 켤레뿐이라 모두가 사용하기에는 모자랐다.

일단 나와 노무라 씨가 신발을 갈아신었다. 잔교 근처에서 운동화를 버린 야노구치 씨도 슬리퍼를 신었다.

나머지를 두고 서로 양보했다. 구사카 씨는 익숙한 버선신[+]이 편해서 괜찮다고 했다. 오사나이 씨, 후지와라 씨, 아야카와 씨도 사양해서 사와무라 씨와 아빠가 남은 두 켤레를 신기로 했다.

실례합니다, 하고 다들 예의 바르게 양해를 구한 후 현관 홀로 들어갔다.

"저어, 발전기를 보고 올 테니 응접실에서 좀 쉬고 계시겠습니까? 아, 하지만 어둡구나. 어쩌지."

"저희가 덧문을 열겠습니다. 하는 김에 다른 방 것도요."

오사나이 씨가 말했다.

"어, 아니요, 피곤하실 텐데 죄송한걸요. 그리고 이 집의 덧문은 열기가 좀 어려워요. 오른편 위쪽에 이음쇠가 있는데요."

"아, 네, 괜찮습니다. 알아요. 부동산업자니까요."

그건 그럴 것이다. 아빠도 배려가 어중간하다.

부동산 회사 직원 두 명은 대답을 기다리지 않고 얼른 응접실로 향했다. 아빠는 그들의 등에 대고 말했다.

"죄송합니다. 그럼, 부탁드릴게요. 리에, 같이 가자. 발전기를 작동시켜 봐야겠어."

"응."

휘발유통을 든 아빠와 함께 별장 안쪽 복도로 나아갔다.

✛ 밑창에 고무를 댄 일본식 버선 모양의 작업화

오사나이 씨와 후지와라 씨는 응접실 덧문을 연 후, 다른 방 덧문을 열러 간 듯했다. 다른 사람들은 응접실로 들어갔다.

뒷문 바로 옆, 주방 맞은편에 세탁실을 겸한 발전실이 있다. 2.5평 정도 크기의 방에 세탁기와 발전기를 설치해두었다.

들어가자마자 묘한 물건이 눈에 들어왔다.

휴대용 휘발유통이었다. 20리터짜리 휘발유통 세 개가 방 한복판에 아무렇게나 놓여 있었다.

흔들어보자 전부 휘발유로 가득했다.

"이거, 큰아빠가 놔둔 거야?"

"그야 그렇겠지? 하지만 이상하네. 이런 곳에 물건을 놔두고 가려나."

큰아빠에게는 섬을 떠날 때 별장을 한 번 정리하는 습관이 있었다. 이렇게 휘발유통을 꺼내놓을 성격은 아니었다.

"서둘러 돌아갔어야 했던 것 아닐까? 그래서 잊어버렸다든가."

"뭐, 무슨 사정이 있었겠지. 아무래도 이건 안 쓰는 게 좋겠네. 너희 삼촌이 여기 마지막으로 온 게 5년 전이니까 오래됐을 거야."

하지만 그런 것치고 휘발유통은 전부 깨끗해 보였다. 먼지도 별로 쌓이지 않았다.

방 안쪽을 보자 비상용인 듯한 작은 휘발유 캔도 놓여 있었다.

아빠는 더 이상 신경 쓰지 않고 발전기 급유구의 뚜껑을 열었다.

"자, 리에, 좀 도와줘. 내가 통을 들 테니까, 펌프 노즐을 거기 끼워."

아빠의 지시에 따라 휘발유를 넣는 것을 도왔다.

휘발유를 넣은 후 아빠는 연료 밸브를 열고 작동 스위치를 켰다. 익숙한 엔진 소리가 울려 퍼졌다.

"오, 작동되네. 다행이다. 뭐, 발전기가 그렇게 쉽게 부서질 리 없겠지."

발전기가 작동하자 아빠는 문 위쪽 분전반 뚜껑을 열었다. 누전 차단기 스위치가 줄지어 있었다.

"이거 뭘 올리면 되는 거더라? 리에, 기억나니?"

"몰라. 일단 전부 올리면 되지 않을까."

별장뿐만 아니라 땅에 깔아놓은 굵은 케이블을 통해 방갈로 다섯 곳과 작업장에도 이 발전기로 전기를 공급한다.

아빠는 분전반 위쪽에 줄지은 스위치를 전부 올렸다.

옆쪽 화장실에서 환풍기 돌아가는 소리가 들려왔다.

"좋아, 오케이. 이야, 한시름 놨네. 손님이 이렇게 많이 왔는데 전기를 못 쓰면 골치 아프지. 사와무라 씨는 괜찮다고 했지만 그래서야 쓰나."

아빠는 세탁실 덧문을 열면서 그렇게 말했다.

그러고 나서 수도 밸브를 여는 등 이것저것 확인한 후 아빠와 나는 함께 응접실로 돌아갔다.

응접실에는 L자 모양 소파와 큰 텔레비전이 있다. 실질적으로는 거실이다. 벽 앞의 묵직한 유리 장식장에는 큰아빠의 수집품인 희귀한 광석과 곤충 표본이 들어 있다.

방에서는 부동산 회사 직원 후지와라 씨와 오사나이 씨를 제외한 다섯 명이 일어선 채 우리를 기다리고 있었다.

덧문을 열어서 실내에 석양이 비쳐들었다. 충분히 밝았지만 아빠는 조명 스위치를 눌러서 전기를 쓸 수 있다는 사실을 알렸다. 천장에 달린 고풍스러운 촛대 모양 전등이 켜졌다.

"발전기가 작동하더라고요. 발전량이 꽤 되니까 마음 놓고 사용하셔도 될 겁니다."

"휘발유를 쓰는 거지? 연료를 운반하기 힘들 테니 태양광 패널을 달면 어떨까 싶었는데, 뭐 가끔만 사용할 거면 일단은 그냥 놔둬도 되겠지."

구사카가 말을 마치자 노무라 씨도 질문을 던졌다.

"여기, 수돗물은 어떻게 쓰는 건가요? 땅을 파도 소금물밖에 안 나올 것 같은데요."

"아아, 그게 말이죠, 바닷물을 여과하는 장치가 있거든요. 그걸로 평소 사용할 만큼 담수를 만들 수 있습니다. 그리고 빗물 탱크도 있고요. 막 전원을 켰으니 당장은 나오지는 않아도 목욕물도 데울 수 있어요. 원하시면 오늘 사용해보셔도 됩니다."

아빠는 묘하게 영업용 말투로 설명했다.

다른 사람들도 영업용 미소를 지은 채 아빠 이야기를 들었다.

"저기, 그런데 후지와라 씨와 오사나이 씨는요?"

"아아, 아직 돌아다니면서 덧문을 열고 있습니다."

사와무라 씨의 대답에 아빠는 안절부절못하는 낌새였다.

한동안 오지 않았던 곳이고, 큰아빠는 좀 별난 사람이었으니 방에서 예상치 못한 물건이 나오지는 않을까 걱정되는 것이리라.

마침 부동산 회사 직원 두 명이 응접실로 돌아왔다.

"아아, 오무로 씨. 1층 덧문 다 열었습니다. 여기, 정말 잘 지었네요. 허름해진 느낌이 전혀 없어요."

건축사 노무라 씨가 오사나이 씨의 말에 동의했다.

"네, 정말요. 수리할 필요도 없겠어요. 이래서는 제가 할 일이 없을 수도 있겠는걸요.

영업한다면 손님들은 이 별장을 중심으로 지내겠죠. 어떤 구조인지 좀 살펴봐도 될까요? 몇 명 정도 묵을 수 있나요?"

"아, 네. 그럼 안내해드릴게요. 저희도 오늘 밤은 여기서 지내야 하니까요."

아빠를 따라 다들 복도로 나갔다.

응접실 맞은편에 큰아빠 방이 있다.

들어가자마자 정면 선반에 죽 진열된 와인병과 위스키병이 눈에 들어왔다. 본가에 있는 멋진 주류 컬렉션 중 일부를 섬에 가져다 놓은 것이다.

여기는 온도와 습도를 관리할 수 없으므로, 술을 보관하기에는 적합하지 않다. 몇 년이나 방치되어 있었으니 상했을지도 모른다.

문에는 산의 풍경이 담긴 달력을 걸어두었다. 5년 전 7월 것이다.

그리고 오른쪽 벽에는 도끼나 모조 칼 같은 흉흉한 도구를 장식해 놓았다. 외국 소설의 번역서가 수십 권 꽂힌 서가도 있다.

"형님은 취미가 많은 분이셨군요."

노무라 씨의 말에 아빠는 고개를 끄덕였다.

"그렇죠. 뭐, 돈이 있으니까 이것저것 손을 대본 모양이에요. 그래도 이런 무기를 수집하는 건 어린애 같아서 저는 좀 별로였지만요. 이것 말고 또 있을 겁니다."

아빠는 도끼 밑에 있는 수납함을 열었다.

위장무늬를 칠한 석궁이 들어 있었다.

"그렇지, 이런 것도 가지고 있었어. 이런 걸 어디에 쓰나 싶었지만요. 들새라도 잡았나."

"아! 이거, 곤란한데요."

석궁을 보자마자 후지와라 씨가 호들갑스럽게 소리쳐서 우리는 깜짝 놀랐다.

"곤란하다니요?"

"얼마 전에 석궁을 규제하는 법률이 통과됐거든요. 사건이 많았잖아요. 이제는 단순 소지도 법에 저촉될걸요?"

"네?"

아빠는 몰랐던 듯하다.

나도 금시초문이었다. 석궁은 내 인생과 아무 관계도 없으니까.

"가지고 있다가 걸리면 큰일 난다는 말입니까?"

"어, 형님의 유품이니까 오무로 씨가 책망받을 일은 아니죠. 하지만 허가증 없이 가지고 있으면 처벌받는 건 확실해요."

물론 큰아빠의 유족에게 책임을 묻지는 않을 것이다. 큰아빠도 다리가 안 좋아져서 규제법이 통과되기 전에 석궁을 처분할 기회가 없었을 뿐이니까, 딱히 잘못한 사람이 있는 건 아니다.

아빠는 스마트폰으로 '석궁 규제'라고 검색해서 후지와라 씨의 말을 확인했다.

"정말이네. 기한까지 처분했어야 했어."

아빠는 어휴, 하고 한숨을 내쉬며 수납함에 석궁을 내팽개쳤다.

수납함에는 카본 화살도 열두 개 남짓 들어 있었다.

이런 물건은 당연히 규제해야 한다. 뾰족한 화살촉을 보자 그런 생각이 들었다. 권총과 다를 바 없는 물건이다. 맞으면 목숨을 부지하기 힘들 것이다.

아빠는 못 본 걸로 하자는 듯 수납함 뚜껑을 닫았다. 처분 방법은 나중에 고민해볼 심산인 듯했다.

큰아빠 방을 나와 다시 기운을 내서 응접실 옆 식당으로 향했다.

카페에서 사용할 법한 4인용 원형 테이블을 네 개 놓아둔 공간이다. 바다 쪽에 커다란 프랑스 창이 있고 바깥은 테라스다. 거기에도 붙박이 테이블과 벤치가 있다.

창틀 위쪽, 높은 천장 아래에는 고풍스러운 스테인드글라스가 끼워져 있었다.

"정말 좋은 집이에요. 참 야무지게 만들었어요. 섬은 바람에 소금기가 많고 바람 자체도 강하니까 건물이 금방 상하지만, 이 정도면 50년은 더 사용할 수 있겠는데요?"

노무라 씨가 프랑스 창 곁의 기둥을 쓰다듬었다.

아빠는 생각났다는 듯 무릎을 두드렸다.

"아참, 그렇지. 사와무라 씨, 발전기를 켰으니 냉장고를 사용할 수 있습니다."

"아아! 네. 다행이네요. 좀 쓰겠습니다. 아야카와 씨, 같이 가자."

두 사람은 응접실로 돌아가서 식료품이 든 보냉백과 음료수 페트병이 든 배낭을 들고 왔다.

식당으로 들어와서 오른쪽에 주방으로 통하는 문이 있다. 아빠가 그 문을 열고 짐을 든 두 사람을 들여보냈다. 다른 사람들도 주방으로 들어갔다.

"오오, 꽤 넓네요."

사와무라 씨가 중얼거렸다.

주방은 다섯 평 정도 된다. 적흑색 목재 아일랜드 키친은 싱크대와 가스레인지가 내장된 특별 주문품이다. 벽 앞에는 700리터짜리와 350리터짜리 냉장고를 설치해두었다. 받침대에는 토스터와 전자레인지를 얹어놓았고, 간유리를 끼운 찬장에는 고급스러운 앤티크 식기 세트가 들어 있다.

사와무라 씨와 아야카와 씨는 냉장고 플러그를 콘센트에 꽂고 슈퍼에서 산 주먹밥과 조리빵, 도시락과 디저트를 넣었다. 1박 2일 일정이지만 아홉 명분이라 양이 꽤 많았다.

아빠가 주방의 수도꼭지를 위로 올렸다. 복통이 난 것처럼 수도관에서 꾸룩꾸룩 소리가 났다. 잠시 후 물이 세차게 흘러나왔다.

"아, 나오네. 이 물도 안심하고 마실 수 있을 정도까지 여과되는 구조입니다. 하지만 정수기를 5년이나 관리하지 않았으니 마시지 않는 편이 좋겠죠. 기껏 물도 가지고 왔으니까요."

5년이나 관리하지 않았다고?

위화감이 점점 부풀어 올랐다.

5년쯤 전, 큰아빠가 마지막으로 이 섬을 찾은 뒤로 여기는 방치됐다고 들었다.

하지만 그런 것치고는 세탁실에 그리 오래돼 보이지 않는 휘발유통이 아무렇게나 놓여 있었다. 그리고…….

"아빠, 역시 이상하지 않아? 큰아빠는 이런 걸 제대로 정리하는 성격이었을 텐데."

나는 그렇게 말하며 아일랜드 키친 위를 가리켰다.

아일랜드 키친에는 파스타 소스와 생선조림 통조림이 어질러져 있었다. 통조림 캔을 씻지 않아서 국물이 말라붙었다.

"슈조에게 관리를 부탁받고 누군가 와본 거 아닐까? 이 정도쯤 되는 별장을 그냥 내버려 두면 걱정되잖아."

야노구치 씨는 대수로울 것 없다는 듯 말했다.

듣고 보니 이만큼 공을 들인 섬이니, 남에게 관리를 맡겼을 만도 하다. 큰아빠가 아빠에게 그 이야기를 하지 않았더라도 이상할 것은 없다.

하지만 관리인이 쓰레기를 이렇게 아무 데나 내버려 둘까?

아니면 큰아빠는 다리가 불편해서 어차피 섬에 안 올 테니까 들킬 걱정 없다고 생각한 걸까?

냉장고 옆 쓰레기통을 열어보았다. 쓰레기통은 반찬과 빵 등의 지저분한 봉지로 가득했고 악취가 살짝 풍겼다.

누구 것인지 모를 쓰레기가 더럽게 느껴져서 얼른 뚜껑을 닫았다.

주방 제일 안쪽에는 식료품을 보관하는 선반장이 있다.

아빠가 선반장 미닫이문을 열고 식료품을 아일랜드 키친에 꺼냈다. 통조림, 즉석 카레와 스튜, 쌀 등이 잔뜩 보관돼 있었다.

아빠가 포장지의 유통기한을 확인했다.

"별로 오래 안 됐네. 형 물건이 아니야."

나도 두 홉들이 백미 봉지를 집어 들었다. 올해 정미한 쌀이었다.

차례차례 꺼내놓는 물건들과 함께 식료품 선반장에서 불길한 낌새가 풍겨오는 기분이었다.

큰아빠가 발길을 끊은 뒤로도 낯선 사람이 이 섬에 머물렀다. 더는 의심할 여지가 없는 사실이었다.

대체 누구일까?

아까 생각했던 대로 큰아빠에게 관리를 부탁받은 사람일 수도 있지만, 그런 것치고는 식료품이 너무 많다. 장기간 머물 작정으로 준비해 온 듯하고 이만큼 많이 남겨뒀으니 언젠가 또 올 생각이었으리라. 그 사람은 이 섬에서 뭘 한 걸까?

"불법 침입이 아니면 좋겠는데요. 뭐, 형님께 허가를 받았을 수도 있겠죠. 보안 문제도 나중에 생각해봐야겠어요. 창문이나 문이 열리면 통보하는 시스템을 사용하면 좋겠지만, 여기는 전기가 문제네요."

노무라 씨는 그저 자신의 할 일을 찾았다.

어쩌면 누군지 모르는 큰아빠 친구가 그냥 이 섬을 빌려 썼을 뿐인지도 모른다.

하지만 그런 것치고는 별장에 남아 있는 누군가의 흔적에서 꺼림칙함이 느껴졌다. 큰아빠 방에 있던 석궁과는 또 다르게 정체 모를 으스스함이 몰려왔다. 이 섬은 불편하지만 뭔가 구린 구석이 있는 사람이 숨어 지내기에 딱 알맞은 곳이다.

식당을 나서서 세탁실 옆 화장실과 욕실을 확인했다.

양쪽 다 대리석풍 타일을 발랐고 수도 사용에 문제는 없는 듯했다. 여기서는 낯선 사람의 흔적이 발견되지 않았다.

뒷문 근처에 창고가 있다. 좁은 창고에는 장화 몇 켤레, 파란색 방수 시트와 고무끈, 사용한 포장재 등이 들어 있었다.

이제 남은 방은 침실이다.

침실은 1층에 두 개, 2층에 여섯 개다. 비즈니스호텔처럼 침대, 작은 책상, 의자가 비치돼 있다. 큼지막한 창문은 두꺼운 이중 유리라 바람 소리를 막아준다.

방마다 시계가 걸려 있다. 디자인은 고풍스럽지만 전파시계다. 아직 전지가 닳지 않았는지 정확한 시간을 가리켰다.

1층의 침실 두 개는 네 평 크기고 침대는 하나뿐이다.

들어가 보자 양쪽 다 침대 시트가 마구 흐트러져 있었다. 누군가 사용한 것이 분명했다.

여기저기 너저분한 흔적을 남긴 선객에게 어이없어하며 우리는 현관 홀로 돌아와 2층으로 올라갔다.

2층 구조는 단순하다. 한가운데 뻗은 복도 좌우에 문이 세 개씩 있다. 전부 똑같이 생긴 침실로, 1층보다 넓고 침대는 방마다 두 개씩이다.

계단에서 보았을 때 제일 앞편의 왼쪽 침실을 열자 역시 침구에 사용한 흔적이 남아 있었다. 지저분한 작업복도 바닥에 뱀 허물 벗 듯 아무렇게나 벗어 놓았다.

"쯧쯧. 이런 곳에서 뭘 한 거야?"

아빠가 기계유로 더러워진 바지를 집어 들었다.

침실은 오늘 밤 우리가 쓸 방이기도 하다. 정체 모를 분실물이 있으니 불쾌했다.

"죄송합니다. 여분의 시트가 있을 테니, 쉬실 때는 그걸 사용하시면 안 될까요?"

"아, 그야 물론이죠. 호텔방도 누가 썼는지 모르기는 매한가지인걸요. 그렇죠?"

사와무라 씨가 모두의 표정을 살폈다. "아, 네."라느니 "어쩔 수 없죠."라느니 소극적인 대답이 들렸다.

이 별장을 어지럽힌 사람이 누구인지 그들은 별로 궁금해하지 않는 것 같았다.

고민해봤자 소용없는 일이리라.

딱히 단서도 없으니, 큰아빠의 지인 중 누군가 왔었을 거라고 받아들이는 수밖에 없다.

하지만 나는 불안했다. 이 외딴 섬에 몰래 숨어 있었던 사람들을 상상하자 범죄자라는 말이 떠올랐다.

섬에 도착했을 때 느낀 그리움은 어느새 어딘가로 사라져 버렸다.

역시 오지 말 걸 그랬다. 오지 않았다면 황폐해진 풍경과 찜찜하게 어질러진 흔적으로 섬의 추억이 덧칠될 일은 없었다. 리조트 계획은 알아서 하게 놔두면 된다. 이 섬은 이제 없어진 것으로 여기고 싶었다.

문득 아야카와 씨와 눈이 마주쳤다. 의미심장한 시선이 날아들었다.

아야카와 씨는 여전히 사람들의 이야기에 끼지 않고 조용히 시찰에 임했다.

아까 짤막하게나마 대화를 나누었기 때문인지, 아야카와 씨만큼은 내 감상적인 심정을 알아차린 것처럼 느껴졌다. 그리고 표정을 보니, 나처럼 별장을 사용한 사람의 정체에 의혹을 품고 있는 게 아닐까 싶었다.

그렇지만 아야카와 씨는 아무 말도 꺼내지 않았다. 지금은 아빠와 사와무라 씨가 주도하는 대로 따라가는 수밖에 없다.

2층의 나머지 침실 다섯 군데를 빙 둘러보았다. 다른 방 침구는 사용한 흔적 없이 깨끗하게 정돈된 상태였다.

1층 현관 홀로 돌아왔다.

"자, 별장은 대강 이런 느낌입니다."

아빠가 쑥스러운 웃음을 지으며 말했다. 쓱 훑어본 결과, 뒷문 경첩이 상해서 문이 잘 열리지 않는 걸 빼면 건물은 양호한 상태였다.

"이야, 감사합니다. 생각했던 것보다 훨씬 숙박하기에 적합하네요. 어, 침실이 여덟 개에, 침대가 총 열네 개인 거죠? 뭐, 침구류를 좀 더 들여놔도 될 테니, 수용 인원이 꽤 되겠군요."

"좀 더 묵을 수 있습니다. 왜, 방갈로가 있으니까요. 그것도 포함하면 스무 명 넘게 머무를 수 있어요."

"아아, 맞다. 그렇죠. 그럼 그쪽도 보여주시겠습니까?"

사와무라 씨는 현관문을 열고 바깥을 확인했다.

수평선을 스치는 저녁 해가 섬에 강한 햇살을 비췄다. 서두르지 않으면 어두워진다.

"네, 알겠습니다. ……리에, 방갈로 열쇠 어디 있더라?"

"큰아빠 방에 있지 않을까."

큰아빠는 자기 방 주류 선반의 아래쪽 서랍에 갈색 생가죽 키홀더에 끼운 열쇠 다발을 넣어두었다. 방갈로와 작업장 열쇠다. 큰아빠는 섬에 오면 일단 별장에 들러 열쇠 다발을 꺼내서 다른 건물 문을 여는 것이 습관이었다.

"리에, 좀 가져오렴."

아빠는 열쇠가 어디 있는지 감이 오지 않는 듯했다. 나는 혼자 큰아빠 방으로 향했다. 어렸을 적에는 큰아빠를 만나는 것이 좋아서 섬에 있는 동안 찰싹 붙어 다니다시피 했으므로, 열쇠가 어디 있는지도 똑똑히 기억한다.

서랍은 3단이다. 열쇠는 제일 윗단 안쪽, 스테인리스 재떨이에 담겨 있다.

분명히 그럴 텐데 서랍을 열어보자 열쇠가 없었다.

재떨이는 텅 비어 있었다.

그밖에는 문구류와 손목시계 벨트 등 자잘한 물건뿐이었다. 서랍 세 개를 다 뒤져보았지만, 열쇠 다발은 없었다.

"아빠, 열쇠가 없는데."

현관 홀로 돌아와서 알렸다.

아빠는 딤플키 여섯 개가 달린 키홀더를 자기 가방에서 꺼내서 살펴보는 중이었다.

"어? 뭐야, 있었어? 어디에?"

"아니, 이건 너희 삼촌 집에 있던 거야. 하지만 아무것도 적혀 있지 않아서 여기 열쇠가 맞나 긴가민가했지. 일단 가져와 보긴 했지만."

"맞는 것 같은데? 방갈로 열쇠가 그렇게 생겼던 것 같아."

아빠가 가져온 건 분명 예비용 열쇠다. 원래 여기 있었을 생가죽 키홀더는 큰아빠가 어디 치웠던지, 아니면 여기를 사용한 누군가가 가져간 걸까?

"뭐, 돌아가면 형네 집을 한 번 더 잘 찾아봐야겠군. 자, 여러분 아마도 이 열쇠일 테니 안내하겠습니다."

아빠는 사람들을 이끌고 현관을 나섰다.

06

바람은 여전히 거셌다. 키 큰 참억새가 석양을 받으며 바람에 흔들리자 마치 섬이 불타오르는 것처럼 보였다.

섬 중심에 있는 작업장으로 제일 먼저 향했다. 일단 거기부터 들렀다가 방갈로를 돌아보기로 했다.

아야카와 씨가 제일 뒤에서 걷는 내게 발걸음을 맞췄다.

"열쇠가 없다고?"

소곤거리는 목소리였다.

"네. 왠지 모르겠지만 큰아빠가 놓아두던 곳에는 없었어요."

"그렇구나. 좀 이상하지 않아? 여기를 사용한 사람이 가져갔나? 이런 곳에서 뭘 한 거람."

역시 아야카와 씨도 나와 똑같은 위화감을 느낀 것 같았다.

1백 미터 남짓 걸어서 작업장에 도착했다.

작업장은 별장과 방갈로에 비해 돈을 덜 들인 티가 났다. 옹이가 많은 삼나무 목재를 사용한 단층 건물로, 양철로 지붕을 이었고 방갈로처럼 창문은 덧문으로 막아놓았다. 주변에는 거칠거칠한 포석이 깔려 있었다.

문 앞쪽 땅에 0.5평 크기의 덮개가 있다. 튼튼한 철제지만 칠이 벗어지고 녹슬었다.

"여기에 지하실이랄까, 지하 창고가 있습니다. 보시죠."

아빠가 덮개에 묻은 황토를 턴 후, 손잡이를 잡고 들어 올렸다.

어두침침하고 먼지가 날리는 지하실이 입을 벌렸다. 콘크리트를 바른 벽에 접사다리가 기대어져 있었다. 더러워진 방수 시트와 찢어진 골판지 상자, 깨진 블록, 망가진 접이식 테이블 등이 여기저기 널브러져 있었다.

"형은 처음에 여기를 창고로 쓰려고 했습니다. 섬 한복판에 광장을 터놓고 싶어서 일부러 지하에 만들었죠. 그런데 막상 사용해보니 물건을 넣고 꺼내기가 힘든 데다 비가 오면 물이 새서 영 마음에 안 들었던 모양이에요.

그래서 지붕 달린 작업 공간이 필요해지자 지하실 위에 덮어씌우는 형태로 이 작업장을 지었죠."

지하실 바닥에는 물이 고여 있었다. 덮개에 고무 패킹을 붙이는 등 이래저래 수단을 강구했지만 폭풍이 몰아치자 침수를 완전히 막지는 못한 듯했다.

지하실에는 들어가 본 적이 없다. 어릴 적에는 사다리를 고정해놓지 않아서 위험하다는 이유로 출입을 금지당했고, 나도 섬에서 유일하게 무미건조하고 으스스한 지하실이 무서웠다.

아빠는 덮개를 쿵 내려놓은 후, 작업장 문 열쇠 구멍에 열쇠를 하나씩 맞춰보았다.

"대단한 게 들어 있지는 않아요. 바닷가 휴게시설의 창고 같달까요. 바람을 넣어서 사용하는 고무보트 몇 척이랑 낚싯대, 그리고 공구와 작업대가 있답니다. 손님이 묵는다면 여기를 관리 사무소로 써야 하려나."

세 번째 열쇠가 작업장 열쇠였다.

문이 열리자마자 이변이 발생했음을 알아차렸다.

안에서 묘한 냄새가 풍겼다.

맡아본 적 없는 냄새.

분명 화학 약품일 듯한 불쾌한 냄새가 코를 찔렀다.

"어? 뭐지?"

아빠와 다른 사람들도 심상치 않은 상황임을 눈치챘다. 아무래도 있어서는 안 될 물건이 안에 있는 듯했다.

아빠가 입구 근처 벽에 달린 스위치를 눌렀다. 알전구가 켜졌다.

작업장의 기묘한 상태가 눈에 들어왔다.

모래 자루 같은 두툼한 비닐 포대가 바닥에서 천장 근처까지 잔뜩 쌓여 있었다. 작업장 공간을 70퍼센트 가까이 차지할 정도였다.

고무보트와 낚싯대는 구석에 처박혀 있었다. 원래 안쪽 벽 앞에 있어야 할 작업대가 중앙으로 이동했고 그 위에 뭔지 모를 물체가 있었다.

기계인 듯했다. 공구함만 한 크기의 나무 상자에 배선이 여러 개 달렸고, 안테나 같은 것이 튀어나와 있었다.

벽에 연장 코드를 꽂아서 전원을 작업대까지 끌어다 놓았다. 뭔지 모를 기계 외에 자동차 배터리, 기종이 좀 오래돼 보이는 모바일 라우터, 스마트폰, 그리고 약품이 든 병도 있었다. 바닥에는 더러운 대형 양동이 몇 개와 뭔가를 섞는 데 사용한 듯한 막대가 있었다.

아빠를 따라 사와무라 씨도 작업장에 들어갔다.

"이거 뭔가요? 형님께서 뭔가 하시다가 놔두셨다든가?"

"아니요, 아니요, 무슨 말씀을. 아무리 그래도 형이 이런 짓을 할 리 없어요."

아빠는 이런 짓이라고 했지만, 작업실에서 대체 무슨 일이 벌어진 건지 아직 확실치 않다.

하지만 여기 있는 물건들이 평화로움과 거리가 멀다는 직감은 느낄 수 있었다.

어질러진 별장을 보았을 때 느껴졌던 위화감에 답이 나왔다. 식료품을 잔뜩 가져와서 섬에 숨어 있었던 인물은 범죄에 연관된 것 아닐까. 작업장의 상태가 그런 의혹에 박차를 가했다.

작업장을 차지한 수수께끼의 물건들 때문에 모두 다 들어갈 수는 없었다. 사람들은 번갈아 문간에 서서, 다른 세계의 화학 실험장으로 이어진 듯한 기묘한 광경을 바라보았다.

구사카 씨는 미심쩍은 표정으로 작업대에 다가가서 기묘한 기계와 스마트폰, 라우터, 자동차 배터리를 조심스레 만져보았다. 그렇게 작업대 위 물건들을 잠시 관찰하다가 우리를 돌아보았다.

"이거, 폭탄이야."

폭탄?

"이 기계, 기폭 장치 아닌가? 그리고 이쪽에 있는 건 분명 폭약이야."

구사카 씨가 작업장을 가득 채운 비닐 포대를 가리켰다.

다들 구사카 씨의 말을 듣고도 놀라지는 않았다.

이 물건들의 용도를 설명하려면 해답은 그 정도밖에 없으니까.

하지만 대뜸 그 말을 믿을 기분은 들지 않았다. 폭약이니, 기폭 장치니 실제로 볼 것이라고는 상상도 해본 적 없는 물건들이다.

구사카 씨는 나무 상자를 열고 안쪽에 달린 머그컵 크기의 기계를 모두에게 보여주었다. 시판되는 기성품인 듯했다.

"여기에 스마트록✦이 달려 있어."

"스마트록이요?"

아빠가 되물었다.

"응. 왜, 스마트폰으로 집 자물쇠를 잠그고 푸는 장치 말이야. 그 기계가 여기 달려 있어.

그리고 스마트록의 움직임에 연동하도록 통 같은 걸 연결해놨지? 이거 말이야."

스마트록의 손잡이에 고정한 철사와 복잡한 톱니바퀴를 통해 손잡이의 움직임이 갈색 통에 전달되도록 해놓았다.

"이 통은 뇌관이야. 스마트록 손잡이가 돌아가면 터지지. 어디서

✦ 문 안쪽의 자물쇠 손잡이 위에 설치해 카드나 스마트폰으로 자물쇠를 잠그거나 풀 수 있도록 하는 도구.

든 스마트폰으로 작동시킬 수 있는 거야."

그것참 편리하기도 하다.

구사카 씨는 테이블에 가득한 하얀 모래 같은 것을 손가락으로 문질렀다.

"이건 초산암모늄인가. 응, 분명 그거야. 토목 현장에서 사용하니까 알지. 기름 등등과 혼합하면 폭약을 만들 수 있어."

"여기 있는 게 전부 그렇게 만든 폭약이란 말씀이십니까?"

사와무라 씨가 작업장 안쪽을 향해 두 팔을 펼쳤다.

"그렇지 않을까? 다른 종류도 있는 것 같지만. 어쩐지 이상한 냄새가 나고, 기폭제에는 다른 폭약도 필요하거든. 설마 TNT 같은 것도 있나?"

구사카 씨는 가까이 있는 비닐 포대를 살짝 벌리려다가 바로 손을 뗐다.

"……아니지, 건드리지 않는 편이 좋겠어. 뭐가 어떻게 될지 모르니까."

구사카 씨 말이 맞는다면, 토목 공사에서 사용하기 위한 폭약은 아니리라. 이런 걸 개인이 소유한 섬에 몰래 보관해두는 건 이상하다.

따라서 이것은 범죄, 그야말로 테러를 자행하기 위한 폭탄이다. 별장을 사용한 사람들이 실행범인지, 아니면 폭탄을 테러 집단에 넘겨주려는 건지는 모르겠지만 그것 말고 폭탄을 준비할 만한 다른 목적은 떠오르지 않았다.

"정말로 폭약일까요? 아무래도 비현실적인데요. 양이 너무 많지 않습니까?"

오사나이 씨가 사람들을 현실로 되돌리려는 듯이 말했다.

이것이 폭탄이라는 확실한 증거는 없다. 수수께끼에 휩싸인 수많은 비닐 포대의 정체를 안전하게 확인할 방법이 우리에게는 없다.

하지만 폭탄이 아니라면 작업장을 이 꼴로 만든 이유가 대체 뭐란 말인가.

바람이 점점 차가워졌다. 날이 저물고 있었다. 저녁 해는 원색에 가까운 빨간색으로 변했다. 나는 모든 것이 해가 지면 사라져버릴 환상이 아닐까 싶은 착각에 빠졌다.

다른 사람들도 저녁 해에 현혹된 것처럼 잠시 아무 말도 없었다.

주변이 어두워지기 전에 아야카와 씨가 아주 현실적인 지적을 했다.

"그거, 역시 진짜 같은데요. 아까 여기 올 때 마음에 조금 걸렸는데, 땅에 박힌 돌에 불탄 듯한 자국이 있었어요. 담뱃불을 비빈 자국 같은 게 아니라 돌 전체가 까맣더라고요. 큰불이라도 난 게 아니라면 그렇게 변하지는 않겠죠.

그리고 이 섬, 잡초가 자라난 방식이 좀 이상하잖아요. 북쪽은 발 디딜 틈도 없을 정도인데 남쪽은 그렇게 심하지 않아요.

어쩌면 남쪽에서 무슨 실험을 했을지도 모르죠."

남쪽에서 실험을 했다.

실험이라면…….

우리는 작업장 내부를 돌아보았다.

"그러니까 여기 왔었던 사람들이 폭파 실험을 했다는 말입니까? 폭탄의 위력을 시험하기 위해서인지 기폭 장치가 작동되는지 확인하기 위해서인지는 모르지만, 그래서 이쪽은 풀이 별로 없다는 거예요?"

아야카와 씨는 아빠의 말에 고개를 끄덕였다.

듣고 보니 잡초의 상태가 부자연스럽다. 남쪽이 폭파 실험에 사용됐다면 잡초가 드문드문 자란 것도 설명이 된다.

작업장에 폭탄이 보관돼 있다는 사실을 부정하기가 점점 힘들어졌다.

폭약이 너무 많다. 실험했을 때는 건물이 부서지지 않도록 양을 조절했겠지만, 만약 작업장에 있는 것이 모조리 폭발한다면 위력이 얼마나 될까?

사와무라 씨가 정신이 번쩍 든 것처럼 말했다.

"오무로 씨, 다른 건물은 괜찮을까요?"

"아! 확인해봐야겠네요."

방갈로는 덧문이 닫힌 상태다.

07

오후 6시.

날이 완전히 저물어 섬은 감색 밤하늘에 감싸였다. 겨울철의 밝은 1등성과 보름까지 사흘 남아서 약간 이지러진 달이 빛났다.

우리는 방갈로 다섯 곳을 확인하고 별장으로 돌아왔다.

아홉 명이 얼굴을 마주 보고 앉을 수 있도록 둥그런 테이블 세 개를 식당 가운데에 붙였다. 사람들 앞에는 사와무라 씨가 준비한 불고기 도시락과 녹차 페트병이 놓여 있었다. 도시락은 밑바닥의 끈을 잡아당기면 데워지는 방식이었다.

식사할 준비가 됐지만 아무도 도시락에 손을 대지 않았다. 다들 별장 바깥에 정신이 팔렸다.

"깜짝 놀랐네요. 무슨 놈의 폭탄이 그렇게 많은지."

사와무라 씨가 녹차로 입을 적시고 투덜거렸다.

잠겨 있던 방갈로 다섯 곳은 작업장과 거의 같은 상태였다.

기폭 장치는 없었지만, 몇 톤인지 모를 만큼 많은 폭발물로 방갈로가 가득했다. 날이 어두워진 데다 마음이 뒤숭숭해서 상황을 자세히 알아보지 않고 문을 도로 잠근 후 돌아왔다.

"오늘은 어떻게 하나요? 배는 내일 부르기로 했잖아요. 저녁에는 못 온다고도 했고요. 어딘가 신고한들 이런 곳까지 바로 와줄까요?"

"글쎄요……."

노무라 씨가 묻자 아빠는 들릴락 말락 않는 소리를 냈다.

이번에는 오사나이 씨가 입을 열었다.

"서둘러 경찰을 부른들 뾰족한 수가 없을 것 같기도 하네요. 이미 어두워졌고 어차피 당장 어떻게 할 수 있는 것도 아니잖습니까?"

"뭐, 그렇죠. 저 폭탄도 최소 몇 달은 방치돼 있었을 테니……."

누군가 섬을 사용한 흔적도 최소 2개월 정도는 돼 보였다. 한동안 섬에는 아무도 없었을 것이다.

내일이 오기 전에 갑자기 폭발할 걱정은 하지 않아도 되리라. 아빠의 말에는 그런 뜻이 담겨 있었다.

"어떻게 하죠? 일단 날이 밝을 때까지 기다릴 수밖에 없을까요?"

사와무라 씨가 아빠에게 의견을 구했다.

나는 내심 당황스러웠다. 왜 다들 폭탄 처리를 뒤로 미루려고 하는 걸까?

"저기, 일단 경찰에 전화해보는 게 어떨까?"

"응?"

아빠가 고개를 갸우뚱했다.

"바로 와줄지는 모르지만, 물어보면 되잖아. 어떻게 하면 될지 가르쳐주겠지."

"그러게요. 빨리 신고하는 편이 좋을지도 모르겠어요."

아야카와 씨는 내게 동의했다.

하지만 아빠는 여전히 결심이 서지 않는 표정으로 제안에 따르기를 망설였다.

"하지만 리에, 경찰에 신고할 거면 신중하게 해야 해. 자칫하면 긁어 부스럼이 될 수도 있으니까."

긁어 부스럼?

무슨 이야기인가 했지만 바로 상황을 이해했다.

여기는 큰아빠 섬이다. 누군가 폭탄을 보관했다면 큰아빠가 관련됐다고 의심받을 우려가 있다.

그렇지 않더라도 이 별장에는 소지가 금지된 석궁이 있다. 그건 큰아빠 물건이 틀림없다.

사정을 경찰에 설명하기는 번거롭다. 꼬투리를 잡혀서 괜히 의심받으면 골치 아프다. 아빠는 그렇게 될까 봐 걱정하는 것이다.

기분은 이해하지만 어차피 신고는 해야 하지 않는가.

하지만 아빠는 신고를 미루고 싶은 눈치였다. 어쩌면 경찰을 부르기 전에 석궁만이라도 어떻게든 처분할 생각인지도 모른다.

아빠의 우유부단한 성격이 원망스러웠지만 여러 사람 앞에서 가족과 말다툼하기는 싫었다.

"뭐, 당장 신고한다고 일이 해결될 것 같지는 않네요. 내일 신고해도 될 것 같습니다만."

"응, 그렇지."

후지와라 씨와 오사나이 씨가 한마디씩 했다. 그러게요, 하고 아빠는 고개를 끄덕였다.

"그럼 일단 날이 밝은 후에 어떻게 할지 생각해볼까요. 어차피 오전 중에 배를 부르기로 했으니까요."

사와무라 씨는 그렇게 말했다.

이번 여행의 주최자는 아빠니까 그 의향에 따르겠다는 뜻이리라.

그뿐만 아니라 다들 폭탄을 걱정할 기분이 아닌 듯했다. 장시간 이동으로 녹초가 됐는데, 그런 비현실적인 일을 진심으로 걱정하려니 마음이 무거운 것이리라.

믿기지 않게도 폭탄이 가득한 섬에서 하룻밤을 보내기로 결정됐다.

우리는 드디어 도시락을 먹기 시작했다.

식사 중에는 섬과 관계없는 잡담을 나누었다. 개발 계획 이야기는 제쳐놓았다.

나와 아야카와 씨는 대화에 끼지 않고, 최근에 뉴스에서 다룬 사건이나 수입 자재 가격이 폭등했다는 소식 등 하나도 재미없는 이야기를 묵묵히 듣기만 했다.

사람들이 도시락을 다 먹었을 즈음을 노려 아빠가 고민하고 있었던 듯한 이야기를 꺼냈다.

"그러고 보니 오늘 밤 어느 침실을 쓸지 정해야 하는데요. 제가 방갈로에서 잘까 했지만, 그것도 여의치 않게 돼서……."

방갈로는 폭탄으로 가득했다. 그런 곳에서 마음 편히 쉬기는 불가능하다.

별장에 침실은 여덟 개다. 침대를 다른 방에 옮기기는 쉽지 않으리라. 총 아홉 명이니까 두 명은 같은 방을 써야 한다.

아빠는 테이블을 둘러보았다. 그리고 마침 발견했다는 듯 짐짓 아야카와 씨에게 시선을 멈췄다.

"……아야카와 씨, 혹시 괜찮으시다면 오늘 밤, 제 딸과 같은 방을 쓰시는 게 어떨까요?"

아니나 다를까 아빠가 무신경한 소리를 해서 짜증이 확 치밀었다.

물론 아홉 명 중에 누군가 같은 방을 써야 한다면 조합은 한정된다. 대부분 초면이고, 딸에게 같은 방을 쓰자고 하면 싫어하며 거절하리라는 것을 아빠도 잘 안다.

그래서 좀 친해진 듯한 아야카와 씨와 내가 같은 방을 쓰면 어떻겠느냐고 제안한 것이다.

하지만 그런 식으로 부탁하면 싫다는 말을 못 꺼내지 않을까. "둘이서 같은 방을 써도 괜찮은 분 계실까요?"라는 식으로 물어보면 될 텐데. 부동산 회사의 후지와라 씨와 오사나이 씨라면 문제없을 듯하다.

아야카와 씨의 반응이 어떨까 마음을 졸였다. 하지만 아야카와 씨는 전혀 꺼리는 기색을 보이지 않았다. 오히려 아빠의 제안이 기쁘다는 듯 싹싹하게 웃었다.

"네, 그렇게 할게요. 리에 씨가 싫지 않다면요."

의사를 묻듯 아야카와 씨가 이쪽을 힐끗 보았다.

"아, 네. 그럼 같이 쓸게요."

무뚝뚝하게 대답한 것과 달리 실은 기뻤다. 입시 준비, 변해버린 섬의 모습, 그리고 폭탄을 발견한 일 때문에 마음이 몹시 어수선했다. 안 그래도 요즘은 잠을 잘 못 이룬다. 오랫동안 와보지 않았던 별장 침실에 혼자 누워 있으면 분명 밤새 걷잡을 수 없는 불안감에 시달릴 것이다.

밤이 깊어지기까지 아야카와 씨와 이야기를 나누면서 잡생각을 떨칠 수 있다면 그게 낫다.

나랑 아야카와 씨가 같이 자기로 결정되자, 이번에는 각자 어느 방을 쓸지 의논했다. 나랑 아야카와 씨는 2층 안쪽 왼편 침실을 쓰기로 했다.

"내일 아침에 산책이라도 할까. 여기서 산책하면 분명 기분이 좋을 거야."

구사카 씨는 태평하게 그런 소리를 했다.

08

오후 9시. 잠잘 준비를 하러 갔다.

침실 문을 열자 방 앞쪽과 안쪽 창가에 침대가 하나씩 따로 있었다. 나는 창가 쪽 침대를 쓰기로 했다.

클렌징 시트로 화장을 지운 아야카와 씨는 옷을 벗고 물티슈로 재빨리 온몸을 닦은 후, 잠옷으로 가져온 운동복을 입었다. 캠핑 같은 야외 활동에 익숙한 모습이었다. 욕실에 뜨거운 물이 나오지만 아야카와 씨는 다른 사람들에게 양보하겠다며 욕실을 사용하지 않았다.

난 조금 전에 샤워하려고 욕실에 가보았지만, 문 앞에 후지와라 씨의 검은색 운동화가 놓여 있었다. 차례를 기다리기가 귀찮아서 샤워는 포기했다.

아야카와 씨에게 클렌징 시트와 물티슈를 빌려서 몸을 깨끗하게 닦고, 창피했지만 푼수 같은 꽃무늬 잠옷을 입었다.

남과 같은 방을 쓸 줄은 몰랐다. 이럴 줄 알았으면 나도 운동복을 가져올 걸 그랬다.

잠잘 준비를 마치고 각자 침대에 마주 보고 앉았다.

아야카와 씨는 앉은 자세로 방정맞을 만큼 크게 기지개를 켰다. 업무를 마치고 쉬는 시간이라 집에서 하는 행동이 저도 모르게 나온 것 아닐까 싶었다.

"'오랜만에 친척의 섬에 갔더니 테러 조직의 창고로 사용되고 있었습니다'라는 영상 올리면 조회 수가 폭발할 것 같네요."

"그야 그렇겠지. 호기심을 유발하잖아. 어? 리에, 영상 같은 것도 올려?"

"아니요, 한 번도 올려본 적 없는데요. 그렇다기보다 안 올릴 거지만요. 분명 빨리 신고하라면서 댓글란이 불타오르겠죠."

"그렇겠지."

아야카와 씨와 둘만 남자 이 섬에서 하룻밤을 보내는 게 너무나 이상하게 느껴졌다.

"너희 아빠 기분도 이해는 돼. 형님이 돌아가신 지 겨우 3주 됐잖아. 그런데 섬에 와보자 폭탄 천지라니 일단 아무 생각도 하기 싫을 것 같아."

확실히 아빠는 현실 도피 중이다. 그래서 신고할 결단을 내리지 못한 것이다.

큰아빠는 폭탄을 만든 사람들과 어떤 관계였을까. 아빠가 무엇보다 걱정하는 건 그 점이리라. 다리가 불편한 큰아빠가 섬을 내버려 뒀다는 걸 알고 폭탄 주인이 섬을 멋대로 사용했기를 바랄 뿐이다.

또는 사정을 모르고 섬을 빌려줬다면 그나마 낫다. 테러 집단이 관련됐음을 알고 있었다면 큰 문제다. 공안 경찰이 가택수사를 나와서 큰아빠의 유품을 조사하거나 할까?

생각하다 보니 아빠의 걱정이 옳았다.

한편으로 섬에 머무는 것이 위험하다고 잘 느껴지지 않는 것도 사실이었다. 폭약이 든 비닐 포대는 업무용 밀가루와 다를 바 없이 생겼고, 기폭 장치에도 드라마처럼 현란한 색깔의 배선은 달려 있지 않았다.

정황상 분명 폭탄일 것이다. 하지만 본능적으로는 큰아빠 방에 있던 석궁이 더 위험하게 느껴졌다.

"큰아빠가 어떤 분이셨는지 물어봐도 될까?"

"아, 네. 큰아빠를 만난 건 정말 어렸을 적이라 그렇게 똑똑히 기억나는 건 아니지만요."

머리가 좋고 너그러우면서도, 조금 무신경하고 유들유들한 사람이었다. 빌린 돈을 갚지 않고 넘어간 적도 있다고 들었고, 세금을 감면하는 방법도 이것저것 잘 알고 있었다.

큰아빠와 관련된 추억 중에서 특히 인상 깊은 것은 초등학교 5학년 때 있었던 일이다.

여름방학이었다. 나는 혼자 2층 침실에서 자다가 오밤중에 깨어났다.

더워서 더는 잠이 오지 않길래 주방에 내려가서 몰래 냉장고의 주스를 마시기로 했다.

어두운 복도를 나아가 주방 문을 열자 큰아빠가 있었다. 얼음틀의 얼음을 사발에 담는 중이었다.

"응? 왜? 잠이 안 와?"

큰아빠가 돌아보고 말했다. 나는 고개를 끄덕였다.

"뭐 좀 먹을래?"

"목 말라요."

"뭐 줄까?"

"……오렌지 주스."

큰아빠는 주스병을 꺼내서 예쁘게 세공된 유리컵에 따르고 얼음을 넣어주었다. 부모님이었다면 늦은 밤에 주스를 주지 않았을 것이다.

"이 얼음은 어디에 쓰려고요?"

"와인에 넣어서 시원하게 마실 거야."

큰아빠는 쟁반에 사발과 견과류 봉지를 담아서 자기 방으로 향했다.

쥐 죽은 듯 조용한 밤이 어쩐지 쓸쓸하게 느껴져서 나는 큰아빠를 따라갔다.

큰아빠 방에서 주스를 마시면서 견과류를 조금씩 집어 먹었다. 학교생활과 숙제에 대해 큰아빠는 어색한 말투로 물어보았다. 나는 최대한 모범생같이 대답했다.

"그거 비싸요?"

큰아빠는 갈색 라벨이 붙은 와인병의 코르크 마개를 뽑으려 했다.

"이거? 70만 엔쯤이었나."

"굉장하다."

큰아빠가 떠보는 듯한 눈빛으로 나를 보았다.

"조금만 마셔볼래?"

"괜찮아요?"

"아빠엄마한테는 절대로 비밀이야."

큰아빠는 선반에서 작은 맛보기용 잔을 꺼내 티슈로 닦고, 바닥에 살짝 고일 만큼만 와인을 따랐다.

와인을 마시자 한순간 몸이 붕 뜨는 듯한 느낌이 들었다.

"맛있니?"

"모르겠어요."

점차 기분이 알딸딸해졌다.

"자야겠다. 졸려요."

"그래? 잘 자렴."

2층 침실로 올라가서 누웠다. 비싸고 입에 대기 힘든 걸 먹었다는 만족감과 약간의 죄책감을 품고 잠에 빠졌다.

큰아빠가 시킨 대로 이 일은 아무에게도 말하지 않았다. 부모님은 물론 모르고, 고등학생 때 반 친구가 술을 마셨다고 자랑했을 때도 입이 간지러웠지만 내 경험담을 말하지 않았다.

큰아빠는 이미 돌아가셨다. 그 이야기를 아야카와 씨에게 해볼까? 그런 생각이 슬쩍 고개를 쳐들었지만, 역시 약속은 지키기로 했다.

도덕적인 사람은 아니었을지도 모르지만, 몰래 폭탄을 보관하는 건 큰아빠의 성격에 어울리지 않는다. 그런 인상만 아야카와 씨에게 말했다.

"별난 사람이었던 건 맞지만, 위험한 사상에 물들어서 테러를 저지를 분은 아니었어요."

"그렇구나. 확실히 이렇게 멋진 별장을 짓는 사람이 폭탄 같은 걸 거래할까 싶기는 하네."

아야카와 씨는 침대 머리맡의 장식을 만지작거렸다.

"네. 뭐, 일단 무사히 돌아가기만 하면 아무래도 상관없지만요."

"그러게. 여차하면 언제든지 도움을 요청할 수 있을 테니 괜찮을 거야."

별장 안에서도 스마트폰 전파 상태는 양호했다.

좀처럼 잠이 오지 않았다. 아야카와 씨에게 SNS에서 찾은 고양이 영상 등을 보여주며 한동안 시간을 보냈다.

"슬슬 잘까? 내일 일정도 있으니."

자정이 코앞이었다.

다른 사람들도 아직 깨어 있는 듯했다. 건물을 튼튼하게 잘 만들어서 누가 어디서 뭘 하는지는 모르지만, 문을 여닫는 소리는 들렸다.

아야카와 씨가 전등의 끈을 당겼다.

불이 꺼지자 달빛이 침실에 쏟아졌다. 달은 이미 서쪽으로 기울고 있었다.

"커튼 안 쳐도 되겠어? 너무 밝으면 치고."

"어, 아니요, 괜찮아요."

밝았지만 어쩐지 커튼을 칠 기분은 아니었다.

여전히 눈은 말똥말똥했다. 드러누워서 달을 바라보는 편이 밤을 보내기에는 좋을 듯했다.

내가 잠들지 못한다는 걸 알면 아야카와 씨가 걱정할 것이다. 이불을 잘 덮고 푹 잠든 척하는 편이 좋겠다.

역시 혼자 잘 걸 그랬다. 점점 그런 기분이 들었지만, 아야카와 씨에게 너무 실례되는 생각이었다. 하기야 불은 껐지만 아야카와 씨도 바로 잠든 것 같지는 않았다.

숨죽인 채 침대에 누워 있자 밤은 천천히 깊어져 갔다.

2

∞∞∞∞∞

십
계

01

오전 7시가 지났을 무렵 눈을 떴다.

밤새 누워 있기는 했지만 거의 잠을 못 이뤘다. 날이 희붐해진 후에야 잠깐 선잠이 들었다.

침대에서 몸을 일으키자 아야카와 씨는 땀에 젖은 운동복을 갈아입는 중이었다.

아야카와 씨에게 물어보고 싶은 것이 있었지만, 머리가 멍해서 생각이 정리되지 않았다.

그때 복도에 구사카 씨의 목소리가 크게 울려 퍼졌다.

이봐! 다들 일어났어? 큰일이야. 야단났다고.

나는 아야카와 씨와 얼굴을 마주 보았다.

"무슨 일일까요?"

"가보는 편이 좋겠네."

아야카와 씨는 옷을 다 갈아입었다. 나는 잠깐 망설이다 잠옷 위에 후드티를 입고 옷자락을 무릎 근처까지 잡아당겼다.

복도로 나갔다. 사람들이 현관 홀에 모여 있었다.

구사카 씨는 절박한 표정으로 현관문 앞에 서 있었다.

"그건 뭔가요?"

아야카와 씨가 구사카 씨의 오른손을 가리켰다. 그는 웬 종이를 움켜쥐고 있었다.

자세히 보자 큰아빠 서재에 걸려 있던 산 풍경 사진 달력인 듯했다.

"어, 이건 나중에 설명할게. 그 전에 다들 같이 좀 가야겠어."

"저어, 오사나이 씨는요? 아직 자는 건가요?"

평상복 차림의 노무라 씨가 물었다.

현관 홀에는 여덟 명밖에 없었다. 오사나이 씨의 모습이 보이지 않았다.

"그야 없겠지. 있을 리가 없어. 아무튼 빨리 가자. 가보면 알아.⋯⋯그리고 다들 말을 아끼도록 해. 자칫하면 큰일 날 테니까."

말을 하면 안 된다고?

무슨 일일까.

아야카와 씨를 보자 고개를 갸우뚱했다.

구사카 씨를 선두로 우리는 현관을 나섰다.

섬 둘레를 따라 잔교에서 2백 미터쯤 떨어진 별장 반대편까지
왔다.

구사카 씨는 절벽 가장자리에 멈춰 서서 아래쪽을 가리켰다.

"여기. 조심해. 깜짝 놀라서 떨어지지 말고."

우리는 절벽에 나란히 서서 일제히 아래를 내려다보았다.

깎아지른 듯한 절벽 아래쪽 바위터에는 거센 파도가 몰아치고
있었다.

거기에 시체가 있었다.

엎드린 자세였지만 체격과 복장으로 보건대 분명 오사나이 씨
였다.

이미 죽은 것도 확실했다. 등에 석궁 화살이 박혀 있었다.

무슨 일이 일어났는지는 명백했다. 오사나이 씨는 살해당했다.

누구에게? 그건…….

생각이 정리되기 전에 구사카 씨가 사람들 앞에 찢겨나간 달력
종이를 쳐들었다.

"그리고 이게 제일 문제야. 15분쯤 전에 별장 현관 포치에서 발
견했지. 기둥에 핀으로 박아놨더라고. 범인이 남긴 거야."

달력 종이 뒷면에는 볼펜 글씨가 빽빽이 적혀 있었다.

범인이 우리에게 보내는 지시서였다.

글씨가 묘하게 각져서 읽기 힘들었다. 글씨체를 감추려 한 듯하다.

이 글을 발견한 사람은 섬 동북동쪽으로 가서 벼랑 아래에 있는 오사나이의 시체를 확인할 것. 확인하자마자 섬에 있는 사람을 모두 모아서 다음 항목을 지킬 수 있도록 합의해야 한다.

1. 섬에 있는 사람은 오늘부터 사흘간 결코 섬을 떠나지 말 것.

2. 살인이 발생했다는 사실은 물론 섬의 상황을 외부에 전달하지 말 것. 당연히 경찰 신고도 금지.

3. 배의 도착을 사흘 후 동틀 녘 이후로 미루고, 각자 가족이나 관계자에게 사흘 늦게 돌아간다고 연락할 것. 연락할 때 섬에서 무슨 일이 있었는지는 알리지 않되 의심받지 않도록 노력할 것.

4. 통신 수단은 소지 금지. 스마트폰을 전부 회수해 용기에 넣어서 봉인하고, 꼭 필요한 상황에만 모두의 합의를 얻어서 사용할 것.

5. 외부에 연락할 때는 서로 감시할 것. 메일이나 SNS에 쓰는 글은 내용을 다 함께 확인하고, 통화는 내용이 모두에게 들리도록 할 것. 섬에 머무는 이유를 외부인이 의심하지 않도록 필요한 내용만 전달할 것.

6. 섬에서는 여러 명이 30분 이상 모여 있지 말 것. 30분이 지날 때마다 최소 5분은 자리를 떠나서 혼자 있을 것.

7. 카메라, 녹음기 등을 사용해 섬에서 발생한 일을 기록하지 말 것.

8. 침실 하나당 한 명씩 머물고, 다른 사람의 방을 찾아갈 때는 꼭 문을 두드릴 것.

9. 탈출 또는 지시의 무효화를 시도하지 말 것.

10. 살인범이 누구인지 알아내려 하지 말 것. 정체를 밝혀내려 하거나 살인범을 고발하지 말 것.

이상의 항목을 지키지 못했을 시, 작업장에 있는 폭탄의 기폭 장치가 작동한다. 그때는 모두 죽은 목숨이다. 이 글은 내용을 베낀 후에 소각 처분할 것.

구사카 씨는 한 문장마다 말을 딱딱 끊으면서 달력 종이 뒷면의 글을 읽었다. 그러고 나서 한 명씩 돌려가며 읽었다. 거기 적힌 글을 모두가 이해할 때까지 우리는 참을성 있게 기다렸다.

아무도 섣불리 말을 꺼내지 않았다. 구사카 씨의 경고도 있었지만, 절벽 밑의 시체만 봐도 이 지시서가 장난질이 아니라는 건 분명했다.

잠시 후 사와무라 씨가 신중하게 입을 열었다.

"갑자기 여러 가지 일이 일어나서 믿기지 않지만……, 요컨대 여기 있는 누군가가 석궁으로 오사나이 씨를 살해했다는 거죠? 죽인 후 범인이 시체를 절벽 아래로 떨어뜨린 건지, 석궁에 맞은 오사나이 씨가 비틀거리다 떨어진 건지는 모르겠지만요.

그리고 범인은 이렇게 말하는 거죠? 우리는 앞으로 사흘간 이 섬에 머물러야 한다. 그리고 그동안 절대로 범인을 찾아내지 말아야 한다. 만약 찾아내면 범인이 섬을 폭파한다. 그런 뜻이죠?"

다들 서로의 발치만 바라보았다. 얼굴을 똑바로 바라볼 용기는 없었다. 그러면서 눈앞에 들이닥친 믿기 어려운 현실을 받아들이려 애썼다.

나도 머릿속이 너무나 혼란스러웠다.

절벽 밑에 오사나이 씨의 시체가 있으리라는 것은 여기로 오는 동안 어쩐지 상상이 갔다. 구사카 씨의 태도를 보건대 생각이 미치지 못할 정도는 아니었다.

하지만 달력 종이 뒷면에 적힌 글 때문에 단순한 살인보다 훨씬 복잡한 사태로 일이 발전했다.

어젯밤 같은 침실을 썼다며 나와 아야카 씨의 알리바이를 주장할까 싶었지만, 바로 그 생각을 머리에서 떨쳐냈다. 이건 평범한 살인 사건이 아니다. 함부로 그랬다가는 범인이 어떻게 생각할지 모른다.

노무라 씨가 섬 중심부를 돌아보았다.

"……일단 작업장이 어떤 상태인지 보러 가도 될까요? 여기에 적힌 내용이 사실인지 확인해도 범인이 화내지는 않겠죠?"

노무라 씨는 사람들의 반응을 기다리듯 한마디씩 천천히 꺼내놓았다.

범인이 기폭 장치 스위치를 가지고 있을지도 모르니까 망설이는 것도 당연했다. 자칫해서 범인의 역린을 건드리면 무슨 일이 일어날지 모른다.

모두 눈치를 살피듯 잠시 시선을 교환했다.

이윽고 야노구치 씨가 모습이 보이지 않는 이웃 사람의 기분을 헤아리는 어조로 말했다.

"괜찮지 않을까? 안 된다면 안 된다고 범인이 이 종이에 썼겠지."

구사카 씨가 들고 있는, 열 가지 계율이 적힌 달력 종이를 다들 새삼스레 바라보았다.

야노구치 씨 말이 옳으리라. 그 정도도 허용해주지 않는다면 사흘 내내 이 절벽 가장자리에 가만히 서 있는 수밖에 없다.

우리는 섬 둘레의 산책길을 되돌아갔다.

얼핏 보기에 작업장은 어제와 변함없었다.

아빠가 사람들의 시선을 받으며 문고리를 잡고 흔들었다.

문은 열리지 않았다. 잠겨 있었다.

어제 폭탄을 발견한 후, 작업장 문을 잠갔으니 당연하다.

하지만 문간 부근이 마지막으로 봤을 때보다 흙으로 더러워진 것 같았다. 누군가 밤중에 드나든 흔적인 듯했다.

"오무로 씨, 작업장 열쇠는 어쩌셨습니까?"

사와무라 씨가 콜록거리듯 급하게 물었다.

"아! 그건……."

아빠는 몹시 당황했다.

어제 작업장과 방갈로 문을 잠근 후, 아빠는 열쇠를 자기 웃옷 호주머니에 넣었을 것이다.

허둥지둥 나오느라 아빠는 웃옷을 입고 오지 않았다.

"……웃옷은 벗어서 응접실에 놔뒀는데요."

"확인하러 가죠."

우리는 부랴부랴 별장으로 돌아갔다.

02

어젯밤, 마지막으로 봤을 때처럼 아빠의 웃옷은 응접실 소파에 내팽개쳐져 있었다.

아빠는 창백한 얼굴로 웃옷에 달려들어 호주머니를 뒤졌다.

"……열쇠가 없네요."

아빠는 모두에게 호주머니를 뒤집어서 보여주었다.

작업장과 방갈로 자물쇠의 열쇠 다발이 사라졌다. 물론 범인이 가져간 것이다.

그 사실에 아빠는 현기증이 난 것 같았다.

"다 내 탓이야. 옷을 어제저녁부터 여기 내팽개쳐놨어. 열쇠를 호주머니에 넣어둔 걸 깜박했지 뭐야. 아니면 내 방에 가져갔을 텐데."

비참한 목소리였다.

그런 아빠를 쳐다보는 내게 아야카와 씨가 걱정스러운 시선을 던졌다.

아빠를 위한답시고 무슨 상황인지 잊고서 당치않은 행동에 나서지는 않을까 걱정하는 것이다. 나는 아야카와 씨를 안심시키기 위해 최대한 냉정한 표정을 지으려 애썼다.

"뭐, 그건 어쩔 수 없지만……."

사와무라 씨는 초췌해진 아빠를 보고 떨떠름해하는 눈치였다.

지금은 책임 소재를 따질 때가 아니다. 문제는 열쇠가 없어졌다는 사실이었다. 이것은 범인이 남긴 지시서의 내용을 뒷받침하는 증거다.

"열쇠가 없다는 건 그 종이에 적힌 내용이 단순한 협박이 아니라는 뜻이겠죠?"

"범인이 여차하면 정말로 폭탄을 폭발시킬 작정이라 해도 이상할 것 없습니다. 그걸 부정할 만한 증거는 없으니까요."

후지와라 씨의 질문에 사와무라 씨는 그렇게 답했다.

범인은 오사나이 씨를 석궁으로 죽이고, 응접실에서 열쇠를 꺼내 작업장의 기폭 장치를 세팅했다. 그리고 다시 문을 잠그고 열쇠를 어딘가에 감췄다. 그런 걸까?

아빠가 천천히 입을 열었다.

"그 기폭 장치는 거기 있던 스마트폰으로 작동시키는 거잖아요?

그럼 스마트폰을 조작하지 않으면 폭탄은 폭발하지 않겠군요. 그럼 서로서로 감시하다 스마트폰을 사용하려 하면 바로 제압하면 되잖습니까. 그리고 소지품 검사를 하면 누가 범인인지 알아낼 수 있지 않을까요?"

"아니지, 아니야. 안 돼, 안 돼."

구사카 씨가 당황한 말투로 아빠를 만류했다.

"그 기폭 장치에 스마트록을 사용했다고 했잖아? 즉, 굳이 스마트폰을 들여다보지 않아도 폭발시킬 수 있어. 한 시간이든 한나절이든 시간만 지정해놓고 어딘가에 스마트폰을 숨겨둬도 돼. 그렇더라도 우리는 그게 언제인지 모르니까.

그럴 가능성이 있는 이상 섣부른 행동은 할 수 없겠지? 범인도 다 생각이 있는 거야."

아빠의 제안은 범인의 지시를 무효로 만들려고 시도하지 말라는 아홉 번째 계율에 저촉되는지도 모른다.

구사카 씨의 지적에 아빠는 잔뜩 움츠러들었다.

어쩌면 범인은 아침잠이 많은 사람이 알람을 설정하듯 폭파 시각을 수십 분 단위로 설정해놓고, 아무 일도 없으면 해제하든가 불리한 사태가 발생하면 기폭 장치가 작동하도록 그냥 놔두기로 했을 수도 있다.

여섯 번째 계율에 따르면 우리는 30분 이상 함께 있으면 안 된다. 30분이 지나면 반드시 5분 이상 혼자 있어야 한다. 어쩌면 범인이 기폭 장치용 스마트폰을 조작할 시간을 확보하기 위해 그렇게 지시했는지도 모른다.

"기폭 장치용 스마트폰은 원래 화면이 잠겨 있지 않았겠죠?"

사와무라 씨가 지나가는 투로 슬쩍 묻자 야노구치 씨가 대답했다.

"그렇지 않을까? 누가 준비했는지 모르지만, 오로지 폭탄을 터뜨리기 위한 스마트폰이니 굳이 잠금을 설정하지 않았어도 이상할 것 없지. 그래야 더 빨리 사용할 수 있으니까."

"하지만 지금은 화면이 잠겨 있을지도 모르겠군요."

"그야 그렇겠지."

범인 말고는 스마트폰 잠금을 해제할 수 없다면, 누가 스마트폰을 가졌는지 알아내서 제압해봤자 오히려 우리 목을 조르는 꼴이다. 잠금을 해제하느냐 마느냐는 결국 범인의 마음 하나에 달린 셈이니까.

그 기폭 장치는 바로 사용할 수 있는 상태였을까? 폭탄을 만든 사람들이 인터넷에 연결되는 스마트폰을 작업장에 방치할까? 그런 생각도 해봤지만 요즘은 유지비가 거의 들지 않는 요금제도 있고, 선불제 유심칩도 있다. 굳이 본토에 가져갈 필요 없다고 여겼어도 이상할 것 없다.

다들 제각기 생각에 빠져서 잠시 침묵이 흘렀다.

얼굴을 맞대고 있기도 피곤한지 각자 소파에 앉거나 문에 기대는 등 집중력이 점점 흐트러졌다.

그때 창가에 서 있던 후지와라 씨 쪽에서 갑자기 띠링, 하고 소리가 나서 다들 일제히 그쪽을 보았다.

후지와라 씨는 호주머니에서 스마트폰을 꺼내 화면을 들여다보고 있었다.

모두의 시선이 날아들자 후지와라 씨는 본인이 몹시 위험한 짓을 했다는 걸 드디어 알아차린 듯했다. 으아, 하고 소리를 지르며 스마트폰을 떨어뜨릴 뻔했다.

그리고 당황해서 변명했다.

"아니요, 어디 연락하려던 게 아닙니다. 마침 알림이 와서 습관처럼 봤을 뿐이에요. 아직 잠금도 해제하지 않았다고요. 보세요."

후지와라 씨는 동영상 사이트의 알림이 표시된 화면을 우리에게 보여주고 얼른 스마트폰을 호주머니에 넣었다.

다들 잠시 숨을 죽였다. 후지와라 씨가 범인의 분노를 사서 신벌이 내려지는 것은 아닐까 겁먹었다.

아무 일도 일어나지 않았다. 물론 범인이 어떻게 생각했든, 이 자리에서 별안간 스마트폰을 꺼내 기폭 장치를 작동시킬 리 없다.

후지와라 씨의 행동을 계기로 사와무라 씨가 제안했다.

"범인은 스마트폰을 회수해서 봉인하라고 했어요. 우리가 스마트폰을 가지고 있으면 안 된다는 거죠.

일단 그 지시에 따를까요? 또 누가 실수로 꺼냈다가 참사가 일어나면 큰일이잖습니까."

지시서에는 그렇게 적혀 있었다.

반대하는 사람은 없었다. 후지와라 씨가 깜박하고 스마트폰을 사용할 뻔한 순간의 긴장감이 다른 선택지를 지워버렸다.

우리는 스마트폰을 꺼내서 테이블에 내려놓았다.

"오무로 씨, 스마트폰을 보관할 만한 물건이 있습니까?"

"어, 찾아볼게요."

사와무라 씨의 말에 아빠는 쓸 만한 물건을 찾으러 갔다.

잠시 후 아빠는 나일론 배낭을 하나 들고 돌아왔다.

"이거면 될까요? 봉인은 어떻게 하면 좋을지 모르겠지만……."

"누가 멋대로 열었을 때 흔적이 남도록 하면 되겠죠? 모두가 서명한 종이를 스테이플러로 배낭 아가리에 박아두면 어떨까요? 열면 반드시 종이가 찢어지게 해놓는 거죠."

우리는 아야카와 씨의 제안을 받아들였다. 큰아빠 방 서랍에서 문구류를 가져와서 스마트폰을 배낭 속에 봉인했다.

그 후에 노무라 씨가 중요한 점을 지적했다.

"저기, 현관 앞에 정확하게 몇 시쯤 모였었죠? 슬슬 30분 되지 않았을까요? 일단 흩어져야……."

맞다.

우리는 의심에 찬 눈으로 서로를 바라보았다. 어떻게 해야 할지는 모르지만 역시 범인의 지시를 무시할 용기는 없었다.

야노구치 씨가 제일 먼저 응접실을 나섰다. 다음으로 후지와라 씨, 구사카 씨, 노무라 씨, 사와무라 씨가 차례대로 나갔다. 다들 자기 침실로 간 듯했다.

나랑 아빠, 아야카와 씨가 남았다.

"리에, 방으로 갈래? 아니면 여기 남을래?"

아야카와 씨가 물었다. 우리는 같은 침실을 쓰니까 한 명은 응접실에 남아야 한다.

"어디가 좋으세요?"

"난 어디든 괜찮아."

"……그럼 제가 여기 남을게요."

"그래."

긴장한 표정인 아야카와 씨는 아빠를 재촉해 방에서 나갔다.

5분간 응접실에 나 혼자 남았다. 혼란스럽기 짝이 없는 머릿속을 정리하기에는 시간이 너무 부족했다.

5분이 지나자 사람들이 응접실로 돌아왔다.

그 사이에 범인은 기폭 장치를 조작했을까?

범인 빼고는 다들 신경 쓰였겠지만 물론 대놓고 탐색하지는 않았다.

구사카 씨가 5분 전에 나눴던 이야기를 다시 꺼냈다.

"그 폭탄이 터지면 도망칠 곳은 없겠지? 작업장뿐만 아니라 방 갈로에도 폭약이 있으니까."

작업장이 폭발하면 방갈로도 연쇄 폭발할 것이다. 폭탄의 위력이 얼마나 되는지 정확하게는 모르지만, 얼핏 보기에도 대형 트럭 몇 대 분의 양이었다. 범인에게 유리하게도 방갈로는 각각 일정한 간격으로 자리 잡고 있어서, 섬 어디에 있든 결코 무사하지 못할 것이다.

"그런데 이런 이야기는 해도 괜찮은 건가요? 탈출 방법을 모색한다고 범인이 오해하면 큰일이잖습니까."

"아니지, 도망치려는 게 아니라 상황을 확인하려는 것뿐이잖아. 이 정도 이야기도 못 하면 앞으로 뭘 어떻게 하겠어?"

"뭘 계기로 범인의 심사가 뒤틀릴지는 모를 일잖아요?"

후지와라 씨와 야노구치 씨가 말다툼을 벌였다. 범인 외에 모두가 염려할 만한 문제였다.

우리에게 제시된 건 열 가지 계율뿐이다.

우리는 달력 종이 뒷면에 두려움 섞인 눈빛을 던졌다.

이건 그야말로 '십계'다.

이것을 어떻게 해석하면 될까. 백 퍼센트 범인의 의도에 어긋나지 않게 해석할 수 있다는 보장은 없다. 그럴 의도 없이 계율을 어겨서 기폭 장치가 작동하면 모두 개죽음을 당한다.

"뭐랄까, 종교학자의 논쟁처럼 돼버렸네요. 결국 '십계'의 해석 문제잖아요? 틀리면 큰일이 벌어져요."

사와무라 씨는 복잡한 표정으로 팔짱을 꼈다. 부주의하게 말을 꺼내지 않도록 모두를 견제하려는 눈치였다.

"우리끼리 지지고 볶아봤자 의미 없겠지. 다수의 의견이 아니라 범인의 생각에 따라야 하니까."

구사카 씨 말이 옳다.

"뭘 어쩌든 의사를 확인하는 편이 낫지 않을까요? ……이걸 쓴 사람의."

노무라 씨는 불안한 표정으로 달력 종이를 가리켰다. '범인'이라는 말을 피했다. 그 말이 살인범을 자극할까 봐 무서운 듯했다.

"우리끼리 상의하는 게 아니라 범인의 계시를 받으라는 거로군."

지금 상황에서 범인은 신이나 마찬가지였다. '십계'에 수긍이 가지 않는다고 함부로 굴면 신의 분노를 살 우려가 있다.

침묵이 흘렀다.

그러자 이야기를 가만히 듣고 있던 아야카와 씨가 조심스레 입을 열었다.

"의문이 생겼을 때, 범인에게 답변을 듣는 편이 낫다는 말씀이시군요."

"그건 그렇지만 누가 답변했는지 알면 안 되니까 문제지."

우리 의문에 답변하는 것이 확실히 범인에게는 큰 위험일 듯했다.

"어쩌면 좋으려나. 예를 들면……."

아야카와 씨는 창가에 놓여 있는 유리 꽃병에 시선을 멈췄다.

꽃병에는 어느 해변에서 모아온 듯한 작은 조개껍데기와 구슬 크기의 동그랗고 예쁜 돌멩이가 채워져 있었다. 별장에 잘 어울리는 인테리어였다.

"오무로 씨, 안에 뭐가 들었는지 보이지 않는 주머니 없을까요? 두 개 필요한데요. 가능하면 두루주머니처럼 아가리를 조일 수 있는 게 좋겠어요."

"네? 아, 찾아보면 있을 겁니다."

아빠는 응접실을 나서서 별장 안쪽으로 향했다. 잠시 후 세탁실에 있던 쿠션 커버를 두 개 들고 돌아왔다.

"이거면 될까요?"

"아, 딱 좋아 보이네요."

검은색 마직물로 만든 정사각형 모양의 쿠션 커버다. 쿠션을 꺼내고 넣을 수 있도록 한쪽 변에 지퍼가 달렸다.

아야카와 씨는 커버 하나에 조개껍데기와 돌멩이를 몇 개 넣고 테이블에 올려놓았다. 다른 커버는 주먹이 들어갈 만큼만 지퍼를 열고 그 옆에 나란히 놓았다.

아야카와 씨가 뭘 하려는 건지 다들 대충 짐작한 듯했다.

"이 커버에 조개껍데기와 돌을 적당히 넣었어요. 몇 개 넣었는지는 저도 모르고요. 범인에게 질문이 있을 때는 이걸 사용하면 어떨까요? 대답이 네라면 조개껍데기, 아니오라면 돌이라고 정해놓고, 범인이 둘 중 하나로 대답하는 거죠."

한 명씩 쿠션 커버에서 조개껍데기나 돌을 골라서 빈 쿠션 커버에 넣는다. 범인 말고는 전부 조개껍데기를 선택하고, 범인만 둘

중 하나를 선택한다.

투표가 끝나면 커버를 연다. 안에 조개껍데기만 들어 있으면 대답은 네, 돌이 섞여 있으면 대답은 아니오.

"어떤가요? 이러면 익명성을 보장한 채, 범인에게 질문할 수 있을 것 같은데요."

아주 안전하고 효과적인 방법이었다. 범인이 실수로 돌을 떨어뜨리지 않는 한, 정체가 들통 날 걱정은 없다.

"네, 아니오로 대답이 가능한 질문만 할 수 있겠군. 뭐, 확실히 그러는 편이 낫겠지. 정말로 이 방법을 써도 괜찮은지 범인에게 물어볼 길은 없지만."

야노구치 씨가 모두의 얼굴을 살펴보며 말했다. 범인도 이 방법에 불만은 없을 것이다.

"그럼 시험 삼아 물어볼까요? 현재 상황에 대해 저희끼리 좀 더 상의해보려고 합니다. 거역하려는 게 아니라 현재 상황을 정확하게 파악하기 위해서요. 괜찮을까요?"

사와무라 씨가 허공에 대고 말했다.

그는 쿠션 커버에 손을 넣어 내용물을 선택하고 꽉 움켜쥐었다. 그리고 다른 커버에 그걸 넣었다.

한 명씩 순서대로 같은 행동을 반복했다. 나는 다섯 번째였다. 조개껍데기를 쥐고 주먹을 커버에서 꺼낼 때는 몹시 긴장됐다. 내용물이 손가락 틈새로 비어져 나오지 않도록 조심해야 한다.

모두가 투표를 마치고 지퍼를 열었다.

조개껍데기가 여덟 개 나왔다.

범인의 답변은 네였다.

"현재로서는 범인도 우리에게 불만이 없다는 뜻이로군요."

사와무라 씨가 해설하는 듯한 투로 말했다.

"어쨌든 상의해야 할 일을 상의하도록 하죠. 그리고 범인도, 다른 사람들도 무사히 돌아갈 수 있도록 노력합시다.

어, 만약 폭탄이 터지면 이 섬 어디에도 도망갈 곳이 없다는 이야기를 하고 있었죠? 뭐, 당연한 소립니다만."

"바다에 뛰어들어 봤자 자살 행위니까요."

아빠가 맞장구치듯 말했다. 순종적인 태도를 보이며 아양을 떠는 것 같은 말투였지만, 틀림없는 사실이었다.

이 섬 주변은 물살이 빨라서 물에 들어가면 위험하다는 소리를 어렸을 적부터 귀에 못이 박이도록 들었다. 그게 아니라도 11월이라 바닷물이 많이 차가워졌다. 폭발을 피하려고 바다에 뛰어들어도 생존할 확률은 높지 않다. 애초에 난 수영을 할 줄 모른다.

오사나이 씨의 시체가 있는 절벽 아래 바위터라면 혹시 폭발에 휘말리지 않을지도 모른다.

하지만 우리에게는 그 절벽을 내려갈 방법이 없다. 급경사라서 로프를 사용해야 하지만, 비품류를 대부분 보관해둔 작업장은 범인이 문을 잠가버렸다. 그리고 그 절벽 근처에는 로프를 걸 만한 곳도 없었다.

절벽 밑으로 내려간들 폭발로 무너진 바위에 깔릴 가능성이 크다.

섬에 있는 한 폭발의 위험에서 완전히 벗어날 수는 없다는 뜻이다.

시체를 발견한 후, 믿기 힘든 일이 연달아 발생해 마비됐던 공포심이 서서히 가슴을 옥죄어 왔다. 경계 없이 탁 트인 개방적인 이 작은 섬에 우리는 엄중히 격리되고 말았다.

범인의 빈틈없는 대처와 우연히 형성된 섬의 지형 때문에 도주로는 꽉 막혔다. 우리의 목숨이 범인의 변덕에 좌우된다는 현실을 받아들이지 않을 수 없었다.

"마지막 희망은 작업장 열쇠의 행방인가. 뭐, 어딘가에 숨겼겠지만……."

구사카 씨는 그렇게 중얼거린 후 사람들의 얼굴을 보고 허둥지둥 덧붙였다.

"어, 그러니까 열쇠를 찾아내서 기폭 장치를 멈추는 것도 불가능하다는 거야. 범인에게 따를 수밖에 없다는 뜻이지. 내가 하고 싶은 말은 그거야."

지시를 어기고 우리의 안전을 확보하려면 남은 방법은 그것뿐이었다. 작업장에 들어가서 기폭 장치를 해체하는 수밖에 없다.

하지만 범인이 열쇠를 어디 보관했는지 모른다. 몸수색을 할 수는 없는 노릇이고, 어쩌면 바다에 던졌을 수도 있다. 그래도 범인은 곤란할 것 없으니까.

작업장은 문이 튼튼하고 창문의 덧문도 닫혀 있다. 뜯고 들어가기는 어려우리라. 더구나 기폭 장치를 뚝딱 해체할 수 있다는 보장도 없다.

후지와라 씨가 갈색 머리를 벅벅 긁었다.

"범인은 여차하면 우리를 저승길 동무 삼아 자기도 죽을 작정인 거죠? 그럴 각오를 한 거겠죠?"

"그야 그렇겠죠. 사람을 죽였다는 사실이 발각되면 인생이 끝장나니까요. 살인범이 그럴 바에야 체포되기 전에 섬을 통째로 폭파해 화려하게 죽겠다고 마음먹어도 이상할 것 없습니다."

사와무라 씨가 대답했다.

"……추리소설에 이런 내용이 많잖아요. 탈출 불가능한 외딴 섬에서 살인이 발생하고, 거기 있는 사람들끼리 범인을 밝혀내야 하는 스토리요.

하지만 이번에는 그 반대인 거죠? 우리는 배를 부를 수 있는데도 살인이 벌어진 섬에 갇힌 채 사흘을 보내야 해요.

그리고 사흘간 절대로 범인을 밝혀내서는 안 되고요. 만약 밝혀내면 범인을 포함해 모두 사망. 그런 거죠?"

이미 알고 있던 사실을 후지와라 씨가 새삼 지적했다. 다들 긴장한 표정을 감추지 못했다.

나는 불안해져서 무심코 아야카와 씨를 보았다. 아까부터 말수가 적었던 아야카와 씨는 어떻게든 나를 안심시키려는 듯 상냥한 시선을 주었다.

구사카 씨가 툴툴거렸다.

"범인을 밝혀내지 않는 건 좋다 이거야. 하지만 범인도 조심해야지. 우리가 알아내려 하지 않아도 그쪽 실수로 정체가 드러날 수도 있잖아? 깜박하고 범인밖에 모르는 정보를 말하는 식으로.

그래서 모두를 죽음으로 몰아넣는다면 자폭 테러범이나 매한가지지. 너무 어처구니없는 결말이야. 사흘간 여기 머무르라고 할 거면, 그동안 절대로 범인임이 들통나지 않도록 처신해줬으면 좋겠어."

그야말로 지당한 말이다.

내내 마음에 걸렸던 점을 노무라 씨가 대신 언급했다.

"그런데 범인은 왜 저희를 섬에 붙잡아두려는 걸까요? ……저기, 이런 이야기는 하면 안 되려나요?"

"괜찮지 않을까? 범인을 지목하려는 의도가 아닌걸. 왜 우리가 여기 머물러야 하는지 생각해볼 뿐이잖아?"

구사카 씨는 그렇게 말했지만, 생각하다 보면 범인의 정체에 다다를 수도 있지 않을까?

아야카와 씨가 입을 열었다.

"어쩌면 사흘은 증거를 인멸하기 위한 시간일지도 모르겠네요.

경찰이 바로 출동하면 범인으로서는 곤란하겠죠. 섬을 수색하면 자기가 범인이라는 사실이 들통날 수도 있으니까요.

그래서 유예 기간 사흘 동안 나중에 경찰이 과학 수사를 벌여도 범인이 누군지 밝혀지지 않도록 대처하려는 것 아닐까요?"

야노구치 씨가 반론했다.

"아니, 하지만 구체적으로 뭘 어떻게? 증거 인멸을 한다고 해도 오사나이의 시체는 절벽 밑에 있는걸. 범인도 거기에는 접근 못 해.

그리고 남은 증거가 뭔데? 흉기로 사용한 석궁? 그런 건 바다에 내던지면 그만이잖아?"

범인은 큰아빠 방에 있던 석궁을 꺼내서 사용했다.

그 후에 석궁을 어떻게 했을까?

처분했을까?

"증거가 뭔지 추측하다 보면 범인의 정체에 다가설 수도 있으니까, 그만두는 편이 좋겠죠. 하지만 예를 들어 이렇게 생각해볼 수도 있지 않을까요?

오사나이 씨의 시체는 절벽 아래 바위터로 떨어졌어요. 야노구치 씨 말씀대로 아무도 거기 접근할 수 없겠죠.

물론 절벽을 내려가기가 불가능하니까요. 그리고, 오무로 씨, 보트를 타고 바다에서 다가가기도 힘들겠죠?"

"네? 아아, 네. 그렇죠."

아야카와 씨의 질문에 아빠는 어정쩡하게 대답했다.

이 섬 주변은 바위터뿐이라 잔교 주변 말고는 배가 좌초될 위험성이 있다.

"따라서 오사나이 씨의 시체는 경찰이나 해상보안청 관계자가 철저히 장비를 갖추고 와야 수습할 수 있겠죠?

그럼 시체나 석궁 화살에 증거가 남아 있다면 범인으로서는 곤란할 거예요. 손이 닿지 않는 곳에 있는 셈이니까."

"석궁 화살에 범인의 머리카락이 엉겨 붙어 있다든가, 그런 말인가요?"

아빠가 물어보았다.

"네. 예를 들자면요. 실제로는 어떤지 모르지만, 시체 주변에 증거가 남아 있지 않을까 범인이 걱정할 가능성은 있어요."

"그럼 사흘이라는 기한은 시간 벌기라는 뜻입니까? 경찰이 오지 않도록 조치해두고 그 사이에 증거를 어떻게 할지 고민한다? 시간을 끌어본들 어차피 절벽 아래에는 못 가잖아요?"

"맞아요. 그래도 범인 입장에서는 사흘을 기다리는 데 의미가 있을지도 모르죠. 높은 파도가 밀려와서 증거를 휩쓸어갈 수도 있으니까요. 그리고 어제 밤하늘이 어땠는지 기억하세요?"

아야카와 씨가 갑자기 낭만적인 소리를 했다. 어제 밤하늘? 쾌청했던 건 확실하다.

"어젯밤에 상현달보다 좀 더 차오른 달이 떴어요. 앞으로 사흘 정도면 보름달이 될 것 같더군요. 즉, 곧 대조기†라는 뜻이에요. 밀

---

† 음력 보름과 그믐 무렵 밀물이 가장 높은 때.

물로 수위가 높아져서 시체 주변이 바닷물에 잠기면 증거가 인멸될 것이다. 그게 범인의 노림수일지도 모르죠."

설득력 있는 의견이었다. 체포될 확률을 조금이라도 낮추기 위해 그런 계책을 세웠어도 이상할 것 없다. 아야카와 씨의 의견이 뜻밖에 진실일지도 모른다.

하지만 다른 사람들은 이 이야기를 듣고 불안감이 한층 더 커진 듯했다.

야노구치 씨가 말을 꺼냈다.

"너무 불확실한 방법인걸. 가령 그렇다 치고, 사흘 후에 증거가 인멸되지 않았다고 범인이 판단하면 어쩌지? 우리는 계속 이 섬에 머물러야 하나?"

"아니요, 그건 무리입니다. 식료품도 그렇게는 없고, 휘발유도 떨어질 테니까요."

아빠가 대답했다.

구사카 씨도 아빠 말에 동의했다.

"애당초 아무리 범인의 지시라도 사흘 이상은 힘들어.

범인에게 대들자는 게 아니라 본토에는 우리가 이 섬에 왔다는 걸 아는 사람이 수두룩하잖아? 나부터도 아내에게 섬에 간다고 말하고 왔는걸. 돌아가지 않으면 이상하다는 생각에 배를 빌려서 찾아오겠지. 너무 오래 끌면 분명 그렇게 돼."

그렇다. 엄마와 오빠도 나와 아빠가 이 섬에 있다는 걸 안다. 말썽이 좀 생겨서 며칠 더 있어야 한다는 식으로 둘러대는 건 사흘 정도가 한계이리라.

"그나저나 다들 정말로 괜찮아? 범인의 지시대로 사흘간 집에 돌아가지 않아도 의심받지 않도록 가족이나 회사에 잘 둘러댈 수 있겠어?"

구사카 씨의 말에 모두 생각에 잠겼다.

잠시 후 일단 아빠가 대답했다.

"뭐, 사흘이라면 어떻게든 될 것 같네요. 섬 관리 문제로 당장 해야 할 일이 생겼다고 하면 별말 없을 거예요. 연락은 정기적으로 해도 되는 거겠죠?"

본토 사람들에게 의심받지 않도록 연락하라고 지시서에 적혀 있었으니 문제없을 것이다.

"우리 딸내미도 괜찮지?"

"응. 특별한 일정 같은 건 없으니까."

이런 상황에서도 아빠가 가족끼리 허물없이 대하는 모습을 남들 앞에 드러내자 어쩐지 거부감이 들었다.

"저도 괜찮을 겁니다. 평일이라면 어떨지 모르지만, 오늘부터 사흘이라면."

사와무라 씨가 말했다.

내일부터 사흘간 연휴다. 갑자기 섬에서 돌아갈 수 없게 된 사정을 직장 사람에게 이해시키기는 어려울 테니, 이번 여행 일정은 범인 그리고 우리에게도 행운이었을지 모르겠다.

아야카와 씨가 말을 이어받았다.

"저도 괜찮아요. 사흘쯤 돌아가지 않아도 수상쩍게 여길 사람은 없으니까요."

노무라 씨, 야노구치 씨, 후지와라 씨도 섬에 남을 수 있을 것이라고 대답했다.

"그럼 범인이 지시한 대로 사흘간 여기서 지내는 건가."

구사카 씨가 떨떠름한 어조로 말했다. 다들 말없이 고개를 끄덕였다.

범인 말고 다른 사람들은 모두 반신반의하는 상태다.

작업장의 기폭 장치는 정말로 세팅됐을까?

범인은 정말로 여차하면 모두를 폭탄으로 죽이려고 마음 먹었을까?

협박은 그저 협박에 불과하지 않을까?

범인을 믿을 수는 없다.

하지만 범인의 지시에 따르는 것 말고 다른 선택지는 없었다. '십계'를 경시하다 신벌을 받으면 막대한 피해를 입는다. 아무리 의심스러워도 신을 시험할 수는 없다.

사와무라 씨가 배낭의 봉인을 뜯고 머뭇머뭇 자기 스마트폰을 꺼냈다. 화면이 모두에게 보이도록 스마트폰을 테이블에 내려놓고 천천히 잠금을 해제했다.

"그럼 일단 선장님께 연락할까요? 오전 중에 전화한다고 했으니까요. 사흘 후에 데리러 오라고 하겠습니다."

사와무라 씨는 통화 기록에 들어가서 위에서 몇 개 밑에 있는 전화번호를 누르고, 스피커폰 기능을 켰다.

"아, 수고 많으십니다. 사와무라입니다."

—아아! 오늘 몇 시에 가면 됩니까?

"그게 말이죠, 섬에 좀 더 머무르다 가려고요."

—엥? 왜요?

선장은 제정신인지 의심하듯 굵고 탁한 목소리를 높였다.

"섬을 더 자세히 살펴보고 싶어서요. 그리고 기왕 여기까지 왔으니 휴가도 겸해서 사흘 후에 돌아가기로 했습니다."

—그래요? 먹을 건 있고요? 괜찮겠습니까?

"걱정하실 것 없어요. 아무튼 사흘 후에 오실 수 있죠? 또 연락 드리겠습니다."

—뭐, 오늘은 안 가도 된다는 거죠? 알겠습니다. 사흘 후에 봅시다.

통화가 끝나자 우리는 비장감과 안도감이 뒤섞인 한숨을 내쉬었다. 무사히 선장을 속여넘겼다. 동시에 빼도 박도 못하고 여기서 사흘을 버텨야 한다는 과제가 주어졌다.

"저어, 죄송합니다만 여자친구한테도 연락해도 될까요?"

사와무라 씨는 빠르게 말하더니 SNS앱을 열었다. 20대 후반으로 보이는 갈색 단발머리 여성의 아이콘을 누르고 '미안, 일이 좀 생겨서 못 돌아가게 됐어. 다음 주에 보자'라는 메시지를 보낸 후 서둘러 앱을 닫았다.

머쓱한 분위기가 가시기 전에 얼른 해치워야겠다 싶었는지 아빠가 손을 들었다.

"다음에는 저희 가족에게 전화해도 될까요? 받을지는 모르겠지만."

아빠는 배낭에 오른손을 넣어서 코르크로 만든 줄이 달린 자기 스마트폰을 꺼냈다.

1분 정도 발신음이 울린 후에야 엄마는 겨우 전화를 받았다.

"아, 여보? 어, 실은 말이야, 좀 늦게 돌아가게 될 것 같아."

— 뭐? 왜? 언제 오는데?

"그게, 사흘쯤 후에."

— 사흘 후? 갑자기 무슨 소리야? 왜?

"어, 건물이 많이 상해서 급히 수리하는 편이 좋겠다고 건축사무소 사람이 그러더라고. 여기가 그렇게 자주 올 수 있는 곳은 아니잖아?"

— 뜬금없이 수리? 당신, 속은 거 아니야?

아빠는 난처한 표정으로 이쪽을 보고 나서 스마트폰으로 고개
를 돌렸다.

"그리고 리에가 모처럼 왔으니 좀 더 지내다 가고 싶대. 왜, 요즘
공부만 하느라 많이 답답해했잖아. 기분 전환하는 것도 좋을 거야.
앞으로는 정말로 집중해서 공부해야 할 테니까."
— 작년에도 그런 소릴 하다가 떨어졌잖아? 사흘이라니, 얼마나
쉬려는 거야?
"아니, 뭐, 그건 그렇지만."

말문이 막힌 아빠의 눈짓을 받고 전화를 바꿨다.

"저기, 엄마? 응, 나야. 오랜만에 섬에 오니까 마음이 편하네. 그
래서 좀 더 있다가 가려고."
— 갑자기 웬 태평한 소리니? 엄마 복장 좀 뒤집지 마. 정말로 대
학 갈 마음은 있는 거야?
"당연히 있지. 집에 가면 열심히 공부할게. 여기서도 조금씩은

하고 있어."

─그럴 리가 있나. 변명은 됐고, 둘이 무슨 작당을 한 건지 원.

엄마는 말문을 닫았다. 더는 할 말이 떠오르지 않았는지 돌아오라고 설득하기를 포기한 것 같았다. 어이없다는 듯한 한숨과 함께 전화가 끊겼다.

고개를 들자 사람들은 섬에서 벌어진 긴급 사태와 전혀 어울리지 않는 통화 내용에 당황한 눈치였다. 길에서 떼쓰는 어린아이를 보았을 때처럼 어색하고 민망한 분위기가 살짝 풍겼다.

사람들의 그런 반응이 마음에 안 들었다. 동시에 방금 통화가 엄마와 마지막으로 나누는 대화가 될지도 모른다는 생각에 몸이 바르르 떨렸다. 섬에서 농땡이를 부리는 줄 알았던 남편과 딸이 폭발해서 산산조각 났다는 사실을 알면 엄마의 남은 인생이 어떻게 될지 상상하기가 두려웠다.

"리에는? 연락할 사람 없어?"

"응. 딱히 없어. 괜찮아."

한 주에 여러 번 연락하는 친구는 둘뿐이다. 어제저녁에도 연락이 왔었다. 고등학교 2학년 때 반 친구로, 내가 추천한 애니메이션에 대해 '재미있었지만 여주인공 말투가 짜증 나. 움직임이 전체적으로 촌스러운 것도 별로고'라는 감상을 보냈다.

평소 같으면 '작화는 그렇게 안 나쁘잖아? 여주인공이 짜증 나는 건 동의해'라는 식으로 바로 답장했겠지만, 어제 폭탄을 발견하는 바람에 그럴 상황이 아니었다.

답장이 아예 없으면 이상하다 생각하겠지만 사흘 정도는 연락하지 않아도 문제없고 어차피 친구는 내가 이 섬에 있는 줄 모른다. 작화가 어쩼느니 여주인공이 저쩼느니 하는 내용을 모두가 지켜보는 가운데 보낼 마음도 들지 않았다.

"저도 지금 연락해야 할 사람은 없어요. 앞으로 해야 할지도 모르지만요."

아야카와 씨도 내게 동조하듯 말했다.

이어서 구사카 씨와 노무라 씨가 전화했다.

구사카 씨의 부인은 일 때문에 사흘간 못 돌아간다는 연락을 의문도 불만도 없이 받아들였다.

싱글맘인 노무라 씨는 초등학생 아들을 여동생 부부 집에 맡기고 왔다. 1박 2일 예정이었지만 업무상 사흘만 더 데리고 있어 달라고 부탁해야 한다.

노무라 씨와 여동생의 통화는 듣고 있기가 괴로웠다.

—뭐? 참네, 진짜로 일 때문이야? 간 김에 여행 기분 내는 건 아니고? 적당히 좀 해. 우리 집 좁단 말이야. 그리고 쇼가 집에 있으면 사야카가 엄청 싫어해. 멋대로 방에 들어와서 물건을 가져간대. 애를 맡기려면 교육 좀 제대로 시켜. 남의 자식을 야단치는 게 얼

마나 스트레스인지 알아?

여동생은 5분 동안 계속 불평을 쏟아냈다. 세상 물정에 밝고 빠
릿빠릿한 인상이었던 노무라 씨는 전화에 대고 "미안해, 이번만,
앞으로 사흘만……"이라는 말을 되풀이했다.

우리는 듣고 있어야 한다. 범인이 그렇게 지시했다. 섬에서 일어
난 일을 몰래 알리지 않도록 감시해야 한다.

사흘간은 못 돌아가니까 아들을 맡아 달라는 부탁이 결국 받아
들여졌고, 전화가 끊겼다.

"실례했습니다."

노무라 씨가 중얼거렸다.

남은 사람은 야노구치 씨와 후지와라 씨였다.

후지와라 씨는 당장 누군가에게 연락할 필요는 없다고 했다. 야
노구치 씨는 업무 때문에 일단 연락해두고 싶다며 스마트폰을 꺼
내 테이블에 내려놓고 패턴을 그려서 잠금을 해제했다.

그리고 메일 앱을 열었지만, 마음이 바뀌었는지 화면을 껐다.

"……역시 그만둘래. 꼭 해야 하는 연락도 아니니까. 자칫해서
범인의 성질을 건드려도 곤란하고."

야노구치 씨는 스마트폰을 배낭에 도로 넣었다.

"그러고 보니 오사나이의 지인에게 연락하지 않아도 괜찮을까?
우리로서는 어쩔 방도도 없지만."

구사카 씨의 지적에 다들 흠칫했다. 연락이 없는 게 걱정돼서 오사나이 씨의 가족이 섬을 찾아오기라도 하면 야단난다.

"괜찮을 겁니다. 오사나이 씨는 혼자 살거든요. 연락이 안 된다는 이유로 사흘 안에 안부를 걱정할 사람은 없어요."

동료 후지와라 씨가 암울한 말투로 보증했다. 죽은 사람이 고독한 삶을 보내서 다행이라고 기뻐해야 할 상황이었다.

범인의 요구에 응했다.

'십계'의 세 번째 계율을 확실히 지켰다.

이제부터 사흘간 섬에는 아무도 찾아오지 않는다.

그 후 한 명씩 서명한 달력 종이를 스테이플러로 박아서 스마트폰이 든 배낭을 다시 봉인했다.

만전을 기하기 위해 배낭은 응접실 구석 틈새에 보관하기로 했다.

거기에는 커다란 캐비닛 두 개가 직각으로 놓여 있다. 배낭을 꺼내려면 캐비닛을 움직여야 한다.

캐비닛은 무거워서 혼자 움직이기 힘들다. 그리고 이동시킬 때 덜컥덜컥 큰소리가 난다. 이렇게 해두면 누군가 이성을 잃고 함부로 스마트폰을 꺼내려 해도 제지할 수 있다. 귀찮지만 스마트폰을 사용할 때는 이 절차를 되풀이해야 한다.

"이 정도면 범인도 불만 없겠죠? 물어볼까요?"

사와무라 씨의 제안으로 다시 범인의 계시를 받기로 했다.

한 명씩 조개껍데기와 돌멩이가 든 쿠션 커버에 손을 넣었다. 여덟 명이 투표를 마치고 커버 지퍼를 열었다.

조개껍데기 여덟 개가 나왔다.

스마트폰을 봉인한 방법이 범인도 마음에 든 모양이었다.

"그럼 오늘부터 사흘간, 우리 모두 안전하게 지내도록 합시다."

그런 인사와 함께 우리는 흩어졌다. 응접실에 다시 모인 지 30분이 다 되었다.

03

나는 또 응접실에 남았다. 규칙상 최소 5분은 혼자 있어야 한다.

일어서 있으니 빈혈이 올 것처럼 눈앞이 가물거려서 쓰러지듯 소파에 푹 엎드렸다.

혼란과 공포가 머릿속에서 뒤섞여 생각을 방해했다. 어린 시절 추억이 남은 곳을 둘러보러 왔건만, 섬은 뒤틀린 논리를 내세워 우리를 가두는 감옥으로 변해버렸다.

눈을 감고 있자 의식이 눈꺼풀 안쪽의 어둠 속을 망연히 떠돌았다.

현실을 받아들일 기분이 들지 않는 건, 그 논리가 마치 꿈속의 논리 같기 때문이었다.

스마트폰은 된다. 날씨도 좋다.

그렇지만 여기서 나갈 수는 없다.

지금 막 잠에서 깨어나 정신이 덜 든 것 아닐까?

시간이 흘러 정신이 또렷해지면 악몽을 꾼 기억이 흐려지듯, 그렇게나 무서웠던 상황이 어처구니없는 착각이었음을 깨닫지 않을까?

하지만 이 비현실적인 상황을 곱씹어보건대, 어디를 어떻게 살펴도 범인의 계율을 무시하고 구조선을 불러도 되는 이유가 눈에 띄지 않는다. 아무리 믿기 힘들어도 정말로 폭탄이 설치됐을 가능성은 부정할 수 없다.

생각이 같은 경로를 빙 돌아서 그 결론을 통과할 때마다 정신이 나갈 것만 같았다.

어쩌면 좋지?

아야카와 씨다. 그 사람 말고는 상의할 사람이 없다. 아빠는 안 된다. 이럴 때 도움이 될 만큼 듬직한 사람이 아니다.

나는 결심하고 문을 열었다.

복도에는 아야카와 씨가 있었다.

5분은 이미 지났다.

"아, 리에?"

아야카와 씨는 내가 나오기를 기다리고 있었던 듯했다.

주변을 둘러보았다. 다들 방에 틀어박혔는지 복도에 다른 사람은 없었다.

아야카와 씨는 나를 염려하며 주변에 들리지 않도록 목소리를 낮춰서 말했다.

"괜찮니? 이게 무슨 난리인지."

"……네. 정말이지 어떻게 해야 좋을지 모르겠어요."

"그러게. 나도 솔직히 난감해. 하지만 생각하기를 포기해서는 안 되겠지. 그래서 너와도 상의하는 편이 좋겠다 싶어서. 어젯밤에 같은 방을 쓴 건 나랑 너뿐이잖아."

아야카와 씨가 부드럽게 미소 지었다.

뭐라고 대답하면 좋을지 망설여졌다.

어디서 문이 열리는 소리가 났다. 나랑 아야카와 씨가 이리저리 두리번거리는데 세탁실에서 아빠가 나왔다.

"아, 리에."

아빠는 무신경한 걸음걸이로 다가왔다.

무슨 일인지 의아해하는 눈치였다. 복도에서 울음을 터뜨릴 것 같은 나를 아야카와 씨가 위로하는 듯한 모양새였으니까.

아빠가 나타나서 당황했는지 아야카와 씨는 망설이는 듯한 낌새를 보였다. 나와 단둘이 이야기하려 했는데, 아빠를 끼워줘야 할지 고민하는 것 같았다.

하지만 아빠는 나와 이야기를 하고 싶은 모양이었다. 잠시 후 작은 목소리도 들릴 만큼 가까워지자 아야카와 씨는 마음을 굳힌 듯 조용히 아빠에게 말을 걸었다.

"오무로 씨, 마침 잘됐네요. 다른 사람이 없는 곳에서 상의하는 편이 좋겠죠. 지금 상황에 대해서요."

"상의? 저랑요?"

아빠는 당황해서 주변을 살폈다. 범인의 귀에 들어가면 안 되는 이야기가 아닌지 걱정하는 듯했다.

아야카와 씨가 목소리를 한층 낮췄다.

"자리를 옮기는 게 좋겠어요. 응접실로 들어가시죠. 리에도, 괜찮지?"

"네."

아무도 보지 않는 걸 확인한 후, 아야카와 씨는 문을 열고 나와 아빠를 안으로 들여보냈다.

나는 L자형으로 배치된 소파 안쪽에 무릎을 모으고 앉았다.

대화는 좀처럼 시작되지 않았다. 아야카와 씨는 무슨 이야기부터 꺼내야 할지 망설이는 듯했고, 아빠는 그저 당혹스러운 표정이었다.

아야카와 씨가 뭘 상의하겠다는 건지는 아직 모르지만, 무엇보다 먼저 아빠에게 해야 할 이야기가 있었다.

"아야카와 씨, 그……, 어젯밤 알리바이에 대해 말해도 될까요? 일단 아빠한테만요. 저희는 같은 방에서 잤으니까."

아야카와 씨는 한순간 미심쩍어하는 표정을 지었지만 이내 고개를 끄덕였다.

나는 아빠에게 고개를 돌렸다.

"어젯밤에 잠자리에 들기는 했지만 계속 깨어 있었어. 아야카와 씨는 내내 옆에서 잤고. 그러니까 아야카와 씨는 절대 범인이 아니야."

"그렇구나. 그럼 한숨도 못 잔 거야?"

"구사카 씨가 부르기 전에 잠시 눈을 붙이기는 했어."

날이 희붐해지고 나서 아주 잠깐 잠들었다. 아무리 뭐래도 아야카와 씨가 침실을 빠져나가 살인을 저지르고 달력을 찢어서 '십계'를 작성하기에는 시간이 부족하다.

그렇게 말하자 아빠는 수긍한 듯했다.

"그런데 저랑 상의하고 싶다고요?"

"네, 물론 이 상황을 타개해 무사히 집에 돌아가기 위해서요."

"아아, 그렇겠죠. 그런데……응?"

아빠는 고개를 갸웃했다.

"두 사람과 달리 저는 어젯밤에 혼자 지내서 알리바이가 없는데, 제가 범인이 아니라는 걸 어떻게 알았습니까?"

그러자 아야카와 씨는 예상치도 못한 말을 꺼냈다.

"아니요, 그야 모르죠. 오무로 씨가 범인이 아니라고 증명할 수 있는 재료는 전혀 없어요. 제게 오무로 씨는 범인이어도 이상할 것 없는 분이에요."

"네?"

철석같이 믿는 태도로 응접실에 데려와 놓고 갑자기 떼밀어 내서 아빠는 어안이 벙벙한 표정이었다.

나도 아야카와 씨의 의도를 헤아릴 수 없었다.

아야카와 씨는 침착한 어조로 이야기를 이어나갔다.

"실은 의심스러우냐 아니냐의 문제가 아니에요. 사실대로 말씀드리자면 오무로 씨가 범인이든 아니든 별로 상관없어요. 어느 쪽이든 제가 상의할 수 있는 분은 오무로 씨밖에 없으니까요.

범인은 불의의 사태가 벌어지면 섬을 통째로 폭파하겠다고 저희를 협박하고 있어요. 하지만 가령 범인이라도 절대로 그 협박을 실행하지 않을 사람이 한 명 있죠."

"그게 저라는 말입니까?"

"네."

아야카와 씨가 나를 힐끔 보았다.

아빠는 아야카와 씨의 말이 무슨 뜻인지 알아들은 듯했다.

"그렇구나. 리에가 있으니까."

"맞아요. 두 분과는 어제 처음 만났지만, 만에 하나 오무로 씨가 범인이더라도 절대로 기폭 장치를 작동시키지 않을 거라고 생각해요."

아빠가 살인범이라는 사실이 밝혀지더라도 딸을 저승길 동무 삼아 죽을 리 없다. 아빠가 범인일 경우 '십계'는 단순한 으름장에 불과하다. 아야카와 씨의 말은 그런 뜻이다.

천연덕스럽게 들릴 만큼 차분한 아야카와 씨의 말투가 무서웠다. 나와 아빠의 관계를 정확하게 꿰뚫어 본 분석이었다. 평소 내가 아무리 아빠를 성가셔한대도 아빠가 나를 해칠 리 없다. 내 믿음은 확고했다.

무슨 말인지 이해한 아빠는 아야카와 씨와 앞일을 상의하기로 마음먹은 듯했다.

동시에 아빠의 얼굴에 비장감이 서렸다.

"물론 저는 범인이 아닙니다. 이런 소리를 해봤자 소용없겠지만요. 하지만 이번 일은……, 제 탓이겠죠? 제가 우유부단했던 탓이에요. 어젯밤에 경찰에 신고했으면 이런 사태는 벌어지지 않았을 텐데."

어제저녁, 섬에 폭탄이 있다는 사실을 알았을 때 바로 경찰에 신고만 했다면.

그랬더라도 정말로 상황이 변했을지는 모를 일이다. 경찰이 즉각 폭발물 처리반 같은 사람들을 모아서 섬에 급파했을까? 상황 증거가 충분했다고는 하나, 우리도 섬에 폭탄이 있다는 사실을 백 퍼센트 받아들이지는 못했다. 전달하기에 따라서는 긴급성이 없다고 판단해 나중에 조사하러 가겠다는 식으로 이야기가 마무리됐을지도 모른다.

하지만 정말로 위기감이 있었다면, 배를 보내줄 만한 곳에 닥치는 대로 연락해서 당장 데리러 오라고 하는 방법도 있었다.

후회가 자꾸 부풀어 올랐다.

아빠는 큰아빠가 범죄에 연관되지는 않았을까 걱정돼서 신고를 망설였다.

마음은 알겠지만, 섬에 머물러서 뭘 어쩌자는 말인가. 하룻밤이 지난다고 상황이 변하는 건 아니다. 어차피 경찰에 신고하는 수밖에 없다.

그렇지만 이런 사건이 일어날 줄은 꿈에도 몰랐다. 폭탄을 발견하고 혼란에 빠져 결단을 미뤘다고 해서, 나무랄 수만은 없는 노릇이다.

하지만 분명 세상 사람들은 우리가 어리석은 판단을 했다고 수군댈 것이다. 친척이 세상을 떠난 지 얼마 안 됐다는 사정은 감안해 주지 않으리라. 살인이 벌어진 이상, 세간의 그런 비난은 피할 수 없다.

"확실히 바로 경찰에 신고하고 어젯밤에 섬을 탈출해야 했어요. 저도 오무로 씨께 그렇게 제안해야 했고요."

아야카와 씨는 예상외로 따끔하게 한마디 했다. 신고하기 귀찮아하는 모두의 의견에 휩쓸려서, 섬에서 하룻밤을 보내기로 한 것을 후회하는 기색이었다. 아야카와 씨가 대놓고 그런 티를 낼 줄은 몰랐다.

팔꿈치를 넓적다리에 얹고 구부정하게 앉아 있던 아빠는 아야 카와 씨의 말을 듣고 머리를 끌어안았다.

"맞는 말이에요. 정말로 멍청했어. 게다가 열쇠를 응접실에 내버려 둔 탓에……, 그 열쇠를 제가 잘 관리했다면 범인이 기폭 장치를 세팅해서 우리를 협박하지 못했겠죠?"

그래, 이게 무슨 꼴이야, 하고 아빠를 탓하고 싶어졌다.

하지만 아야카와 씨는 뜻밖의 말을 꺼냈다.

"아니요, 그건 아직 어떤지 모르겠네요. 어쩌면 결과적으로 열쇠를 제대로 보관하지 않은 덕분에 목숨을 구했다고 볼 수 있을지도 모르니까요."

"네? 그런가요?"

아빠는 당황한 목소리로 말했다.

아야카와 씨가 무슨 뜻으로 그런 말을 했는지는 모르겠다. 당장 설명해줄 마음은 없는지, 아야카와 씨는 중요한 다른 이야기를 꺼냈다.

"어쨌거나 저희는 이 섬에서 무사히 탈출할 방법을 생각해야 해요. 그보다 더 중요한 일은 없겠죠.

여기서 문제는 범인을 신용할 수 있느냐예요. 그 '십계'에 따르면 사흘 후에 배를 불러 뭍으로 돌아갈 수 있다는 가정하에 범인의 지시에 따르고 있는 거잖아요.

하지만 범인의 말을 믿어도 된다는 근거는 결국 하나도 없어요."

옳은 말이다. 우리는 그저 협박을 무시할 수가 없어서 섬에 남기로 했을 뿐이다.

"그럴지도 모르지만, 그럼 어떻게 하라는 겁니까?"

"네, 바로 그 점을 상의하고 싶은 거예요."

"무슨 수단을 써서 작업장의 폭탄을 무력화하는 건요?"

"글쎄요? 할 수만 있다면 제일 좋겠지만, 가능성을 따지자면 어렵겠죠. 문은 잠겨 있고, 벽을 부수는 것도 여의치 않고요. 쓸 만한 공구가 없는 데다 재빨리 작업장에 들어가서 기폭 장치도 해체해야 하니까요."

작업장 벽을 부수려다 범인에게 들키면 바로 기폭 장치를 작동시킬지도 모른다.

"아니면 바닥 밑에서 몰래 들어간다거나? 뭐, 아무래도 막혀 있으려나……."

작업장 바닥에는 지하실로 이어지는 출입구가 있다. 외부의 덮개를 열고 지하실로 들어가서 안쪽 출입구로 작업장에 침입할 수 없겠느냐는 말이지만, 범인이 그럴 가능성을 고려하지 않았을 리 없다. 바닥의 출입구도 단단히 잠갔으리라.

"그렇겠죠. 밑져야 본전이니 시도해봐도 되겠지만……, 아니, 그만두는 편이 좋겠네요. 지하에 드나드는 광경을 범인이 목격하면 어떻게 생각할지 모르니까요. 너무 위험해요."

"기폭 장치의 배터리가 다되기를 기대하는 것도……, 뭐, 안 되겠지. 당분간은 버틸 거야."

작업장에는 자동차 배터리가 있었다. 어제 누전 차단기를 올렸을 때부터 전기가 공급됐을 테니, 이제 와서 작업장의 전기를 끊어도 헛수고이리라.

"역시 지금 시점에서는 범인의 요구를 거부할 수 없겠네요. 하지만 아무 생각도 없이 사흘이 지나가기를 기다리는 건 위험해요. 범인의 목적이 뭔지 분명치 않으니까요."

말을 마친 후 아야카와 씨는 내 표정을 살폈다. 나는 고개를 끄덕였다. 물론 아야카와 씨의 이야기를 방해할 마음은 없었다.

"범인의 목적은 증거 인멸을 위한 시간 벌기 아닙니까? 아까 그런 이야기를 했었잖아요."

"네, 그럴지도 모르죠. 하지만 실은 그렇게까지 진심으로 한 말은 아니었어요. 범인을 자극하지 않으려면 그냥 무난하게 해석해 두는 편이 나을 것 같았어요.

말씀대로 범인이 증거 인멸을 시도할 가능성은 있지만, 그렇게 따지면 범인이 해야 할 일이 아직 남아 있잖아요. 그게 좀 이상해서요."

"해야 할 일이라니요?"

"휘발유를 사용해 오사나이 씨의 시체를 불태우는 거요."

나는 흠칫했다. 아빠도 고개를 들었다.

이 별장에는 휘발유가 있다. 발전기용을 세탁실에 놓아두었다.

폭탄 주인이 놓고 간 듯한 휘발유를 포함하면 꽤 많은 양이다.

"시체와 그 주변에 범인에게 불리한 증거가 남아 있는 것 아니겠느냐고 아까 설명드렸죠. 그래서 증거가 바닷물에 쓸려가기를 기다리는 것 아니겠느냐고요.

하지만 그건 아주 불확실한 방법이에요. 대조기 때 수위가 얼마나 높아지는지 절벽 위에서는 정확하게 알 수 없는걸요. 그리고 범인이 걱정하는 게 지문인지 머리카락인지는 모르지만, 바닷물로 증거가 제대로 인멸될 가능성은 크지 않을 것 같아요.

따라서 만약 시체나 그 주변에 증거가 남아 있다면, 절벽 위에서 휘발유를 끼얹고 불씨를 던져서 태워버리면 되겠죠. 바닷물이 어떻게 해주기를 기다리기보다 훨씬 확실하지 않을까요?

그런데 범인은 그런 방법은 놔두고서 사흘간 섬에서 기다리자고 느긋한 소리를 하는 셈이에요."

"그냥 시간이 없었던 것 아니겠습니까? 오사나이 씨를 죽이고 그 분량 많은 '십계'도 써야 했으니까요. 휘발유통을 별장에서 절벽까지 옮겨 시체에 휘발유를 끼얹고 불을 붙인다니, 꽤 품이 많이 들 것 같은데요.

그럼 사흘은 그 계획을 실행하기 위한 시간 아닐까요? 우리의 빈틈을 노려 절벽 아래의 시체를 불태우기 위한."

"아니요, 이 사건의 범인은 그럴 필요가 없어요. 그 성가신 계율을 준비해서 우리에게 지킬 것을 강요했으니까요.

꼭 스스로 증거를 인멸하지 않아도 되는 거죠. '휘발유를 뿌려서 시체를 불태울 것'이라는 계명을 '십계'에 포함하면 그만이니까요. 남에게 들키지는 않을까 두리번거리며 무거운 휘발유통을 옮기지 않아도 된다고요."

그렇구나.

범인은 우리에게 범죄의 뒤처리마저 맡길 수 있다.

아빠는 범인이 살인에 협력시킬 가능성까지는 생각하지 못했는지 아야카와 씨의 이야기를 듣고 앓는 소리를 냈다.

"……실제로는 범인이 그런 짓을 하지 않았잖습니까?"

"네. 그렇죠."

"어떻게 된 거지. 휘발유를 끼얹어서 불태운다는 방법이 떠오르지 않은 건가."

"어쩌면 그럴 수도 있겠죠. 범인이 사흘이라는 시간을 어디에 사용할지는 수수께끼예요.

아니면 울컥해서 죽이기는 했지만, 뒤처리를 어쩌면 좋을지 몰라서 일단 시간을 벌기 위해 '십계'를 준비했을 수도 있겠고요."

하지만 범인은 큰아빠 방에서 석궁을 가지고 나왔다. 어쩌다 보니 죽였다는, 무계획적인 살인일 리 없다.

아야카와 씨는 내 그런 생각쯤은 훤히 보인다는 듯 미소를 지었다.

"아무튼 범인의 목적을 모른다는 결론은 변함없어요. 그렇다면 범인을 내버려두는 건 위험해요.

이번 사건에서는 애당초 범인이 압도적으로 유리하니까요."

"그야 그렇겠죠. 우리는 협박당해서 시키는 대로 따를 수밖에 없으니까."

"네. 하지만 어떤 식으로 협박을 당하고 있느냐는 점이 문제예요.

자신의 죄가 탄로 나면 인생이 끝장나니까 범인이 모두를 저승길 동무로 삼으려 한다. 아까는 그렇게 짐작했었죠.

하지만 잘 생각해보면 범인에게는 다른 선택지도 있어요. 나머지 사람들을 모조리 죽이고 자기만 살아남아도 되겠죠."

"뭐라고요?"

"그게 무슨 말씀이세요?"

악마나 할 법한 생각을 아야카와 씨는 거침없이 입 밖으로 꺼냈다. 이야기의 향방을 지켜보던 나도 무심코 목소리를 높였다.

"왜, 작업장에 고무보트가 있었잖아요? 작업장은 폭탄과 함께 봉쇄됐고, 열쇠는 범인이 가지고 있고요.

저희는 도망칠 수 없지만 범인은 열쇠가 있으니까 오두막에서 몰래 보트를 꺼내서 바다로 나갈 수 있어요. 폭발의 충격이 미치지 않는 곳까지 노를 저어 가서 스마트폰으로 기폭 장치를 작동시키고 자기만 도망칠 수도 있겠죠. 마음만 먹으면요."

아빠는 일그러진 표정으로 눈을 부릅떴다.

상황은 아빠가 이해하고 있었던 것보다 안 좋다. 모든 면에서 범인이 주도권을 꽉 쥐고 있다.

"……그렇다면 당장 작업장 앞을 감시하는 게 좋지 않겠습니까? 범인이 몰래 보트를 꺼내서 도망칠지도 모른다면서요."

"그럴 거면 작업장 앞이 아니라 잔교 근처를 감시해야겠죠. 범인이 이미 보트를 방갈로나 그 외의 다른 곳으로 옮겼을지도 모르니까요. 잔교는 한 곳뿐이니까 그러는 편이 확실해요.

하지만 감시망을 펼치는 건 별로 현실적인 아이디어가 아니라고 봐요. 가령 바다로 도망치려는 인물을 붙잡는 데 성공하더라도, 그 시점에서 범인의 정체가 밝혀지는 셈이잖아요. 그러면 범인은 우리와 함께 자폭할지도 모르죠.

혹시 범인을 붙잡았을 때 보트를 빼앗을 수 있을지도 모르지만, 그 고무보트에는 기껏해야 세 명 정도밖에 못 탈 거예요. 모두 다 도망칠 수는 없어요.

그리고 범인이 정말로 신중하다면 보트와 함께 칼을 준비해 놨다가, 여차하면 즉시 보트를 찔러서 저희가 못 쓰게 할 수도 있겠죠"

범인이 그렇게까지 하더라도 이상할 것 없을 듯했다.

문제는 또 있다. 잔교 근처에 몰래 숨는 것도 쉽지 않다. 범인은 주변에 사람이 없는지 철저히 확인할 것이다. 잔교 근처에 숨어 있던 것이 범인을 밝혀내기 위한 행위로 판단되면 '십계'를 어긴 셈이니 우리는 죽을지도 모른다.

설명을 듣고 나자 아빠도 자신의 의견을 철회하는 수밖에 없었다.

그나저나 아야카와 씨는 이미 상황을 꼼꼼하게 검토한 듯했다.

아야카와 씨로서는 당연한 일인지도 모르지만, 막힘 없이 말이 술술 나왔다.

아빠는 점차 당혹스러움에서 벗어나 아야카와 씨를 신뢰할 마음이 생긴 듯했다.

"감시망을 펼치는 게 좋은 방법이 아니라는 건 알겠습니다. 하지만 범인을 가만히 놔둬도 될까요? 뭔가 방법을 찾아야⋯⋯."

"네. 제가 상의하고 싶은 게 바로 그거예요. 다만 범인이 즉시 섬을 탈출해서 저희를 죽이려 할 가능성은 작다고 봐요.

그럴 마음이 있었다면 오사나이 씨를 죽인 후, 날이 새기 전에 보트로 탈출하면 그만이니까요.

어떤 사정이 있었는지는 모르겠지만 일부러 그런 '십계'를 준비해 저희를 묶어놓은 이상, 과격한 짓을 할 생각은 없는 것 아닐까요?

문제는 범인의 최종 목적이 뭐냐는 거겠죠. 그 과정에서 저희가 희생되지 않는다면 사건에 관여하지 말고 전부 경찰에 맡기는 게 나을 거예요."

그렇다. 살인범이 체포되든 말든 내 알 바 아니다. 무사히 돌아갈 수만 있다면 범인을 방해할 마음은 전혀 없다.

"하지만 범인의 목적을 모르겠다고 아까 아야카와 씨가 그랬잖습니까?"

"맞아요. 사흘간 증거를 처리하고 섬을 탈출했다고 치죠. 하지만 우리 여덟 명 중에 범인이 있다는 사실은 결국 변함없잖아요? 그러면 바로 철저한 조사를 받게 되겠죠?

범인이 일단 정체가 들통나지 않으면 그만이라는 생각인 건지, 자신에게 의혹이 미치지 않도록 무슨 수를 쓰려는 건지, 아니면 그런 것과는 전혀 차원이 다른 계획이 있는 건지는 모르겠어요.

아까도 말씀드렸지만, 저희가 피해를 입을 가능성이 있는 이상 잠자코 범인의 지시에 따르기만 해서는 안 된다고 생각해요. 대놓고 '십계'를 어길 수는 없겠지만, 몰래 범인의 정체와 목적을 탐색해야겠죠."

"탐색한들 우리 목숨을 구할 수 있을지는 모를 일이잖습니까?"

아빠는 한심하게 들리는 목소리를 쥐어짰다. 아야카와 씨가 사건의 전모를 밝혀내 안심시켜주지 않을까, 하는 기대를 버릴 수 없는 것이다.

아야카와 씨의 이지적인 말투 때문에 그런 환상이 생긴 듯했다. 나는 그런 기대가 무의미하다는 걸 알고 있었다. 아야카와 씨가 아무리 침착하고 모든 걸 훤히 알고 있는 듯 보일지라도, 분명 눈앞에 닥친 곤경을 헤쳐나가기 위해 이리저리 모색하며 논리를 세우고 있는 것에 지나지 않는다.

아야카와 씨는 쉰 살 가까운 우리 아빠를 어린아이 어르듯 다정하게 쳐다보았다.

"네. 하지만 분명 괜찮을 거예요. 살아날 길이 없지는 않겠죠. 범인도 행동에 나서기가 망설여질 테니까요. 이건 치밀하고 완벽한 계획하에 벌어진 살인이 아니거든요."

"그걸 어떻게 알죠?"

아빠는 머리가 많이 둔해진 듯했다. 나도 알 만한 내용을 멍한 얼굴로 물었다.

"그야 물론, 폭탄을 발견한 저희가 이 섬에 하룻밤 머무를지 말지 불확실했으니까요.

어젯밤은 어쩌다 보니 흐름에 따라 하룻밤 머물기로 했지만, 폭탄 같은 게 발견된다면 보통은 무리해서라도 뭍으로 돌아가자고 판단하겠죠.

따라서 밤에 저희가 잠든 틈을 타 오사나이 씨를 석궁으로 죽이고, 폭탄으로 위협해 사람들을 섬에 붙잡아 놓는다는 계획을 사전에 철저하게 세워서 왔다고 보기는 힘들어요.

오히려 예상치 못하게 살인 사건을 저지른 나머지, 고육지책으로 '섭게'를 준비했다고 보는 편이 자연스럽겠죠."

이번 사건이 우발적으로 일어난 건 분명하다.

"그럼 오사나이 씨를 죽인 동기는 뭘까요?"

"그걸 파악하기 위해 오무로 씨께 이야기를 들어보고 싶었어요. 저는 아직 인턴이라 이번 시찰 여행에 대해 잘 모르거든요. 여행 준비도 대부분 사와무라 씨가 맡았고요.

그래서 여행에 참가하는 분들에 대해서도 이름 정도밖에 몰랐어요. 어제 처음 뵙고 이야기를 나눴죠."

그랬었나. 의외였다.

"어, 저도 그렇게 잘 알지는 못합니다. 사와무라 씨도 형에게 이름을 들어본 정도예요. 처음 연락이 왔을 때, 그런 개발 회사 사람이 있다는 걸 알고 있었기에 이야기를 들어볼 마음이 생긴 거죠. 전혀 모르는 사람이었다면 거절했을지도 모르겠네요."

"그 이전에는 사와무라 씨와 안면이 없었다는 말씀이세요?"

"네."

"형님과 사와무라 씨가 어떻게 안면을 텄는지는 아세요?"

"음, 형이 어느 지역에 별장을 지을 때 사와무라 씨에게 상담했나 그랬을 겁니다. 정확히 어디인지는 모르지만요. 그래서 만나본 적은 없었지만, 그렇게 이상한 사람은 아니겠거니 했어요."

"과연, 그랬군요. 죄송합니다. 저는 아직 신입이라 사와무라 씨가 이상한 사람이 아니라고 확답은 못 드리지만, 분명 평범한 사람일 거예요.

구사카 씨와 노무라 씨는 어떤가요? 옛날부터 알고 지내셨나요?"

"아니요, 아니요. 전혀 모르는 사이입니다. 여기 오기로 한 후에 사와무라 씨에게 소개받았어요. 구사카 건축사무소 사람들을 시찰에 동행시켜도 되겠느냐고 하길래, 그때 회사 이름을 알았죠.

그래서 회사 홈페이지를 살펴봤는데 구사카 씨와 노무라 씨 사진이 실려 있더라고요. 시공 사례를 확인하자 구청이나 초등학교 체육관이 나와서, 꽤 규모 있는 공사를 맡는구나 싶었죠. 만난 건 어제가 처음이었고요."

"형님과 안면이 있었는지는 모르시고요?"

"구사카 건축사무소에 공사를 맡긴 적이 있다고 형이 그랬던 것 같은데."

큰아빠는 사와무라 씨를 통해 구사카 건축사무소를 알고 있었던 듯하다.

"하지만 더 자세하게는 모르겠네요."

"그런가요. 어쩔 수 없네요. 사와무라 씨에게 물어보면 바로 알겠지만, 그럴 수는 없겠죠. 범인을 찾아내려 한다고 여길 테니까요."

어쨌거나 아야카와 씨는 섬에 온 사람들이 큰아빠와 어떤 관계인지 확실하게 알고 싶은 듯했다.

"하제쿠라 부동산은요? 여기도 형님과 친분이 있었죠?"

"네. 하지만 미안합니다. 역시 저는 이름 정도밖에 몰랐어요. 형이 친하게 지내는 부동산업자라며 오사나이라는 이름만 말해줬죠. 후지와라 씨는 아예 몰랐고요."

"야노구치 씨는요?"

"아아, 그렇지, 야노구치 씨는 옛날에 한 번 만난 적 있습니다. 부모님 유품을 어떻게 정리할지 상의하려고 형네 집에 갔는데 마침 있더군요.

그때는 인사만 나누고 이야기는 거의 안 했어요. 하지만 역시 친구라 그런지 형에게 여러 번 이름을 들었죠. 그런데 이번에 야노구치 씨가 섬에 같이 가게 해달라고 했잖아요? 그런 연고가 있으니 같이 가도 되지 않을까 싶었던 거예요."

큰아빠와 친분이 있느냐 없느냐가 이번 여행에서 아빠 나름대로 사람들의 신원을 확인하는 방법이었으리라. 고인과 양호한 관계를 맺었으니 신원이 보증되는 셈이라고 생각했다. 그래서 초면인데도 마음 놓고 자유롭게 지낸 것이다.

막상 사건이 발생하자 아빠는 느슨한 인간관계로 연결된 동행자들에게 의혹을 거둘 수 없게 된 듯했다.

"……지금 돌이켜보면 부주의했다고밖에 할 말이 없지만, 저는 섬에 함께 온 사람들에 대해 전혀 모릅니다. 설마 폭탄이니, 살인이니 하는 사태가 벌어질 줄 누가 알았겠습니까."

"그야 그렇겠죠. 당연해요. 어쩔 수 없는 일이기는 하지만 막막하네요. 오사나이 씨와 용의자가 어떤 관계인지 알아내려 해도 조사할 방법이 전혀 없는 셈이군요."

"그러게요. 경찰 취조처럼 피해자와 말썽이 없었는지 한 사람씩 확인할 수도 없는 노릇이니까요."

조사는 계율로 금지됐다.

이 섬에 탐정은 초대받지 못했다.

그건 그렇고 이 사건의 동기는 큰 의문이었다. 범인과 피해자 사이에 무슨 일이 있었던 걸까? 하필이면 왜 여행 중에 죽인 걸까. 어쨌거나 민폐도 이런 민폐는 또 없다.

"그런데 아야카와 씨는 뭔가 실마리를 가지고 있는 것 아닙니까? 동기도 그렇거니와 수상한 행동을 하는 사람을 봤다든가?"

반대로 아빠가 물어보자 아야카와 씨는 오른뺨에 손을 댔다.

"아니요, 아쉽게도 딱히 없는데요."

"리에도?"

"응, 난 아무것도 몰라. 사람들에 관해서도 아는 바가 없고, 밤에는 방에만 있었어."

물론 나도 그렇게 대답할 수밖에 없었다.

"……그렇다면 범인의 정체와 목적을 탐색하기는 불가능하지 않겠습니까? 현장 검증은 범인이 용납하지 않을 테니, 역시 우리가 어찌해볼 도리는 없을 것 같은데요."

"확실히 현재 시점에서는 그렇죠."

아야카와 씨는 고개를 끄덕였다. 난처한 얼굴에 쓴웃음이 약간 섞였다.

"일단 범인의 지시에 따르는 수밖에 없겠네요. 하지만 앞으로 상황이 변할 수도 있어요. 그때는 범인을 알아내야 할지도 몰라요."

"알아내서 어쩌는데요?"

"아직 모르겠어요. 가만히 두고 보는 게 좋을지도 모르고, 어쩌면 범인이 작업장 열쇠를 가지고 있을 때를 노려서 제압할 수 있을지도 몰라요.

그런 짓을 하지 않더라도 범인을 고발해야 할 때가 올 수도 있으니 대비해두는 편이 좋겠죠."

범인을 고발한다고? 아야카와 씨는 무슨 생각일까.

"그런 짓을 해도 괜찮을까요?"

내가 걱정을 꺼내놓아도 아야카와 씨는 평정심을 잃지 않았다.

"응, 꼭 필요하다면 해야겠지. ……물론 잠자코 있으면 무사히 돌아갈 수 있는데, 일부러 지목해서 범인을 자폭으로 몰아넣는 건 정말로 바보 같은 짓이에요. 그런 짓은 절대로 하면 안 되겠죠.

하지만 뜻밖에 고발이 최선책이 될 수도 있어요. 범인이 궁지에 몰리기는 하겠지만, 설득할 수 있을지도 모르니까요."

설득한다고?

무슨 말도 안 되는 소리인가 싶었다. 하지만 잘 생각해보니, 의외로 유효한 수단일 것 같기도 했다.

아야카와 씨 말마따나 범인은 치밀한 계획하에 살인을 저지른 것이 아니리라. 예기치 못하게 사건을 일으켜 내심 떨고 있을 살인범의 마음을 움직일 말을 찾아내면 목숨을 건질 수 있을지도 모른다.

그러나 무슨 사정인지 모르고서는 그런 말을 찾아낼 수 없다.

"어쨌든 저나 리에나 엉뚱한 짓은 안 할 거예요. 그것만큼은 안심하셔도 돼요, 오무로 씨. 그렇지?"

"네."

나는 바른 자세로 아빠를 보며 굳센 목소리로 대답했다.

그런 내 모습이 생소했는지 아빠는 마치 오랜만에 만난 사람처럼 내 얼굴을 바라보았다. 아빠가 생각하기에 이런 일이 생기면 분명 내가 안절부절못하며 우는소리를 할 줄 알았으리라.

복도에서 아야카와 씨와 만나기 전에는 그런 기분이었다. 하지만 아빠를 데리고 셋이서 이야기하는 동안 마음속에 버팀목을 얻은 심정이었다. 섬에서 무사히 돌아가기 위해 필요한 일 외에는 생각해봤자 아무 의미도 없다.

아야카와 씨가 바지 호주머니를 더듬었다. 하지만 스마트폰을 봉인했다는 게 바로 떠올랐는지 쑥스럽게 웃으며 벽시계를 보았다.

"슬슬 흩어져야겠네요. 규칙상 너무 오래 같이 있으면 안 되잖아요. 의심이라도 받으면 큰일이에요."

"그렇죠. 그럼 누구부터 나갈까요? 저부터?"

아빠가 제일 먼저 응접실을 떠나기로 했다. 아빠는 문을 열고 그럴 필요가 있을까 싶을 만큼 살금살금 자기 방으로 돌아갔다.

04

오전 11시가 지났다.

가리는 것 하나 없는 가을하늘에서 해가 밝게 빛났다. 절벽 너머를 보자 흰 거품 섞인 물결이 햇빛을 반사해 기습하듯 번쩍여서 눈앞에 잠깐 잔상을 남겼다.

나는 아야카와 씨와 함께 섬 둘레의 산책길을 슬렁슬렁 걷고 있었다.

방갈로 앞에서 만났다. 어딘가 가는 것이 아니라 상의하기 위한 산책이었다.

일행 중 몇 명도 우리처럼 섬을 이리저리 돌아다니고 있었다. 역시 목적이 있는 것은 아니고, 별장에 틀어박혀 있기가 지겨워진 듯했다.

아야카와 씨는 주변을 둘러보고 그들과 거리가 충분하다는 것을 확인했다.

"우리가 같은 방을 썼던 건 다 아는 사실이니까, 함께 있어도 수상쩍게 여기지는 않겠지."

"네, 그렇죠."

알리바이가 확실한 사람이 있다면 서로 붙어 다니려고 하리라. 다들 불안에 휩싸인 상황이라면 당연히 그럴 테니 의심받을 걱정은 없다.

하지만 이야기 내용이 들리면 곤란하다. 아야카와 씨는 어디까지나 신중했다.

"리에, 괜찮니? 좀 진정됐어?"

"지금은 괜찮아요. 냉정한 상태예요."

단단함을 확인하듯 불그스름한 땅에 발을 힘껏 내디뎠다. 뒤꿈치에 힘을 주자 반동이 온몸에 전해져서 모든 것이 현실임을 새삼 자각했다.

"아야카와 씨, 이제부터 어떻게 하실 거예요?"

"응? 아까 너희 아빠께 말씀드린 대로야. 우리가 무사히 돌아갈 수 있도록 최선을 다해야지."

"저는 어떻게 하면 될까요?"

아야카와 씨에게 상의하고 싶은 일은 많았지만, 입 밖에 꺼낼 용기가 나지 않아서 전부 떠맡기는 투로 질문했다.

아야카와 씨는 생각에 잠긴 표정으로 걸음을 늦췄다. 뭘 어디까지 말할지 망설이는 것 같기도 했다.

"……일단은 할 수 있는 일이 없으려나. 얌전히 있는 편이 제일 나을지도 모르겠네."

"뭐, 그렇겠죠. 그렇게 할게요. 위험한 행동을 하거나 쓸데없는 소리를 하지 말라는 거죠?"

"그렇지. 뭔가 실마리가 있다고 한다면 오사나이 씨일 텐데. 하지만 리에는 아무것도 모른다면서?"

"네."

"그래도 어떻게든 알아내야 하려나."

"아야카와 씨도 오사나이 씨에 대해 정말 아무것도 모르시는 거죠?"

나로서는 그것이 의외였다.

"몰라. 어제 처음 만났는걸."

대답에 위기감이 약간 섞여 있었다.

섬을 반 바퀴 돌아서 시체가 있는 절벽 부근까지 왔다.

아야카와 씨는 몇 시간 전에 여덟 명이 빙 둘러 서 있던 곳 앞에
서 멈췄다.

"여기, 지나가도 괜찮겠어?"

"네, 상관없어요."

9미터 아래의 시체가 무섭다는 감각은 마비됐다. 시체보다는 폭
탄이 더 무서우니까.

아야카와 씨는 아무도 없는지 확인하듯 주변을 둘러본 후, 절벽
가장자리로 슬쩍 다가가서 바위터를 내려다보았다.

나는 파수꾼이 된 것 같은 기분으로 조금 떨어진 곳에서 기다렸
다. 아야카와 씨도 나를 굳이 절벽 가장자리로 부르지는 않았다.

"달라진 건 없네. 당연하지만."

그 말에 아야카와 씨와 주변을 신경 쓰며 절벽 아래를 휙 내려
다보았다.

시체는 아침에 봤을 때처럼 등에 석궁 화살이 박힌 상태로 널브
러져 있었다. 물보라조차 닿지 않는지 어느 곳 하나 젖은 곳 없이
보송보송했다.

"뭣 때문에 죽었는지는 경찰이 정확하게 조사하면 알 수 있겠지?

떨어지는 바람에 죽었는지, 화살에 맞아 죽었는지 말이야."

"어……, 그럴 것 같은데요. 뭐더라, 상처의 생활반응⁺을 알아보는 거던가요? 살아 있을 때 생긴 상처인지, 죽은 후에 생긴 상처인지 그걸로 구분한다고 들었어요."

형사 드라마에서 얻어들은 말이다.

아야카와 씨도 그 이상의 지식은 없는 듯했다.

"휘발유를 뿌리고 불을 붙이려면 고생 좀 하겠네. 무거운 통을 들고 와야 하고, 까딱하면 휘발유를 뿌리다 떨어지겠어."

"몸을 내밀어야 하니까요."

증거를 확실하게 처분하려면 휘발유가 꽤 많이 들 것이다. 20리 터짜리 휘발유통을 쳐들고 시체 위로 내밀려면 여간 힘들지 않으리라.

더구나 라이터 같은 불씨도 찾아야 한다. 확실히 어젯밤 사이에 그만한 일을 처리할 시간은 범인에게 없었을지도 모르겠다.

아야카와 씨는 절벽 아래를 내려다보는 자세로 생각에 잠긴 듯했다.

"어어, 위험해요."

"아! 응, 그렇지. 이제 여기는 됐어."

우리는 산책길을 더 나아갔다.

⁺ 인간이 살아 있어서 발생하는 반응을 일컫는 말.

잔교를 지나 섬을 거의 한 바퀴 돌았다.

"저기, 이상하게 생각하지 말았으면 하는데."

별장이 가까워지자 아야카와 씨가 속삭였다.

"난 리에랑 함께라서 잘됐구나 싶어. 만약 어젯밤 침실에 나 혼자뿐이었다면 이렇게 침착할 수 없었을 거야. 미안해. 어제 처음 만나놓고 이런 소릴 하면 기분 나쁠지도 모르겠네."

"아니요, 그렇지는 않아요."

"그래? 그럼 다행이고. 어쨌든 리에가 있어서 도움이 됐다는 뜻이야. 난 물론 무사히 돌아가고 싶고, 리에도 무사하면 좋겠어. 그러니까 절대로 엉뚱한 짓은 하지 말라는 말을 해두고 싶어서."

"물론이죠. 저도 알아요."

무구한 존재를 상처 입히지 않으려는 듯 아야카와 씨의 말투는 다정했다.

하지만 엉뚱한 짓을 하려는 사람은 아야카와 씨가 아닐까 싶었다.

"……아야카와 씨, 범인을 고발할 생각이라고 하셨죠? 추리소설 속 탐정처럼 사람들을 모아놓고 누가 범인인지 지목하겠다는 말씀이신가요?"

"꼭 그럴 수밖에 없는 상황이라면. 걱정하지 마. 괜한 피해자가 나오지 않도록 할게. 안전이 우선이라는 생각은 변함없거든. 어떻게 하는 게 좋을지는 나도 아직 모르겠어.

이만 헤어질까. 내내 붙어 있는 모습을 보여준들 좋을 건 없겠지. 난 좀 더 밖에 있을 건데, 리에는 들어갈래?"

"네. 알았어요."

전철 역에서 다른 노선으로 갈아타는 친구와 헤어지듯 별장 현관 앞에서 아야카와 씨와 헤어졌다.

이 사건의 내막은 여전히 오리무중이다.

아야카와 씨가 뭘 노리는지도 아직 확실치 않다. 하지만 본인이 말한 대로 날 구해줄 것 같은 기분이 들었다.

05

정오가 조금 지났을 무렵, 식당에서 아빠와 함께 식사했다.

사건 때문에 정신이 없어서 아침은 건너뛰었다. 점심은 사와무라 씨가 사 온 조리빵을 먹기로 했다. 아빠는 카레빵과 샌드위치, 나는 치즈빵을 하나만 먹었다.

식당에는 나와 아빠뿐이었다. 다른 사람들은 이미 식사를 마쳤거나 아직 먹지 않았다. 어쨌거나 굳이 한자리에 모여서 점심을 먹자는 이야기는 나오지 않았다.

범인의 지시를 고려하건대 당연한 일이다. 스마트폰을 확인하려면 한자리에 모여야겠지만, 그럴 때가 아니면 최대한 따로 지내야 말썽을 피할 수 있다.

아빠는 빵을 다 먹은 후 비닐 포장지를 아무 의미도 없이 작게 접었다.

"아빠."

"왜?"

"이번 일, 아빠 탓 아니야. 세상 사람들은 섬을 빨리 떠나지 그랬냐고 생각할지도 모르지만, 결국은 범인이 나쁜 거잖아.

비난받아야 할 사람은 범인이니까 괜히 아빠가 책임감을 느낄 것 없어. 나도 아빠가 잘못했다고는 생각 안 해."

아빠는 곤혹스러운 표정으로 나를 바라봤다.

"그래? 그런가."

그렇지는 않다. 거짓말이다. 섬에 머무르기로 한 아빠를 탓하고 싶은 기분이 여전히 남아 있었다.

그래서 이렇게 분명히 말해두기로 한 것이다. 내가 아빠를 탓하는 것처럼 누군가 나를 탓할까 봐 두려웠다. 그리고 만에 하나 탓하는 마음을 품은 채 아빠와 사별이라도 한다면? 그렇기에 미리 훌훌 털어버리고자 하는 생각이 조금 섞여 있기도 했다.

"리에도 조심하렴. 엉뚱한 짓은 절대로 하면 안 돼."

아빠는 아야카 씨와 똑같은 소리를 하더니, 천천히 먹는 나를 남겨놓고 구부정한 자세로 느릿느릿 식당에서 나갔다.

오후 2시경.

아야카와 씨가 2층 침실에 자기 짐을 가지러 왔다. '십계'에 따르면 우리는 이제 같은 방을 쓸 수 없다. 침실 하나당 한 명씩 머물라고 계율에 적혀 있었다.

오사나이 씨가 없으므로 침실은 충분하다. 아야카와 씨가 오사나이 씨 방을 쓰기로 했다.

죽은 사람 방을 쓰려면 꺼림칙할 것이라며 나를 배려해주었다.

아야카와 씨의 마음 씀씀이가 고마웠다. 오사나이 씨의 체취가 남은 침실에서 평정심을 유지할 자신은 없었다.

아야카와 씨는 전혀 개의치 않는 기색이었다. 뜻밖에 배짱이 두둑해서 경외심을 느꼈다.

"그럼, 편히 쉬어."

"네. 감사합니다."

아야카와 씨는 침대에 반쯤 드러누운 내게 인사한 후, 배낭을 들고 1층으로 내려갔다.

아빠와 아야카와 씨 말고 다른 사람들은 이런 상황에서 어떻게 지내고 있을까.

응접실에서 헤어진 후로 누구와도 이야기를 나누지 않았다. 볼일도 없거니와 만날 필요도 없다.

별장을 어슬렁거리면서 살펴본 바로는 대부분 따로따로 시간을 보내는 듯했다. 각자 알리바이를 증명할 수 없는 이상, 당연하다.

얼굴을 마주하고 있으면 혹시라도 상대가 범인임을 알아차리지는 않을까 걱정해야 한다.

그건 그렇고 범인이 기폭 장치용 스마트폰을 들고 있다가 다른 사람과 마주치기라도 하면 대참사다. 부디 그런 불상사가 일어나지 않도록 바라는 수밖에 없다.

오사나이 씨의 죽음을 나는 전혀 애도하지 않는다. 새삼 그런 마음이 싹트는 것을 자각했다.

오사나이 씨와는 어제 처음으로 만났다. 어떤 사람인지 모르고, 관심도 없었다. 지금으로서는 인상이 별로 남아 있지 않아서 다행이다 싶었다. 만약 오사나이 씨에게 과자라도 받았다면 마음이 약간은 아팠을 것이다. 과자를 받고서 어린애 취급당했다고 울컥했다면 꼴 좋다는 마음과 싸워야 했으리라. 아무것도 모르고 아무 일도 없으면 무심하게 대할 수 있다.

오사나이 씨뿐만이 아니다. 모두 타인에 불과하다. 사와무라 씨에게 본인보다 꽤 어린 여자친구가 있었다는 사실과 노무라 씨가 싱글맘이었다는 사실은 첫인상으로 상상했던 두 사람의 사생활과 차이가 있었지만, 그렇다고 뭔가 바뀌는 건 아니다. 만약 범인을 알아내야 할 상황이라면 용의자들의 개인적인 비밀에 촉각을 곤두세워야겠지만, 이 섬에서는 완전히 사정이 다르다.

아야카와 씨에게 뭔가 생각이 있는 듯하니, 쓸데없이 머리를 굴리지 말고 얌전히 지내는 편이 좋으리라.

그렇게 하는 것이 제일 편하다는 사실을 깨달았다.

그 후로는 침대에 큰대자로 누워 천장과 창밖을 멍하니 바라봤다. 한순간 수마가 덮쳐왔나 싶다가도 바로 정신이 들었다. 그런 일이 몇 번 반복됐다. 이런 상황에서 잠이나 자서 되겠느냐는 긴장 감과 수면 부족이 줄다리기를 했다.

저녁녘이 가까워지자 침실을 나설 마음이 생겼다.

상황이 어떻게 흘러가는지 몰라서 점점 불안해졌기 때문이다. 별장의 만듦새가 좋아서 문을 닫으면 바깥 기척은 희미하게 느껴질 뿐이다.

복도를 나아가 계단을 내려갔다. 별장 내부는 조용했고, 현관 홀에서 안쪽을 살펴봤지만 아무도 없었다.

식당으로 향했다. 누가 있을지도 모르고, 아무도 없다면 인스턴트커피라도 마실 생각이었다.

문을 열자 괴상한 목소리가 들렸다.

"으억?"

"앗."

야노구치 씨가 있었다.

야노구치 씨는 팔짱 낀 자세로 식탁 의자에 앉아 있었다. 뭔가 생각하는 자세다. 갑자기 문이 열려서 당황했지만, 내가 들어온 걸 보고 마음을 놓은 듯했다.

"아아, 오무로 씨 딸이구나. 어……, 뭐더라."

내 이름이 기억나지 않는 모양이었다.

잠시 후 야노구치 씨가 초등학생을 상대하듯 상냥한 목소리를 어색하게 짜내서 말했다.

"오전에 니초 관광 개발의 아야카와 씨랑 같이 있었지? 둘이 뭘 했니? 혹시 오사나이 씨를 보러 간 거야?"

나는 경계심으로 몸이 굳어졌다.

야노구치 씨는 대체 무슨 생각일까?

뭔가 탐색하려고 한다.

뭘?

"……뭘 했느냐니, 그냥 산책했는데요. 참 무서운 일이 벌어졌다고 이야기하면서요. 그게 다예요."

"뭔가 알아낸 것도 없고?"

"네, 없는데요."

"그야 그런가."

야노구치 씨는 테이블에 팔꿈치를 짚고 머리를 끌어안았다.

"뭐든지 좋아. 뭐랄까, 단서? 너든 아야카와 씨든 그런 걸 발견하지는 않았니?"

"단서요?"

이 사람이 무슨 소리를 하는 거람?

잠시 생각하다 야노구치 씨의 속내를 알아차렸다.

아무래도 몰래 범인을 찾아내려는 모양이었다.

하지만 탐색을 이끌어줄 만한 정보가 전혀 없는 것이리라. 물론 공공연하게 조사할 수는 없다.

그래서 아무래도 어젯밤 알리바이가 있다고 추정되는 나와 아야카와 씨를 점찍은 것이다. 어쩌면 달리 상의할 만한 사람이 눈에 띄지 않았던 걸 수도 있다.

"단서라니, 그런 건 하나도 안 가지고 있는데요. 그나저나 이러면 안 돼요. 범인이 누구인지 알아내려고 하면 안 된다고 지시서에 적혀 있었잖아요?"

나는 그렇게 대답할 수밖에 없었다.

"아니, 그게 말이야. 딱히 범인을 알아내려는 건 아니고."

야노구치 씨는 시치미를 뗐다. 그럼 뭔가 싶었지만, 더는 아무 말도 꺼내지 않았다.

내가 인스턴트커피를 타려고 하자, 야노구치 씨는 "위험하니까 지금 여기에서 있었던 일은 아무에게도 말하지 마" 하고 당부하고 식당에서 나갔다.

범인을 찾겠답시고 부주의하게 말을 꺼내놓고 입단속을 하다니 제멋대로다. 나는 대답하지 않았다. 물론 고자질할 마음은 없었지만.

야노구치 씨에게 뭐라고 한마디 경고해야 하지 않았을까?

커피를 마시는 동안 그런 걱정이 커졌다.

아까까지는 다른 사람들에게 되도록 관심을 끊을 생각이었다. 하지만 야노구치 씨의 부적절한 행동을 그냥 내버려둬서는 안 될 것 같았다.

그런데 뭐라고 하면 좋을까?

과연 내가 효과적으로 경고할 수 있을까?

고민하다 보니 가슴이 답답해졌다.

날이 저물었다. 저녁놀은 아직 창밖에 선명하게 남아 있었다. 우리 여덟 명은 식당에 모였다.

사와무라 씨가 모두를 설득해서 저녁은 함께 먹기로 했다.

최대한 따로 지내는 편이 안전할 것 같기는 했지만, 서로 계속 무시하면 불신감이 쌓일 테니 한자리에 모여 대화를 한번 나누자는 취지였다.

혹시 우리가 돈독하게 지내는 모습을 보여주면 범인이 최악의 수단을 선택하기를 망설이지 않을까. 그런 노림수도 있었을지 모른다. 하지만 정에 호소하는 방법이 범인에게 효과가 있을지는 미지수였다.

저녁은 즉석 치킨 카레였다.

사와무라 씨가 준비해 온 식료품은 이미 바닥났다. 이건 섬에 머물렀던 범죄 집단이 남기고 간 것이다. 조금 찜찜했지만 달리 먹을 것이 없는 데다 뜯지 않은 새것이니 별문제 없으리라.

사람들이 스푼을 들기를 기다렸다가 사와무라 씨가 입을 열었다.

"이제 하루가 거의 다 끝났네요. 괜찮을 것 같죠? 이런 식으로 이틀만 더 보내면 되니까요."

"그러게. 휴일이 날아가는 건 성질 나지만. 뭐, 모두 무사히 돌아갈 수 있다면 휴일이 대수겠어?"

구사카 씨가 그렇게 답했다. 둘 다 범인의 눈치를 보며 비위를 맞춰주는 말투였다.

그뿐만 아니라 사실 두 사람은 낙관적인 기분에 빠진 것 같기도 했다. 따지고 보면 아침에 소동이 벌어지고 지금까지 너무 평온하다고 할 만큼 평온한 시간을 보냈다. 폭탄이 설치돼서 위험한 상황이라는 실감이 점점 옅어졌다.

"괜히 이런 일에 말려들게 해서 정말 죄송합니다."

두 사람과 떨어져 앉은 아빠가 테이블 너머에서 사과의 말을 던졌다.

시간이 흐르자 초췌했던 아빠도 사람들을 배려할 여유가 생긴 듯했다. 하기야 두 사람이 보기에는 아빠야말로 범인일 가능성도 있으니, 사과의 말이 뻔뻔스럽게 들릴지도 모른다. 하나 마나 한 배려였던 셈이다.

한편 아침보다 정신적으로 지쳐 보이는 사람도 있었다.

노무라 씨는 누구와도 눈을 마주치지 않았다. 카레와 밥을 아주 조금씩 스푼에 모아서 입에 넣는다. 스푼을 쥔 손을 테이블에 내려놓고 몇십 초나 꼭꼭 씹는다. 삼키고 나서도 접시를 멍하게 바라보다 겨우 스푼을 든다. 그런 식이라 노무라 씨는 다른 사람들보다 식사 속도가 훨씬 느렸다.

구사카 씨가 공사 현장에서도 똑똑히 들릴 만큼 굵고 큰 목소리로 불렀다.

"노무라, 괜찮아? 낮에도 먹는 둥 마는 둥 했잖아."

"휴우, 그러게요."

"아이가 걱정되는 건 알지만, 이러다 자네가 아프기라도 하면 큰일이야. 앞으로 이틀 더 있어야 하니까."

"앞으로 이틀요? 정말 그럴까요?"

노무라 씨가 갑자기 언성을 높였다.

대답하는 사람은 없었다.

"범인이 그렇게 말했을 뿐, 이틀 더 기다리면 돌아간다고 누가 보장하는데요? 범인이 계율을 늘려서 하루나 이틀을 더 요구할지도 모르잖아요? 아니면……."

노무라 씨가 격앙된 목소리로 말을 쏟아내자 절벽 위에서 돌풍에 휘말린 것처럼 소름이 쫙 끼쳤다.

불의의 사태가 발생하면 범인은 기폭 장치를 작동시킬 것이다. 노무라 씨의 다음 한마디가 범인의 역린을 건드릴지도 모른다.

다행히 노무라 씨는 바로 냉정함을 되찾았다.

"……어쨌든 이틀만 더 참으면 되는 거죠? 알았어요."

퉁명스럽게 말을 내뱉은 후 노무라 씨는 감정을 차단한 것처럼 고개를 푹 숙였다.

부드러운 분위기가 감돌던 저녁 식사 자리가 오늘 아침같이 긴 긴장감으로 가득 찼다.

나는 맞은편에 앉은 아야카와 씨의 표정을 살폈다. 소동이 벌어졌지만 마음이 흐트러진 낌새는 없었다.

카레를 다 먹고 컵에 따른 물을 홀짝홀짝 마시며 사람들을 은근 슬쩍 둘러보았다.

범인의 정체를 알아내려던 야노구치 씨는 아무 말 없이 끈적한 눈빛으로 사람들을 찬찬히 관찰하고 있었다. 차분하지 못하게 오른팔을 쓰다듬을 때마다 비싼 손목시계가 보였다 말았다 했다.

아무래도 위험한 분위기가 느껴졌다.

아야카와 씨는 '범인이 주도권을 쥔 이상 무슨 일이 일어날지 모른다'라는 식으로 아빠에게 말했다. 지금 같은 상황에서 범인의 정체를 모른다면, 당연히 누구나 그런 걱정을 할 법하다.

야노구치 씨는 그런 이유로 뭔가 행동에 나서려는 걸까? 하지만 야노구치 씨에게는 신중함이 느껴지지 않았다.

그렇다고 야노구치 씨를 제지하기는 어렵다. 사람들 앞에서 대놓고 지적할 수는 없는 노릇이고, 주변에 아무도 없을 때 타일러 봤자 한참 어린 내가 하는 말은 듣지 않을 것이다. 그리고 자칫해서 야노구치 씨가 나나 아야카와 씨에게 의혹의 시선을 돌리면 큰일이다.

결국 내버려두는 수밖에 없다.

아야카와 씨에게 이 일을 알려야 할까?

생각을 뒤로 미뤘다.

나머지 한 명, 낮에 거의 모습을 보지 못했던 후지와라 씨는 게걸스럽게 카레를 먹어치웠다. 누구보다도 빨리 식사를 마친 그는 초조한 듯 다리를 달달 떨고 있었다.

후지와라 씨도 말을 거의 하지 않았다. 노무라 씨의 불안감이 옮았는지 얼굴에 진땀이 배었다.

모두 다 식사를 마치자 사와무라 씨가 말을 꺼냈다.

"그럼 오늘은……, 아참, 스마트폰. 연락해야 하는 분 계십니까? 저는 해야 하는데요."

"저요."

노무라 씨가 제일 먼저 대답했다.

본토와 교신할 시간이다.

계율에 따라 한자리에 모여서 서로 감시해야 한다.

각자 방에서 5분을 보낸 후 응접실에 모였다.

사와무라 씨와 구사카 씨, 그리고 아빠가 힘을 합쳐서 벽 앞의 캐비닛을 옮겼다.

방구석에서 끄집어낸 배낭은 먼지투성이였다. 당연하지만 아침에 스테이플러로 찍은 봉인지는 아무 이상 없이 멀쩡했다.

"자, 열겠습니다. 괜찮죠?"

사와무라 씨는 테이블에 배낭을 내려놓고 범인에게 형식적으로 양해를 구한 후, 봉인지를 떼어냈다.

사와무라 씨는 배낭 아가리를 벌리고 일단 배낭에서 손을 뗐다.

"누구부터 하실래요? 제가 먼저 해도 될까요?"

순서는 아무래도 상관없으리라. 사와무라 씨는 자기 스마트폰을 꺼내서 모두에게 화면이 보이도록 테이블에 내려놓고 홈 버튼을 눌렀다.

SNS에 메시지가 몇 건 들어와 있었다. 쿠폰 안내가 세 건, 나머지 두 건은 여자친구였다. '보내준 슈크림 맛있었어.', '다음 주 토요일은 몇 시에 시간 있어?'라는 내용이었다.

사와무라 씨는 재빨리 '연휴 끝나고 연락할게' 하고 답장을 보냈다. 그리고 내용이 너무 무뚝뚝하게 느껴져서 마음에 걸렸는지 덧붙일 이모티콘을 살펴보기 시작했다.

물론 모두가 보고 있는 앞에서.

사와무라 씨는 집게손가락으로 화면을 내리면서 잠시 망설이다 코끼리 모양 캐릭터가 머리를 숙이고 있는 이모티콘을 선택했다. 내 생각에는 엄지손가락을 세우고 있는 옆쪽 이모티콘이 좋을 것 같았다.

참으로 우스꽝스러운 시간이었다. 괜히 부주의한 짓을 하지 않도록 다들 진지한 표정으로 사와무라 씨의 손가락을 유심히 지켜보았다.

　이모티콘을 보내자 사와무라 씨는 얼른 화면을 끄고 배낭에 스마트폰을 넣었다.

　"자, 다음은요?"

　"괜찮을까요?"

　노무라 씨가 손을 살짝 들었다.

　노무라 씨의 스마트폰 홈 화면은 여동생의 부재중 전화와 메시지로 가득했다.

　아무래도 아들 쇼가 여동생네 텔레비전 화면을 깨뜨린 듯했다.

　홈 화면의 메시지를 보고 그 사실을 알아차린 노무라 씨는 스마트폰을 바로 배낭에 집어넣었다. 동생에게 연락할 작정이었지만, 아들이 또 말썽을 부렸음을 알고 그럴 기운이 없어진 듯했다.

　나도 일단 스마트폰을 확인했다. 어제 연락에 답장을 받지 못한 친구가 '바빠?'라고만 메시지를 보냈다.

　잠깐 망설이다 결국 노무라 씨처럼 그대로 스마트폰을 배낭에 넣었다.

　'미안, 며칠은 바로 답장 못 할 거야'라고 연락해도 된다. 하지만 아무 일도 일어나지 않은 척, 아무것도 아닌 척하기가 괴로웠다. 노무라 씨가 여동생의 메시지를 열어보지 않은 심정이 이해가 갔다.

　아빠 스마트폰에는 안부를 묻는 엄마의 메시지가 와 있었다.

　아빠는 발신 버튼을 눌렀다.

"아, 여보?"

— 응. 별일 없어?

"응. 걱정 붙들어 매. 리에도 마음 편히 잘 지내고 있어."

— 너무 풀어져도 문제야. 있지, 전에 말했을 텐데, 역시 냉장고를 바꾸고 싶어. 실은 인터넷에서 괜찮은 제품을 발견했거든. 내일까지 할인 행사래. 그래서 그쪽 일이 어떻게 돼가나 궁금해서. 리조트 이야기가 잘 진행되면 사도 괜찮을 것 같은데, 안 될까?

"얼마인데?"

— 17만 엔.

아빠는 잠시 고민하는 표정이었다.

"실물을 한번 보는 편이 낫지 않겠어?"

— 그건 그렇지만 이렇게 싼 물건은 또 없다니까? 크기는 잘 확인했어.

"그래? 17만 엔이라. 그럼 사든가? 이쪽 일은 어떻게 될지 아직 모르겠지만, 뭐, 내가 알아서 어떻게든 할게."

— 진짜? 그럼 산다. 알았어. 끊는다.

전화가 끊겼다.

일상적인 대화를 나눈 아빠는 스마트폰을 배낭에 넣고 팔짱을

낀 채 소파에 풀썩 앉았다. 그리고 가슴속에서 썩어서 고약한 냄새가 풍길 듯한 한숨을 내쉬었다.

이때만큼은 나도 아빠를 존경했다. 나 같으면 지금 엄마와 냉장고 이야기는 절대 못 할 것이다.

구사카 씨는 업무 메일을 몇 통 보냈다. 아야카와 씨, 야노구치 씨, 후지와라 씨는 스마트폰을 확인하지 않았다.

스마트폰이 든 배낭은 번거로운 절차를 거쳐 다시 응접실 구석에 봉인됐다.

"이제 됐겠죠. 그럼 오늘은 이만 쉴까요. 아, 그 전에."

사와무라 씨가 소파 구석에 놓아두었던 쿠션 커버 두 개를 바라보았다.

"범인의 의향을 한번 확인할까요? 불만은 없는지."

오늘 아침과 같은 순서로 계시를 받기 위한 투표를 진행했다.

조개껍데기 여덟 개가 커버에서 나왔다.

범인은 불만을 표명하지 않았다.

이런 일에 의미가 있는지는 모르겠지만, 마음에 위안이 되기는 했다. 할당된 일을 마친 충족감 같은 것도 느껴졌다. 일단 오늘 하루는 범인이 기폭 장치를 작동시키지 않고 무사히 넘어갔다.

06

오후 9시.

2층 침실에는 나 혼자뿐이었다.

천장의 전등이 눈부셨다. 이미 이불을 덮고 누웠는지라 전등에서 늘어진 끈을 잡아당기기가 귀찮았다.

어제와 달리 창문에는 커튼을 쳤다. 방금까지만 해도 달이 하늘 한가운데에서 빛났는데 갑자기 구름이 끼고 굵은 빗방울이 창문을 두드려서 커튼으로 창문을 가렸다.

몸을 돌려서 맞은편 창가에 있는 침대를 바라보았다.

여기서 아야카와 씨와 잡담을 나눈 지 하루밖에 지나지 않았다.

하지만 벌써 몇 년이나 지난 것 같은 기분이 들었다. 이번 사건은 어제와 오늘 사이에 그만큼 큰 간격을 만들었다. 오늘이야말로 아야카와 씨와 같은 방에서 지내야 안심되겠지만, 그렇게 할 수는 없다.

범인이 몰래 섬을 빠져나가 기폭 장치를 작동시킬 수도 있다고 오전에 아빠와 아야카와 씨가 이야기를 나누었다.

그렇게 생각하면 침실에 드러누워 있을 게 아니라 잔교를 감시하러 가야 하지 않을까 싶어 초조함이 밀려온다.

하지만 아야카와 씨 말마따나 그건 좋은 방법이 아니다. 그저 이불을 뒤집어쓰고 얌전히 있는 것이 내가 할 수 있는 일이다.

눈을 감자 냉장고가 배달돼 기뻤던 것도 잠시, 딸과 남편이 폭발에 휩쓸려 섬에서 사망했다는 소식을 듣고 망연자실해하는 엄마의 표정이 머릿속에 떠올랐다.

하지만 졸음이 불안을 이겼다. 어제 섬에 왔을 때부터 거의 잠을 이루지 못했다.

기력을 짜내 전등을 껐다. 아무 일도 없이 날이 새기를 바라다가 잠에 빠졌다.

3

◇◇◇◇◇◇◇◇◇◇

시체와 발자국

01

다음 날 아침, 문을 세차게 두드리는 소리에 깨어났다.

"리에! 리에! 일어났니? 큰일 났어. 일어날 수 있겠어?"

긴급한 일이 발생했다.

그런 것치고는 마냥 어리지만은 않은 딸을 깨울 때의 조심스러움도 아빠 목소리에 섞여 있었다. 잠이 덜 깬 나도 일단 무사히 아침을 맞은 것에 안도했다. 무슨 일이 일어났든, 섬이 폭발하지 않은 이상 최악의 사태는 아니다.

어제처럼 잠옷 위에 후드티를 껴입고 복도로 나갔다.

아빠는 기운 없는 얼굴로 문이 열리기를 기다리고 있었다.

"무슨 일이야?"

"저기, 범인이 또 편지 같은 걸 남겼어. 모두 모여서 확인하러 가라는데……."

"확인? 뭘?"

아빠는 말을 머뭇거렸다.

"누가 또 죽은 거야? 살해당했어?"

내 질문에는 대답 없이 아빠는 나를 아래층으로 데려갔다.

현관에서 슬리퍼를 벗고 신발로 갈아신으려는데, 어제까지는 없었던 물건이 눈에 들어왔다.

장화다.

창고에 있던 장화가 어째선지 현관에 놓여 있었다. 밑창은 진흙으로 더러워졌다.

현관문은 열려 있었다. 사람들은 포치에 일그러진 원 모양으로 둘러서 있었다. 구사카 씨, 후지와라 씨, 노무라 씨, 사와무라 씨, 아야카와 씨까지 총 다섯 명.

나와 아빠가 나오자 구사카 씨는 오른손에 들고 있던 종이를 양손으로 고쳐 잡았다.

"다 왔군. 그럼 읽을게. 범인이 남긴 거야."

하지만 아직 야노구치 씨가 없는데?

구사카 씨가 들고 있는 종이는 찢어진 달력이었다. 앞면의 사진을 보니 어제 '십계'가 적혀 있던 달력 종이와 이어지는 듯했다.

구사카 씨는 말끝을 툭툭 내뱉으면서도 귀에 똑똑히 들어오는 목소리로 달력 뒷면에 적힌 글을 읽었다.

야노구치는 범인의 정체를 알아내려 했기 때문에 죽었다. 그 외에 그가 죽어야
했던 이유는 존재하지 않는다. 따라서 같은 속셈을 품지 않은 사람은 그의 죽
음을 이유로 자신의 목숨을 걱정할 필요 없다.
이 글을 발견한 사람은 별장에 있는 사람들을 모아서 작업장 근처에 있는 야노
구치의 시체를 확인하러 갈 것. 그 후 아래에 적힌 대로 행동할 것.

l. 야노구치의 시체를 방수 시트로 감싸고 고무끈으로 묶을 것. 그때 시체를 검사
하지 말 것. 시체에서 물품을 가져가지도 말 것.
2. 땅에 남은 장화 발자국을 문질러서 지울 것.

이 두 가지 항목을 올바르게 수행하지 못했을 경우, 역시 기폭 장치가 작동될 것
을 각오해야 한다.
섬에 머물러야 하는 기간은 앞으로 이틀, 변경은 없다. 계율을 전부 지켰을 때,
본토로 돌아가는 것이 허락된다.

지시서의 내용이 워낙 충격적이라 당장은 믿기 힘들었다.
검토해야 할 일이 많다.
하지만 그 전에 확인부터 해야 한다.
차례대로 지시서를 돌려가며 모두가 내용을 충분히 숙지하자,

구사카 씨는 골치 아프게 됐다는 듯이 말했다.

"그럼 갈까. 작업장으로……."

지시서에 따르면 거기에 야노구치 씨의 시체가 있다.

어젯밤에 소나기가 내려서 땅이 질척거렸다.

구사카 씨는 포치 모서리에 서서 잠시 망설였다.

포치에서 두 방향으로 발자국이 이어졌다. 하나는 남쪽을 지나 곧장 섬 중심부로 연결되는 발자국이고, 하나는 별장을 서쪽으로 돌아서 가는 발자국이었다. 둘 다 작업장에 다다르는 길이기는 했다.

"음……, 이쪽으로 갈까."

구사카 씨는 서쪽으로 돌아서 가는 길을 선택했다. 좀 둘러 가기는 하지만 그나마 땅이 덜 질척거렸다.

장화 발자국을 따라서 걸음을 옮겼다. 남아 있는 발자국은 한 줄이었다.

걸어가다 보니 장화 발자국의 보폭이 부자연스럽게 느껴졌다. 묘하게 보폭이 넓은 황새걸음이라 누구의 걸음걸이와도 일치하지 않았다. 정체가 들통나는 것을 막기 위해 일부러 그렇게 걸은 듯했다.

별장 모퉁이를 돌아서 섬 중심부로 나아갔다.

작업장이 가까워지자 점차 그것이 눈에 들어왔다. 작업장 서쪽에 뭔가가 널브러져 있었다.

앞서가던 구사카 씨가 멈춰 서자, 다른 사람들도 더는 나아가지 않았다. 각오를 다지듯 호흡을 가다듬고 나서 모두 함께 그것에게 다가갔다.

작업장 주변에는 포석이 깔려 있어서 발자국이 남지 않는다. 짙은 갈색 캐주얼 정장을 입은 야노구치 씨는 위를 보는 자세로 포석에 쓰러져 있었다. 가슴에는 칼이 깊이 박혔다. 칼은 주방에 있던 물건이었다.

죽을 당시 고통스러워했던 표정이 얼굴에 고스란히 남아 있었다. 눈은 크게 벌어졌고, 입가에는 침이 흐른 듯한 자국이 있었다. 소맷자락 아래로 드러난 고급 손목시계가 덧없어 보였다. 발에 신은 명품 운동화에는 축축한 진흙이 들러붙어 있었다.

물론 시체가 있다는 말에 단단히 각오하고 왔다.

하지만 시체를 가까이에서 보자 평정심을 유지할 수가 없었다.

어제 절벽에서 9미터 아래의 시체를 봤을 때와는 사정이 달랐다. 살해당한 시체를 이렇게 가까이에서 본 적은 한 번도 없었다.

어떤 생각이 머릿속에서 한없이 부풀어 올랐다.

내 탓일까?

어제 야노구치 씨는 범인을 찾아내려고 하는 낌새를 보였다. 내가 따끔하게 경고했다면 그는 죽음을 면하지 않았을까? 과연 뭐라고 하면 됐을까?

하지만 야노구치 씨가 내 말을 귀담아들었을 것 같지는 않은

데……

구역질이 나서 포석에 쪼그려 앉았다. 아야카와 씨가 허둥지둥 달려왔다.

"괜찮아?"

"……네. 괜찮아요."

그렇게 대답하고 고개를 들었지만, 일어설 수는 없었다. 아야카와 씨는 마치 동그스름한 장식품이 뒤로 넘어가지는 않을까 걱정하듯 내 어깨를 붙잡아주었다.

다른 사람들은 시체에서 1미터 정도 거리에 반원 형태로 서 있었다. 몇 분간 아무도 입을 열지 않았다.

마침내 사와무라 씨가 눈앞에 있는 수많은 수수께끼를 무시하고 극히 현실적인 문제를 꺼냈다.

"이걸 방수 시트로 감싸서 고무줄로 묶으라는 거였죠?"

"응, 그렇지. 그렇게 적혀 있어."

구사카 씨는 마치 건설 현장에서 도면과 공사 상황을 대조하듯 시체와 지시서를 번갈아 보았다.

보통 살해당한 시체를 발견하면 고려해야 할 일은 그 밖에도 수두룩하게 많다.

피해자는 왜 이런 곳에 있었는가?

언제 살해당했는가?

왜 살해당했는가?

그리고 누구에게 살해당했는가?

사와무라 씨와 구사카 씨의 머릿속에도 그런 궁금증이 넘쳐날 것이다.

그래도 두 사람은 첫 번째 사건 때 제시된 '십계'에 충실히 따랐다. 범인의 정체를 알아내려고 해서는 안 된다. 그 계율을 어길까 봐 두려운지 두 사람의 말투는 극히 사무적이었다.

하지만 모두가 두 번째 사건을 냉정하게 받아들인 것은 아니었다.

"뭐죠, 이거? 이해가 안 되네요. 범인은 어쩌려는 거죠?······우리를."

후지와라 씨는 기운이 다 빠졌는지 양쪽 넓적다리에 손을 짚고 엉거주춤하게 선 자세로 누구에게랄 것도 없이 말을 내뱉었다. 대꾸하는 사람은 없었다.

노무라 씨는 사고능력이 어딘가로 날아가 버린 것처럼 무표정한 얼굴로 다른 사람들보다 한 발짝 뒤편에 서서 시체가 아니라 바다 저편을 바라보고 있었다.

아빠는 마치 울음을 터뜨릴 것같이 표정이 일그러졌다. 아빠는 아빠대로 사건에 책임감을 느끼는 것이리라.

"이걸 방수 시트로 감싸라니, 시체 어딘가에 증거가 남아 있다는 뜻일까요? 자칫해서 그게 발견되면 안 되니까 우리에게 그걸 감추라는 건가?"

사와무라 씨는 알랑거리는 웃음까지 지으면서 범인의 의도를 파악하려 애썼다. 책임을 추궁하는 것처럼 들리지 않도록 세심하게 유의하는 말투였다.

범인이 증거 인멸을 시킬지도 모른다는 건 어제부터 알고 있던 바였다. 아야카와 씨가 그럴 가능성을 언급했으므로 미리 마음의 대비를 했다.

그 가능성이 현실로 다가온 건가?

얼핏 보기에 시체에 범인을 지목할 만한 단서는 없는 듯했다. 그리고 만약 증거가 남아 있다면 범인이 직접 처리해두는 편이 낫지 않을까?

"범인 스스로 처리할 시간이 없었던 건가. 사건이 동틀 녘에 발생했다면, 누군가 잠에서 깨어나도 이상하지 않은 시간대야. 분명 그래서 우리한테 시키는 거겠지."

구사카 씨가 내 의문에 대답하듯 말했다.

날이 밝을 무렵에 태평하게 시체를 처리하면 누군가와 딱 마주칠 위험성이 있으므로, 마음을 바꿔서 우리에게 시키기로 했다.

그런 걸까.

"방수 시트와 고무끈은 별장에 있었죠?"

사와무라 씨의 질문에 아빠는 정신이 번쩍 든 것처럼 대답했다.

"아아, 네. 있을 겁니다. 창고였나."

"그렇군요. 그걸 사용하도록 할까요."

사와무라 씨는 평소 업무를 볼 때처럼 일을 차근차근 진행했다.

이런 상황에서도 침착한 그 모습이 믿음직스러워 보였다.

한편으로 야노구치 씨의 죽음에 분개하지 않고 덤덤히 뒤처리가 진행되는 광경을 보고 있자니 양심의 가책이 느껴졌다. 살인자를 규탄하는 것이 용납되지 않고, 아무리 잔혹한 일이 벌어져도 마음을 닫고 있어야 하는 이 섬은 틀림없이 지옥이었다.

그걸 잠자코 받아들이지 못하는 사람도 있었다.

"결국 거기 적힌 대로 하자는 거네요? 어제랑 똑같이. 그런다고 목숨을 구할 수 있을지 없을지도 모르는데……."

노무라 씨는 구사카 씨가 들고 있는 지시서를 가리켰다.

범인에게 반항을 꾀하는 듯한 그 말에 긴장된 분위기가 감돌았다.

노무라 씨가 침을 꿀꺽 삼켰다. 폭발하기 직전의 감정을 꽉 억누른 듯했다. 그리고 염려했던 것보다는 덜 자극적인 말을 꺼냈다.

"……야노구치 씨가 범인의 정체를 알아내려고 해서 살해당했다는 건 정말일까요? 그러지만 않으면 저희는 살아서 돌아갈 수 있다고 받아들여도 될까요?"

저항할 수단이 없다는 걸 기회 삼아 범인이 우리를 한 명씩 죽이려는 작정 아닌가. 노무라 씨는 아무래도 그 점을 걱정하는 듯했다.

사건은 뜻밖에도 연쇄살인으로 발전했다. 야노구치 씨를 끝으로 더는 살해당하지 않는다는 보장이 어디 있느냐. 그런 두려움이 싹튼 것이다.

사와무라 씨가 말을 골라가며 천천히 대답했다.

"그건 고민해봤자 의미 없지 않을까요? 저희로서는 답을 내놓을 방도가 없으니까요. 하지만 한 가지는 말할 수 있습니다.

만약 범인이 저희를 모두 죽일 작정이라면, 밤에 보트를 타고 안전한 곳까지 가서 기폭 장치를 작동시키는 방법도 있습니다. 하지만 그러지는 않았어요."

사와무라 씨도 어제 아야카와 씨가 언급했던 것과 똑같이 생각한 모양이다.

"……범인도 사망자가 많이 나오는 걸 바람직하게 여기지는 않겠죠? 사람이 줄면 줄수록 용의자가 적어져서 의심받기 쉬워질 테니까요."

구사카 씨가 사와무라 씨의 의견에 동의했다.

"응, 그렇지. 그리고 좀 다르게 보면 범인이 야노구치를 죽임으로써 우리 모두를 구해준 셈 아닌가?

야노구치가 경솔하게 범인을 찾아내려고 시도하다가 정말로 범인의 정체를 알아내면, 우리 모두 죽어야 했을지도 모르잖아? 범인이 행동에 나서서 그런 위험을 사전에 차단했다고 할 수도 있는 거야. 극단적인 이야기이기는 하지만."

범인이 눈치 빠르게 살인을 저지른 덕분에 섬은 폭발을 면했다.

터무니없는 논리다. 하지만 일어난 일을 무감정하게 늘어놓으면 그 또한 진실 중 하나일지도 모른다.

살아서 돌아갈 수만 있다면 불평하지 않겠다. 하지만 섬의 폭파를 피하기 위해 살해되는 사람이 또 나오지 않는다는 보장은 없다. 다음에는 내가 희생될 수도 있다.

더구나 사와무라 씨와 구사카 씨의 의견은 범인의 목적이 살인 죄를 모면하는 것일 경우에만 일리가 있다. 범인이 이 이상한 상황에서 뭘 어쩌려는지는 모를 일이다.

노무라 씨는 햇볕을 쬐어 팽창한 가스통처럼 터질 듯한 감정을 억누르는 표정으로 말했다.

"하여튼 무슨 의미가 있는지는 모르겠지만, 그 종이에 적힌 대로 하자는 거군요. 결국 그럴 수밖에 없다는 뜻이잖아요."

두 번째 사건에서도 우리가 할 수 있는 일은 범인의 지시에 따르는 것뿐이었다.

혼란에 빠져 소란을 피우는 것조차 우리에게는 용납되지 않았다.

02

"그럼 분담해서 시체를 포장하고, 발자국을 지우도록 할까요?……어, 아니지, 그럼 안 되겠군요. 맡긴 일을 제대로 하는지 범인이 확인하고 싶을 테니 인원을 나눠서는 곤란하겠죠.

모두 함께 하나씩 처리합시다. 일단 시체부터 포장할까요? 별장에 방수 시트와 고무끈을 가지러 갑시다."

앞장선 사와무라 씨를 따라 별장으로 걸어갔다.

왔을 때와는 다르게 남쪽을 나아가는 경로다. 범인의 장화 발자국도 그쪽으로 이어졌다. 범인이 작업장에 와서 범행을 마치고 별장으로 돌아가기까지의 발자취를 되짚어보는 셈이다.

하지만 이 길에서는 기묘한 점이 눈에 띄었다.

장화 발자국 옆쪽 땅에 폭 10센티 정도의 나무토막 같은 것으로 문지른 자국이 띄엄띄엄 남아 있었다.

"이거, 야노구치 씨의 발자국이겠죠? 왜 이것만 지운 거지?"

후지와라 씨가 누구에게랄 것도 없이 물었다.

대답하는 사람은 없었다. 범인의 정체를 탐색하는 행동에 해당할지도 모르기 때문이다.

침묵이 흐르자 그 사실을 깨달았는지 후지와라 씨도 더는 수수께끼를 파고들지 않았다.

평범한 살인 사건이었다면 후지와라 씨가 지적한 사실은 경찰이 제일 먼저 의제로 삼아 거듭 검토할 문제였다.

별장에서 현장으로 갔다가 다른 길로 별장에 돌아오는 장화 발자국은 분명 범인의 것이다. 별장 서쪽 길을 통해 작업장으로 향한 범인은 거기서 야노구치 씨를 죽인 후, 남쪽 길을 통해 별장으로 돌아온 것이다.

그럼 야노구치 씨의 발자국은? 그가 신고 다녔던 그 명품 운동화의 발자국은 눈에 띄지 않는다. 대신에 장화 발자국 옆에 땅을 문지른 자국이 띄엄띄엄 남아 있었다. 그것은 한 줄뿐이었다.

즉, 이것이 야노구치 씨의 발자국이다. 범인은 별장으로 돌아갈 때 야노구치 씨의 발자국을 일부러 지웠다.

범인 자신의 발자국은 땅에 그대로 남아 있다. 어쩌면 나중에 정밀한 과학 수사가 펼쳐졌을 때, 발자국 깊이로 몸무게를 추정하는 방법에 대비해 자기 발자국을 지우라고 지시했는지도 모른다. 아마추어는 발자국 깊이를 엄밀하게 측정할 수 없을 테니, 뒤처리를 맡겨도 문제없다고 판단했으리라.

그렇다면 범인은 왜 피해자의 발자국을 스스로 지웠을까?

장화 발자국처럼 우리에게 뒤처리를 맡기면 되는 것 아닌가?

아니, 애당초 왜 야노구치 씨의 발자국을 지워야 할까?

자기 발자국을 없애려는 기분은 이해한다 쳐도, 피해자의 발자국을 지우는 데 무슨 의미가 있단 말인가?

물론 야노구치 씨는 제 발로 걸어서 작업장으로 향했다. 왜 밤중에 작업장에 갔는지는 모르지만, 아무튼 그건 틀림없으리라.

피해자 본인이 남긴 발자국이다. 범인에게 다다를 단서가 남아 있을 리 없건만…….

생각에 잠긴 채 걸음을 옮기다 보니 현관 포치에 도착했다.

아까는 몰랐는데, 현관 근처 별장의 외벽에 쓰다 남은 목재 같은 나무토막이 기대어져 있었다. 그저께는 작업장 옆에 놓여 있었던 물건이다.

아래쪽은 진흙으로 더러워졌다.

"아아. 범인은 이걸로 발자국을 지운 거로군."

구사카 씨가 툭 던지듯이 말했다. 물론 그 이상은 파고들지 않았다.

범인 외에 다른 사람들은 발자국의 수수께끼를 수상쩍게 여길 테지만, 다들 전혀 괘념치 않는 척하고 있다. 아야카와 씨에게 물어봐도 대답해주지 않으리라.

시선을 잡아끄는 묘한 점이 하나 더 있었다.

현관 포치의 연석에 신발의 진흙을 문지른 듯한 자국이 남아 있었다.

아까 누군가 여기서 진흙을 떨었던가?

그런 사람은 없었다. 애당초 다른 발자국은 없으니까, 어제 비가 내린 후로 오늘 아침 포치에 모일 때까지 범인과 피해자 말고는 별장 밖으로 나가지 않았을 것이다.

그렇다면 이것도 범인 짓일까?

"일단 흩어질까요? 30분이 지나기 전에."

사와무라 씨의 제안에 따라 일을 시작하기 전에 5분간 쉬기로 했다.

2층 침실로 가려는데 아야카와 씨가 곁으로 다가와서 속삭였다.

"리에, 바람막이 가지고 있지? 그거 좀 빌려줄 수 있어?"

"네? 아, 네. 알았어요. 나중에 가지고 올게요."

"고마워."

갑자기 왜 그런 부탁을 하는 걸까. 어디에 쓰려는 걸까?

아야카와 씨는 미소를 짓더니 1층 자기 방으로 향했다.

5분 후. 다시 현관 홀에 모였다.

아빠는 창고에서 꺼낸 방수 시트와 고무끈을 품에 안고 있었다.

사와무라 씨는 응접실에서 조개껍데기와 돌멩이가 든 쿠션 커버와 빈 쿠션 커버를 가져왔다. 필요해질 수도 있다고 본 것이리라.

나는 노란색 바람막이를 아야카와 씨에게 내밀었다.

"여기요. 이거 말씀이죠?"

"와, 잘 쓸게. 미안해. 아, 좀 추워져서 빌렸어요. 죄송해요."

자기가 사준 바람막이를 딸이 남에게 빌려주는 모습을 보고 아빠가 뜻밖이라는 표정을 짓자, 아야카와 씨는 양해를 구했다.

아야카와 씨가 바람막이를 걸치기를 기다렸다가 다시 작업장으로 향했다.

시체를 포장하는 작업은 구사카 씨와 사와무라 씨가 주도했다.

구사카 씨가 어깨, 사와무라 씨가 발목을 잡고 야노구치 씨를 포석에 펼친 방수 시트 위로 옮겼다. 조릿대 잎으로 감싼 초밥처럼 방수 시트를 개켜서 시체를 둘러싸는 것이다.

다른 사람들은 작업하는 두 사람을 뒤쪽에서 감시했다.

다들 안절부절못하는 기색이었다. 우리는 지금, 살인범을 돕고 있다.

죄책감은 그렇게 크지 않다. 범인의 목적이 무엇이든 일종의 염을 하고 있으니, 어떤 의미에서는 고인을 정중하게 다루는 셈이기도 하다.

하지만 어제 아침부터 시작된 비일상이 돌이킬 수 없을 만큼 섬을 잠식했다는 기분을 지울 수가 없었다.

"좋아. 이 정도면 되겠지? 시체 상태는 일절 확인하지 않았어."

구사카 씨는 방수 시트 위로 야노구치 씨의 몸을 부드럽게 쓰다듬었다. 그리고 포장한 시체를 고무끈으로 묶었다.

발목, 복부, 목 부분에 여간해서는 풀리지 않을 매듭이 만들어졌다. 아주 철저한 손놀림이었다.

건축 현장에서 사용하는 매듭일까?

"어때? 단단히 묶었어. 불만 없지?"

"좋은데요. 그래도 일단 범인에게 물어볼까요?"

사와무라 씨가 쿠션 커버를 들어 올렸다.

이 포장 방식이 범인의 기대치를 충족시켰는지 확인하려는 것이다.

여느 때와 같은 방법으로 투표하고 쿠션 커버의 지퍼를 열었다.

조개껍데기 여섯 개와 돌멩이 하나가 나왔다. 범인의 대답은 아니오였다.

범인이 불만을 표출했다!

순식간에 팽팽하게 긴장된 분위기가 감돌았다. 몇 명이 딸꾹질하듯 거칠게 숨을 들이마셨다.

지금까지는 뭘 물어봐도 네, 라는 대답이 돌아왔다. 사와무라 씨와 구사카 씨의 작업에도 미진한 점이 있었던 것처럼 보이지는 않았다.

신의 불합리한 분노를 산 걸까?

우리는 마른 침을 삼키며 서로 안색을 살폈다.

"침착합시다. 뭔가 문제가 있더라도 이제부터 고치면 되겠죠? 이 포장 방식이 잘못됐다면, 다시 하면 돼요. 그렇죠?"

사와무라 씨의 제안에 따라 다시 투표했다. 대답은 네였다.

우리 모두 안도의 한숨을 내쉬었다. 잘못이 있었지만 돌이킬 수 없는 수준은 아니었던 모양이다.

"그럼 뭘 고쳐야 할까······, 실은 종이에 적어서 알려주면 좋겠지만, 그건 안 되려나?"

지시서를 쓸 때는 증거가 남지 않도록 조심해야 할 테니, 범인은 되도록 쓰고 싶지 않을지도 모른다.

"······아무튼 질문을 좀 더 해봅시다. 방수 시트와 관련된 문제입니까?"

투표 결과 대답은 아니오.

"그럼 고무끈과 관련된 문제입니까?"

대답은 네.

중학교 1학년 때 반 친구와 했던 '곳쿠리상✝'이 떠올랐다. 이것도 으스스하고 수수께끼 같은 존재에게 의견을 묻는 행위다. 그나저나 옛날에는 떠들썩하게 장난치면서 했었는데, 지금은 다 큰 어른들이 얼굴을 맞대고 진지하게 결과를 걱정하고 있다.

"고무끈 종류인가요? 이걸 쓰면 안 된다는 겁니까?"

대답은 아니오.

"고무끈을 묶는 방식입니까. 그걸 바꾸면 될까요?"

대답은 네.

정답이 나왔다. 범인은 구사카 씨가 끈을 묶은 방식이 마음에 들지 않았던 듯하다.

사와무라 씨는 매듭을 풀고, 적당히 힘을 줘서 흔한 리본 매듭으로 고무끈을 다시 묶었다.

"어떻습니까? 이제 됐나요?"

대답은 네. 드디어 합격했다.

방수 시트로 포장한 시체는 작업장 벽에 수평을 이루도록 포석 위에 안치했다.

"흠, 내 방식은 불합격이었군."

✝ 동전이나 필기도구 등에 영혼을 불러 묻는 말에 대답하도록 하는 주술 의식. 국내에서는 '분신사바'라는 이름으로 유행한 적이 있다.

구사카 씨는 고개를 기울이고 투덜거렸다.

다시 5분간 휴식한 후, 두 번째 작업에 착수했다.

증거인 발자국 지우기다. 두 명이 별장 외벽에 기대어져 있던 나무토막과 다른 나무토막을 하나 더 들고 땅에 남은 범인의 발자국을 문질러서 지웠다. 나머지 사람들은 줄줄이 따라다니며 미끄러짐 방지용 고무 밑창의 형태가 흔적도 없이 사라졌는지 확인했다.

번갈아서 나무토막을 들고 교대로 작업을 진행했다.

시체 포장에 비하면 순조로웠다. 섬 둘레 길에서 작업장, 그리고 별장으로 돌아가는 길에 찍힌 범인의 발자국을 모조리 지운 후 '곳쿠리상'을 해서 범인이 원하는 수준을 충족시켰는지 물어보았다. 이번에는 단번에 합격했다.

03

오전 9시가 지나서야 아침을 먹기로 했다.

식사는 따로따로 했다. 나는 건과일이 섞인 시리얼을 접시에 담아서 침실로 가져왔다.

우리는 단체 행동에 피로감을 느끼고 있었다.

살인자와 함께 지낸다는 사실이 두렵기도 했으리라. 더구나 살인 현장의 뒤처리를 하는 내내, 어쩌다 범인의 정체가 드러나는 것 아니냐는 걱정으로 가슴이 조마조마했다. 혹시나 범인이 실수로 떨어뜨린 단추 같은 것을 발견이라도 하는 순간, 섬이 폭발해 모두 사망한다는 결말에 다다를지도 모른다.

다행히 범인은 증거를 남기지 않고 살인을 저질렀다. 어째선지 피해자의 발자국만 지우는 등 부자연스러운 점은 있었지만.

뇌에 버그가 생길 것 같았다. 인터넷에서 자주 눈에 띄는 표현으로, 나도 가끔 친구에게 사용한다.

지금만큼 그 표현이 딱 들어맞는 상황도 없을 것이다. 야노구치 씨의 죽음에 약간 책임을 느끼면서도, 범인이 살인에 무사히 성공해서 기쁘다. 그리고 그런 범인의 정체를 파헤치지 않도록 조심하며 지내야 한다.

생각하면 할수록 머리가 작동을 멈출 것만 같았다. 나는 바삭바삭한 시리얼을 무심하게 입에 넣었다.

그건 그렇고 아야카와 씨는 어떻게 할 작정일까? 어제는 '어쩌면 범인을 지적하게 될지도 모른다'라는 식으로 말했는데, 뭔가 사정이 바뀐 걸까?

시리얼을 다 먹고 접시를 아래층 주방으로 가져가자, 마침 사람들이 응접실에 모이려는 참이었다.

연락 시간이다. 누가 시킨 것도 아니건만, 아침과 저녁에 한 번씩 연락할 기회를 주는 규칙이 생겼다.

아빠, 구사카 씨, 사와무라 씨가 캐비닛을 옮기고 스마트폰이 든 배낭을 끄집어냈다.

"그럼 볼일이 있는 분은 연락하도록 할까요. 뭐, 여기서 며칠 지내도 의심받지 않기 위해서니까, 그렇게 자주 연락할 필요는 없을지도 모르겠습니다만……."

사와무라 씨는 모두의 얼굴을 쭉 둘러보았다.

발자국을 처리하러 다녔을 때보다 암울하고 광적인 기운이 감돌았다. 아까까지는 범인의 지시에 따라야 한다는 목표에 휘둘려 행동했다. 목표를 완수하자 어제보다 한층 심한 혼란이 찾아왔다.

후지와라 씨와 노무라 씨가 특히 심각해 보였다.

후지와라 씨는 창백한 얼굴로 무의미하게 방을 두리번거렸다. 도망칠 길을 찾고 있든지, 아니면 다른 뭔가에 정신이 팔린 듯했다. 막연하게 불안해하는 것이 아니라, 야노구치 씨가 살해당하자 마음을 지탱할 버팀목을 빼앗긴 듯한 모습으로 보였다.

노무라 씨의 얼굴에는 비장감이 역력했다. 두고 온 아들과 사건 때문에 걱정이 이만저만 아닌 것 같았다.

잠시 서로 눈치를 보다가 구사카 씨가 손을 들었다.

"나 먼저 해도 되나? 슬슬 집에 전화하는 편이 좋겠어."

구사카 씨는 배낭에서 자기 스마트폰을 꺼내 테이블에 내려놓고, '요시코'로 저장된 연락처를 눌렀다.

―아, 여보세요.

"오, 여보세요. 요시코? 응, 집에 별일 없나 싶어서."

―아참. 실은 급부금을 신청하는 걸 잊어버렸어. 지난주까지였는데. 서류를 작성해서 봉투에 넣긴 했는데 보내지를 않았나 봐.

"뭐? 대체 정신을 어디 두고 다니는 거야? 환장하겠네."

구사카 씨가 싹 달라진 목소리로 아내를 윽박질렀다. 우리는 깜짝 놀라서 마음을 졸이며 대화에 귀를 기울였다.

―미안해. 진짜로 깜박했어.

"어휴, 미안이고 나발이고 왜 잊어버리냐고. 내가 잊어버리지 말라고 몇 번을 말했어? 그때마다 알았다고 했잖아. 아까워 죽겠네. 이제 신청 못 해? 물어봤어?"

―그게, 오늘 토요일이잖아. 문의하려 해도 다음 주에 해야겠지.

"아, 진짜 돌겠네."

이런 상황에서도 급부금 신청을 잊어버렸다는 이유로 화를 낼 기운이 있다니, 놀랄 지경이었다.

하지만 구사카 씨의 분노가 조금 다른 방향을 향하고 있다는 것을 바로 알아차렸다.

사건이 발생한 후로도 구사카 씨는 비교적 냉정하고 온화하게 지내는 것처럼 보였지만, 분명 스트레스가 점점 쌓였을 것이다. 하지만 이 섬에서는 범인에게 직접 분노를 터뜨리는 것이 용납되지 않는다.

갈 곳 잃은 감정이 출구를 찾아 폭발한 것이다. 구사카 씨는 범인을 대신할 사람을 찾아 불만을 퍼부은 것이 틀림없었다.

아내에게 폭언을 두세 마디 더 던진 후, 계속 이러다가는 안 되겠다고 생각했는지 구사카 씨는 난폭하게 전화를 끊었다.

"어, 실례했군. 미안해."

구사카 씨는 스마트폰을 배낭에 던져 넣고 팔짱 낀 자세로 소파에 앉아 고개를 숙였다.

구사카 씨가 갑작스럽게 짜증을 부리자 이 섬이 언제든지 폭발할 수 있다는 사실이 새삼 부각된 듯했다. 응접실이 한동안 침묵으로 가득 찼다.

"어, 그럼 저도 가족에게 전화해도 될까요?"

아빠는 무거운 분위기에 압도된 듯 머뭇머뭇 스마트폰을 꺼냈다. 배터리가 거의 다 떨어져서 충전기를 꽂은 후 엄마에게 전화를 걸었다.

구사카 씨 때와는 달리 엄마와 아빠의 통화 내용은 태평했다. 아침에 뭘 먹었냐는 둥, 개는 산책시켰냐는 둥 엄마를 상대로 하잘것없는 이야기를 하다가 전화를 끊었다.

이어서 사와무라 씨가 스마트폰을 꺼냈다. 그는 들어온 메시지에 간단히 답장하고 바로 배낭에 스마트폰을 넣었다.

후지와라 씨와 노무라 씨는 스마트폰을 확인하지 않았다. 어차피 중요한 연락은 오지 않았을 테니 나도 넘어갔다.

"저도 한번 확인해봐도 될까요? 아마도 보기만 하겠지만요."

마지막으로 아야카와 씨가 배낭에 손을 넣어 자기 스마트폰을 찾았다.

그러고 보니 어제 아야카와 씨는 연락하지 않고 넘어갔다.

아야카와 씨는 메일 앱과 SNS를 열었다. 쇼핑 사이트의 온라인 매거진과 통신사의 요금 고지서 말고 다른 연락은 없었다.

"아, 별것 없네요. 네."

아야카와 씨가 스마트폰을 넣자 배낭은 다시 봉인됐다.

연락 시간이 끝났다. 이제부터 또 각자 재량껏 어제보다 더 불길하고 찜찜해진 하루를 보내야 한다.

04

오전 11시경.

우리는 침실에 틀어박히거나, 햄스터처럼 빙글빙글 섬을 산책하며 남아도는 시간을 보내려고 애썼다.

나는 물을 마시려고 방에서 나왔다가, 2층으로 올라온 아야카와 씨와 계단 곁에서 마주쳤다. 내가 빌려준 바람막이를 아직 입고 있었다.

"아, 리에?"

오싹할 만큼 작게 속삭이는 목소리로 아야카와 씨가 불러세웠다. 누가 들을까 봐 경계하는 듯했다.

"마침 잘됐네. 안 그래도 부르러 가려고 했거든. 너랑 너희 아빠랑 또 일을 상의하고 싶어서. 그리고 함께 봐줬으면 하는 것도 있어."

이렇게 말하면 거절할 방도가 없다.

그런데 봐줬으면 하는 거라니, 대체 뭘까?

1층으로 내려가서 아빠 침실로 향했다. 아야카와 씨는 아무도 보지 않는다는 걸 확인한 후, 노크도 없이 문을 열었다. 그리고 얼른 들어가라고 나를 재촉했다.

아빠는 침대 위에 웅크려 앉아 있었다. 아야카와 씨가 나를 데려오기를 기다리고 있었던 듯했다.

아야카와 씨는 아빠 맞은편 방바닥에 편한 자세로 앉았다.

나도 그 옆에 앉았다.

"기다리게 해서 죄송해요. 또 이것저것 의견을 교환해보도록 하실까요."

"어, 그거 말인데요……."

아빠는 쩔쩔매는 눈치였다.

아빠가 왜 이렇게 당혹스러워하는지는 알고도 남는다.

또 사람이 죽었다. 야노구치 씨는 범인의 정체를 알아내려 했기 때문에 살해당했다고 한다. 그런데 사건에 관해 몰래 상의해도 될까? 아빠는 그런 생각이리라.

아야카와 씨가 뭘 노리고 있는지는 아직 모르겠다.

"범인을 찾아내려고 하면 안 되지 않을까요? 이제 오늘과 내일만 얌전히 지내면 될 텐데요."

"네. 어제 말씀드린 대로 신중하게 행동해야겠죠. 하지만 범인을 찾아내지 않아도 되느냐 하면, 그건 아직 모르겠네요.

범인이 야노구치 씨를 살해한 이유를 곧이곧대로 믿어도 될지 미묘하니까요."

"그게 무슨 말입니까?"

아빠가 묻자 아야카와 씨는 어째선지 부끄러운 듯 수줍어하는 표정을 지었다. 그리고 바지 호주머니에 오른손을 슬쩍 넣었다.

아야카와 씨가 꺼낸 것은 가죽 케이스가 씌워진 스마트폰이었다.

결코 아야카와 씨의 호주머니에서 나올 물건이 아니었다. 폭탄의 기폭 장치를 작동시키는 것도 스마트폰이므로 나도 아빠도 깜짝 놀랐다.

하지만 그게 누구 것인지 바로 생각났다.

"이거 야노구치 씨 스마트폰이죠?"

"응."

응접실에 봉인한 배낭에 들어 있어야 할 물건이었다. 왜 그걸 아야카와 씨가 가지고 있을까?

마침내 짐작이 갔다.

"……혹시 그래서 제 바람막이가 필요했던 거예요?"

"응, 그렇지."

아야카와 씨는 노란색 바람막이의 소매를 잡아당겼다.

아까 스마트폰을 꺼내려고 배낭에 손을 넣었을 때, 몰래 소매 속에 감춘 것이리라. 소매에 고무가 들어갔고, 조금 헐렁헐렁한 바람막이가 써먹기 딱 좋았던 것이리라.

어처구니가 없을 만큼 대담한 짓이었다. 아빠도 얼떨떨한 표정으로 아야카와 씨의 손을 바라보았다.

"살해당한 오사나이 씨에 대해 알고 싶다고 어제 그랬었죠. 결국 아무것도 알아내지 못했지만요.

그런데 오늘 또 사건이 터졌어요. 다행히 야노구치 씨에 관해서는 개인적인 정보를 알아낼 방법이 있었고요."

"그래서 스마트폰을 꺼냈다는 말씀이십니까? 괜찮을까요? 만약 범인에게 들키기라도 하면……."

"네. 물론 조금이라도 위험할 것 같으면 그만둘 생각이었어요. 하지만 다들 이 스마트폰에 관심이 없는 것 같더라고요. 덕분에 성공했네요."

느닷없이 두 번째 사건이 발생해 혼란스러웠고 외부와 연락하기 위해 자기 스마트폰을 찾는 데 급급했던 터라, 죽은 사람의 스마트폰이 배낭에 들어 있다는 사실을 아야카와 씨 말고는 아무도 염두에 두지 않았다.

"하지만 화면이 잠겨 있잖아요?"

"해제할 수 있어요. 야노구치 씨가 업무 연락을 하려고 했을 때 패턴을 유심히 봤거든요."

어제 아침, 연락 시간에 야노구치 씨는 스마트폰을 꺼냈다. 다른 사람들이 감시하는 가운데 스마트폰을 조작해야 하니까 잠금 화면을 해제하는 모습도 다들 봤지만, 야노구치 씨가 외부에 연락할 기회를 사용한 것은 한 번뿐이었다. 나는 야노구치 씨가 어떤 패턴을 그렸는지 까맣게 잊어버렸다.

"그럼 스마트폰에 담긴 정보를 봤습니까? 단서가 있었어요?"

"봤어요. 단서인지 아닌지는 모르겠지만, 묘한 게 있었죠."

아야카와 씨는 스마트폰 홈 버튼을 누르고 잠금 화면에 소용돌이 모양을 그렸다. 홈 화면이 나타났다.

"야노구치 씨께는 죄송하지만, 누구와 어떤 연락을 했는지 살펴봤어요. 수상쩍다고 할 만한 대화는 거의 없더군요."

아야카와 씨는 메일 앱과 만남 앱 아이콘을 차례차례 눌렀다.

메일은 업무 연락용으로 사용했는지 투자 신탁과 가상 화폐 관련 메일이 많았다. 최근에 주고받은 메일을 대충 살펴보았지만, 개인끼리 주고받은 메일은 눈에 띄지 않았다.

만남 앱에는 돈을 주고 나이 어린 여자를 만난 흔적이 적나라하게 남아 있었다. 그걸 보고 아빠가 어쩔 줄 몰라 하자 아야카와 씨는 얼른 앱을 닫았다.

"……뭐, 대부분은 이렇듯 무난한 내용인데요, 딱 하나 이상한 게 있었어요. 이거예요."

아야카와 씨가 SNS 앱을 열었다.

'답신이 늦었네요, 알겠습니다', '다음 주는 잘 부탁드립니다' 같은 연락이 들어와 있었지만, 아직 읽지 않은 상태였다. 아야카와 씨는 약간 아래쪽의 채팅방을 가리켰다.

"이거요. 일단 상대의 이름을 확인해주세요."

채팅 상대의 이름은 '오사나이 유지'였다.

"응? 이거, 우리랑 함께 섬에 온 오사나이 씨인가요?"

"네. 이름은 맞아요. 그리고 아이콘을 보시면, 이거 오사나이 씨의 모자 아닌가요?"

아이콘에는 누군가의 뒷모습 사진이 사용됐다. 그 사람은 오사나이 씨와 똑같이 위장무늬가 들어간 야구 모자를 쓰고 있었다.

"이상하죠? 그저께 야노구치 씨와 오사나이 씨는 잘 모르는 사이라고 하지 않았던가요? 오무로 슈조 씨를 통해 서로 이름을 들어본 정도라고요."

그랬다. 항구에서 두 사람은 명함을 교환했다. 그래놓고 실은 그로부터 사흘 전에 연락을 주고받았다.

"어떻게 된 겁니까? 야노구치 씨와 오사나이 씨는 일부러 초면인 척했다는 건가요?"

"그런 셈이죠. 그리고 내용 말씀인데요."

아야카와 씨는 채팅방을 눌러서 메시지를 표시했다.

분량상 미리 행동에 나서는 건 포기할 수밖에 없겠어. 날씨도 마땅치 않아. 당일만 잘 넘기면 어떻게든 될 거야. 최악일 경우에도 도망만 치면 뒷일은 이쪽에서 어떻게든 할게. 맡겨줘.

섬에 오기 사흘 전에 오사나이 씨가 야노구치 씨에게 보낸 메시지였다.

야노구치 씨는 이렇게 답했다.

어떻게든 하겠다니? 어떻게 할 건데?

다음은 오사나이 씨의 대답.

장소는 확보해뒀어. 때가 되면 안내할게.

그 밑에는 야노구치 씨가 오사나이 씨에게 전화를 건 이력이 남아 있었다. 통화 시간은 10분 정도.

주고받은 대화는 그게 전부였다. 그밖에는 아무것도 남아 있지 않았다. 과거의 대화 내용은 삭제한 것이리라.

아빠는 복잡한 표정으로 스마트폰 화면을 노려보았다.

나는 부모의 심기를 살피는 어린아이 같은 기분으로 아야카와 씨의 얼굴을 보았다. 아야카와 씨는 당혹감에 찬 내 마음을 알아차렸는지 웃음을 지었다.

"야노구치 씨와 오사나이 씨는 뭔가 꾸몄던 거로군요."

"응, 그런 것 같아."

아야카와 씨는 이 메시지를 우리에게 보여주고 싶었던 듯하다.

"이 섬에 관련된 일이겠죠?"

"물론 그렇겠지."

중요한 알맹이가 쏙 빠진 메시지라, 두 사람이 뭘 두고 이야기를 나눴는지는 명확하지 않다. 하지만 이 섬에 관련된 계획이라면 떠오르는 건 하나뿐이다.

아빠가 목소리를 최대한 낮췄다.

"……폭탄인가요? 이 두 사람이 폭탄과 관련이 있다는 겁니까?"

"메시지를 보건대 그렇게 해석할 수밖에 없겠죠."

그들이 폭탄을 이 섬에 쟁여둔 장본인일까?

그래놓고 모르는 척, 시찰 여행에 참가한 건가?

생각해보면 그들은 큰아빠와 친분이 있었으니, 폭탄에 관련됐어도 부자연스러울 것 없다. 폭탄 테러범은 척 보기에도 반사회적인 인물일 것이라는 고정관념 때문에 멍청하게도 그럴 가능성을 전혀 염두에 두지 않았다.

아빠도 마찬가지인 듯했다. 이틀 전에 폭탄이 발견됐을 때도, 설마 폭탄을 제조한 사람이 함께 섬에 건너왔을 거라고는 꿈에도 생각해보지 않은 것 같았다.

"하지만 두 사람은 살해당했잖습니까. 대체 무슨 일이 벌어진 거람."

"그야말로 수수께끼죠. 그래서 '야노구치는 범인의 정체를 알아내려 했기 때문에 죽었다'라는 범인의 말을 곧이곧대로 믿어도 될지 의문인 거예요."

그렇다면 폭탄이 범행 동기와 관련 있는 걸까?

아야카와 씨는 화면을 끄고 스마트폰을 호주머니에 넣었다.

아빠는 일에 지쳤을 때처럼 오른손으로 관자놀이를 누른 채 끙끙 앓는 소리를 냈다.

"아야카와 씨, 뭘 어쩌려는 겁니까? 태평하게 손 놓고 있어서는 좋지 않을지도 모르지만, 우리가 할 수 있는 일이 있겠어요?"

"지금 생각하고 있잖아요."

아야카와 씨의 말투에서 아빠를 짜증스러워하는 낌새가 약간 묻어났다. 하지만 곧 부드러운 말투로 돌아왔다.

"……역시 오무로 씨의 형님이 마음에 걸리네요. 슈조 씨는 이 섬이 폭탄 보관고로 사용됐다는 걸 알고 계셨을까요? 어떻게 생각하세요?"

"형이 두 사람의 계획에 협력했느냐, 그런 말씀입니까? 음…….."

이틀 전 밤에는 생각하기를 회피했던 문제였지만, 이번만큼은 아빠도 진지하게 맞서지 않을 수 없었다.

우리는 큰아빠가 폭탄 제조에 가담했을 가능성을 함께 검토했다.

그러나 마지막으로 만났을 때 나는 아직 어렸다. 기억 속 큰아빠의 모습은 만나지 않은 몇 년 동안 마모돼서 희미해졌고, 모난곳이 떨어져 나가서 미화됐다. 상식에 얽매이지 않는 사람이긴 했지만, 거대한 범죄 행위에 가담했을 거라고는 도저히 믿고 싶지 않았다.

한편 아빠는 자기 형에 관한 의혹을 완전히 떨쳐버릴 수 없는 모양이었다.

"아닐 거라고 생각하지만……, 이제는 뭐라고도 장담을 못 하겠습니다. 영문 모를 일들이 벌어지고 있으니, 실은 형이 테러리스트였다고 해도 받아들일 수밖에 없을 것 같네요. 적어도 유품에서는 그럴싸한 증거가 발견되지 않았지만, 전부 확인한 것도 아니니까요."

"뭐, 그렇겠죠. 그럼 좀 더 구체적으로 검토하는 편이 좋으려나. 한 가지 더 궁금한 건, 열쇠예요."

"열쇠?"

아빠가 꾸지람을 들은 것처럼 몸을 살짝 떨었다. 여전히 작업장 열쇠를 소홀히 관리했다는 자책감에 시달리는 듯했다.

"네. 이 별장, 그리고 작업장과 방갈로 열쇠요. 오무로 씨는 그걸 형님댁에서 가져오셨잖아요. 별장 열쇠와 그 외의 작업장과 방갈로 열쇠는 다른 키홀더에 달려 있었어요.

저희가 도착했을 때, 일단 오무로 씨가 잠겨 있던 별장 현관문을 여셨죠. 발전기를 작동시킨 후, 리에가 작업장과 방갈로 열쇠를 찾으러 갔지만 어째선지 없었고요. 그래서 오무로 씨가 가져오신 열쇠를 사용하기로 했어요. 그저께는 그런 흐름이었던 걸로 기억해요.

오무로 씨. 오무로 씨가 가져오신 작업장과 방갈로 열쇠는 형님댁의 어디에 놓여 있었나요? 별장 열쇠와 같은 곳이요?"

이야기가 진행될수록 아야카 씨의 목소리에 날카로움과 진지함이 더해졌다. 아빠는 곰곰이 생각한 후, 틀리지 않도록 신중하게 대답했다.

"아니요, 다른 곳이었습니다. 별장 열쇠는 형 방의 책상 서랍에 들어 있었고, 작업장과 방갈로 열쇠는 금고에 들어 있었죠.

원래 형은 섬에 올 때 별장 열쇠만 가져왔을 겁니다. 다른 건물 열쇠는 별장에 놔뒀으니까요.

그래서 저도 이번에 섬에 가기로 했을 때, 별장 열쇠만 챙기면 되겠거니 했어요. 작업장과 방갈로 열쇠는 여기 있을 테니까요.

그 후에 토지 관련 서류를 확인하려는데 금고에 열쇠 다발이 있더라고요. 섬의 건물 열쇠인지는 확실치 않았지만요. 아무것도 안적혀 있었거든요. 그래도 일단 가져가기로 했습니다."

"그렇군요. 어쩌면 별장 열쇠만 가지고 오셨을지도 모른다는 뜻이네요."

"네. 금고에 든 열쇠를 보지 못했다면요. 뭐, 최악의 경우, 작업장과 방갈로에 들어가지 못하더라도, 별장과 섬이 어떤 상태인지만 확인할 수 있으면 충분하지 않겠느냐는 이야기를 사와무라 씨와도 했었죠.

역시 제 탓일까요? 제가 만약의 사태에 대비한답시고 괜스레 열쇠를 챙겨 오지 않았더라면……"

"오무로 씨가 열쇠를 가져오지 않았다면 사건은 일어나지 않았다. 인과관계만 따지자면 혹시 그럴지도 모르지만, 그것 때문에 오무로 씨를 탓하는 사람은 아무도 없을 거예요."

아야카와 씨는 약간 냉담하게 말했다.

그건 그렇다. 이번 일로 아빠를 탓한다면 열쇠를 가져왔기 때문이 아니라, 경찰에 바로 신고하지 않고 열쇠가 든 웃옷을 응접실에 내팽개쳐 뒀기 때문이다.

"어쨌거나 살해당한 두 사람은 범죄자였다는 거죠? 왜 살해당했는지는 알 수 없지만……"

아야카와 씨 덕분에 새롭게 얻은 정보 가운데, 아빠에게 제일 깊은 의미가 있었던 것은 그 정보였다. 살해당한 피해자는 아무래도 폭발물 제조에 관여한 듯했다.

죄책감을 누그러뜨리는 사실이었다. 나도 마음속 깊은 곳을 들춰보면 살해당한 피해자가 악인이길 바랄 것이다.

아야카와 씨는 이 사실을 빨리 내게 알려주고 싶었던 걸까?

"알 수 없는 걸로 치면 범인의 정체도 그렇지만요. 여기 온 사람들은 형과 아는 사이였다는 공통점이 있으니까, 우리가 모를 뿐 과거에 무슨 사연이 있었어도 이상할 것 없겠군요."

"실제로 야노구치 씨와 오사나이 씨가 가까운 사이로 밝혀졌으니까요."

"야노구치 씨의 스마트폰에 다른 단서는 없었습니까?"

"전혀 없었어요. 범죄에 관한 대화는 꼬박꼬박 삭제했겠죠."

"범인은 폭탄에 관련된 자들을 처치하고 있는 걸까요? 그렇다면 결국 우리는 얌전히 있는 게 제일 아니겠습니까? 쓸데없는 짓을 하다 범인을 방해해서 죽게 되면 아무 의미도 없잖아요?"

아무것도 하지 않고 목숨을 구할 수 있다면 가만히 있는 편이 좋다. 옳은 말이기는 하다.

하지만 폭탄 관계자를 말살하는 것이 범인의 목적이라 치더라도, 과연 그 종착점은 어디일까.

범인 자신은 대체 어떻게 하려는 걸까.

그저 죽일 사람을 다 죽이고, 남은 사람과 함께 뭍으로 돌아가자는 낙천적인 계획을 세웠을 리 없다.

결국 아빠 말은 다람쥐 쳇바퀴 도는 것이나 마찬가지다. 해답이
나오지 않는다.

"네. 뭘 하더라도 안전이 제일인 건 변함없어요."

아야카와 씨도 지금까지 여러 번 꺼냈던 대답을 다시 꺼냈다.

스마트폰으로 알아낸 사실을 바탕으로 아빠에게 새로운 정보
를 얻을 수 있을지도 모른다고 아야카와 씨는 기대했던 듯하다.

아빠 이야기는 도움이 됐을까?

아야카와 씨는 어떤 정보를 바라는 걸까?

"아, 오무로 씨께 확인하고 싶은 게 하나 더 있었어요. 이번 여행
은 저희 회사의 사와무라 씨가 제안해서 결정된 거죠? 형님이 돌
아가시고 얼마 후였으니까, 겨우 2주쯤 전이네요."

"네, 그렇습니다."

"그리고 구사카 건축사무소의 두 분이 동행하기로 하셨는데, 이
쪽은 사와무라 씨가 불렀어요. 개축 공사의 견적을 받아보고 싶다
면서요.

하제쿠라 부동산의 오사나이 씨와 후지와라 씨도 오시기로 했
죠. 두 분은 시찰 여행을 간다는 걸 알고 함께 가고 싶다고 요청하
셨을 거예요. 확실히는 모르지만, 사와무라 씨의 말을 들어보니 그
런 느낌이었어요.

그와 관련해서 오무로 씨는 뭐 아시는 거 없으세요?"

"어, 아야카와 씨가 말한 대로일걸요? 형과 오래 알고 지내던 부

동산 회사 사람이 같이 가고 싶다는데 괜찮겠느냐고 사와무라 씨가 물어봤거든요. 사와무라 씨와 부동산 회사 사람들은 형을 통해서 안면을 튼 것 같았습니다."

"야노구치 씨가 오시기로 한 것도 그런 식이었죠. 섬에 가본 지도 오래됐는데 동행해도 되겠느냐고 사와무라 씨에게 문의가 들어왔을 거예요.

분명 여행을 떠나기 사흘 전에 부동산 회사의 두 분과 야노구치 씨가 동행하기로 결정됐을 텐데, 맞죠? 이것도 사와무라 씨에게 확실히 들은 건 아니라서요. 하지만 사흘 전에 세 명이 더 올 거라는 이야기를 듣고 참 갑작스럽다 싶었거든요."

"아, 맞을 겁니다. 여행 날짜가 얼마 남지 않았을 때, 같이 가고 싶다는 사람이 있는데 괜찮겠느냐고 사와무라 씨가 물어봤어요."

여행 사흘 전이라면, 오사나이 씨와 야노구치 씨가 스마트폰으로 대화를 나눈 시기와 겹친다.

아야카와 씨는 무릎에 손을 얹고 곰곰이 생각하는 표정을 지었다.

아빠가 머뭇머뭇 말을 꺼냈다.

"그, 야노구치 씨의 스마트폰으로 외부에 몰래 도움을 요청하는 건 역시 위험할까요?"

"좋지 않은 방법이에요. 범인에게 들키지 않고 신고에 성공해서 배나 헬리콥터가 구조하러 온다고 해도, 저희가 무사히 탑승한다는 보장은 없으니까요.

섬으로 다가오는 탈것을 발견한 순간 범인이 기폭 장치를 작동시킬지도 모르고, 그 전에 범인을 제압하더라도 타이머를 설정해 났을 가능성이 있는 이상 위험해요."

나는 아야카와 씨가 그렇게 말할 것이라 예상했다.

'십계'에는 여러 명이 30분 이상 한자리에 모여 있으면 안 된다고 적혀 있었다. 범인이 정말로 신중하다면 30분 간격으로 폭탄 타이머를 설정해 났을지도 모른다. 그렇다면 섣불리 범인을 제압할 수는 없다.

"으음, 그런가."

아빠는 아쉽다는 듯 탄식했다.

"그러고 보니 야노구치 씨가 살해당한 사건에서 이상한 점이 있었잖습니까. 범인이 발자국을 지웠잖아요. 그건 왜 그런 걸까요?"

아무것도 하지 않는 편이 낫다고 했지만, 아빠도 발자국에 관련된 수수께끼가 마음에 걸리는 모양이었다.

범인은 왜 피해자의 발자국을 지웠을까.

범인을 알아내려 하면 안 된다는 전제가 깔린 이 사건에서, 현재로서는 유일하게 돌출된 수수께끼일지도 모른다. 강제력을 동반한 계율을 지키느라 살인의 뒤처리까지 도와야 하는 와중에, 범인이 스스로 증거를 인멸한 건 사건의 한 요소로서 오히려 건전한 느낌마저 들었다.

"네. 그건 범인을 밝혀내는 과정에서 큰 의미가 있겠지만……, 저도 생각하는 바가 있지만 지금 당장 말씀드리는 건 바람직하지 않겠네요. 정리가 제대로 안 돼서 이야기가 지리멸렬해질 테니까요."

"흐음……, 그렇습니까."

"네."

아야카와 씨의 제안으로 한자리에 모이기는 했지만, 미적지근한 태도를 보이는 아빠를 상대하느라 아야카와 씨는 지친 것 같았다. 그런 낌새가 느껴져서 나는 조바심이 났다.

자신의 의문을 아야카와 씨가 어물쩍 넘겨서 아빠는 떨떠름한 기색이었지만, 바로 다른 걱정에 정신이 팔린 것 같았다.

이윽고 아빠가 불길하고 현실감 있는 가능성을 꺼내놓았다.

"이건 어디까지나 가정인데요. 살인이 이걸로 끝난다는 보장은 없는 거잖아요? 두 번이나 발생했으니 한 번 더 발생해도 이상할 것 없겠죠.

만약 살해 현장에 맞닥뜨리면 어떻게 합니까? 어느 침실에서 몸 싸움하는 소리나 비명이 들리면요.

그럴 때 침실에 들어가서 살인을 저지할 수는 없겠죠. 그랬다가는 범인이 누구인지 드러나니까요. 누군가 끼어드는 순간 폭탄이 터지는 게 확정될 수도 있어요.

그렇다면……, 만약 어딘가에서 살인이 벌어지고 있는 것 같을 때는 범인을 방해하지 않도록 서둘러 그 자리를 떠나야 하는 겁니까? 그게 우리가 할 수 있는 최선이에요?"

나도 어렴풋이 상상은 하면서도 그다지 심각하게는 받아들이지 않았던 사태였다.

하지만 상황을 구체적으로 가정하자 몸이 바짝 움츠러드는 기분이었다. 이미 벌어진 살인 두 건을 눈감아줘야 할 뿐만 아니라, 앞으로 벌어질 살인을 묵인해야 하는 건가?

"그게 최선일 가능성은 있겠죠."

아야카와 씨는 그렇게 대답했다. 그야 그럴 것이다.

어쨌거나 우리에게는 모든 것이 불확실한 상태였다. 실은 폭탄이 설치되지 않았을지도 모른다. 만약 그렇다면 살인을 못 본 체하는 것은 피해자를 한 명 늘리는 짓일 뿐이다.

"아야카와 씨, 만약 당신이 방금 말한 상황에 처한다면 어떻게 할 겁니까?"

"……지금으로서는 저도 범인을 방해하지 않도록 그 자리에서 살며시 벗어날 것 같네요. 섬이 폭파될지도 모른다는 위험을 감수할 수는 없어요."

아야카와 씨는 냉철한 목소리로 말했다.

아빠는 한심한 얼굴로 머리를 긁적이더니 이쪽을 힐끔거렸다.

아빠가 무슨 생각을 하는지 알아차렸다.

살인을 묵인해야 한다.

어쩔 수 없다. 부득이한 일이다.

하지만 만약 피해자가 나라면?

그때는 어떻게 할 것인가?

아빠는 못 본 척하지 않는다. 폭탄이고 뭐고 딸을 구하려 할 것이다.

확신한다.

나는 사랑받고 있으니까.

그런 일은 없기를 바라지만, 만에 하나 아빠가 목숨을 빼앗길 위기에 처한다면 나도 잠자코 있지는 않으리라.

아야카와 씨는 나와 아빠를 번갈아 보더니, 둘 사이에 있는 갈등을 전부 꿰뚫어 봤다는 듯이 말했다.

"만약 리에가 살해당할 것 같아서 오무로 씨가 딸을 지키기 위해 범인을 방해한다면, 나무랄 수 없겠죠. 뭐라고 말려야 할지도 모르겠고요. 그런 일이 일어나지 않기를 바라는 수밖에요.

하지만 위안 삼아 한 말씀 드리자면, 리에가 다음으로 살해당할 가능성은 크지 않을 거예요. 슈조 씨와 못 본 지 몇 년이나 됐고, 섬에 온 분들과도 초면이니까요.

오무로 씨도 폭탄에 대해 전혀 모르셨다면, 일단은 범인에게 목표로 점찍힐 이유가 없을 테고요. 물론 방심은 하면 안 되겠지만."

"음……, 뭐, 그렇겠죠."

아야카와 씨의 말은 그야말로 위안에 그치는 정도였다. 그래도 아빠의 마음을 진정시키는 데는 얼마쯤 도움이 된 듯했다.

우리는 이제 흩어지기로 했다.

30분이 다 됐고, 뭘 하고 있었는지 다른 사람들에게 의심받기라도 하면 곤란하다.

복도에 아무도 없는 걸 확인한 후 간격을 두고 한 명씩 방에서 나갔다.

05

정오.

나는 아야카와 씨와 함께 섬 둘레의 산책로를 걷고 있었다.

아빠 방을 나설 때 아야카와 씨가 산책을 제안했다. 시간을 정해서 남쪽 방갈로 앞에서 만났다. 어제도 그랬었다.

"오늘도 날씨가 좋네."

"아, 네. 그러네요."

어젯밤에 내린 소나기가 하늘에 약간 남아 있던 칙칙함을 닦아낸 것만 같았다. 푸른 하늘은 건조하고 차가워 보였다. 온 하늘에 어제까지는 희미했던 겨울 기운이 가득했다.

그 후로 잠시, 둘 다 아무 말도 없었다.

고등학교 2학년 어느 휴일, 친구를 만나러 가는 길에 담임 선생님과 마주친 일이 기억났다. 20대 여성이었던 담임 선생님과 함께 역까지 같이 갔다. 선생님은 어디 가느냐는 둥, 학교는 재미있느냐는 등 대화가 끊기지 않도록 애썼다.

왜 좀 더 싹싹하게 대답하지 못했을까, 지금도 약간 후회스럽다. 훗날 반 아이가 휴일에 담임과 딱 마주쳤는데 이것저것 말을 걸어서 짜증 났다고 험담하길래 몹시 서글펐다.

아야카와 씨는 좀처럼 입을 열지 않고, 반 발짝 앞에서 절벽 쪽을 천천히 걸어갔다.

사건에 관한 뭔가를 밝힐지 말지 망설이는 낌새가 분명히 전해졌다.

어제는 범인을 지목해야 할지도 모른다고 했다. 아야카와 씨는 이 사건을 어떻게 결판낼지 계획하고 있을 것이다. 아까 아빠가 발자국 문제를 꺼냈을 때는 얼렁뚱땅 넘어갔지만, 거기에도 분명 명확한 의미가 있으리라.

가능하면 내게도 알려주길 바랐다. 아야카와 씨에게 기대서 조금이라도 안심하고 싶었다.

계획이 있더라도, 내게 밝히면 지장이 생길까 봐 걱정하는지도 모른다. 겨우 그저께 처음 만난 사이다. 아야카와 씨가 나를 얼마나 믿어줄지는 모를 일이다.

땅은 아직 덜 말랐다. 질퍽거려서 걷기 힘들었지만 계속 걸음을 옮겼다.

"아야카와 씨."

"응?"

말을 걸자 아야카와 씨는 발을 멈추고 내 얼굴을 들여다보았다.

"혼자 사세요?"

"어? 응."

"사귀는 사람은 있고요?"

뜬금없는 질문에 아야카와 씨의 눈이 휘둥그레졌다.

말을 꺼내자마자 좋지 않은 질문이었음을 깨달았다. 처음에 떠오른 말은 '친구는 있고요?'였으니까 그보다는 낫겠지만, 좀 더 세심하게 물어봤어야 했다.

"아니, 지금은 없어. 왜?"

"어, 그러니까."

나는 말을 머뭇거렸다.

하지만 아야카와 씨는 대번에 내 마음을 알아차리고 웃음을 지었다.

"아, 알았다. 아까 스마트폰 확인할 때 봐서 그렇구나? 아무한테도 연락이 없네. 어떻게 된 인간이야? 그렇게 생각했어?"

"아니, 그게……."

그런 셈이지만 악의는 없었다. 고독하게 살 것 같은 사람으로 보이지는 않아서 의외였을 뿐이다.

"뭐랄까, 지금이 마침 그런 시기라는 느낌이려나. 친구에게도 연락이 별로 안 오고, 내가 먼저 연락하지 않아도 누가 신경 쓰겠느냐는 기분이야."

"네, 그렇군요."

그 기분은 가슴에 사무칠 만큼 잘 안다.

"리에는? 사귀는 사람 있어?"

"네? 아니요……."

없는데요, 라고만 했으면 될 텐데, 괜히 쓸데없는 말까지 꺼내고 말았다.

"고3 때 세 달쯤 썸을 타던 사람이 있었는데요. 그 사람이 자기 친구에게 제 이야기를 떠들어댄다는 걸 알았어요. 자랑할 작정이었는지는 모르겠지만요.

어디 가서 뭘 했다는 식으로 둘이 함께 보냈던 시간을 남들한테 모조리 말해버려서 견디기가 점점 힘들어지더라고요. 그러다 어느덧 연락이 뜸해지고 결국 만나지 않게 됐죠. 그 후로는 아무도 없어요."

이 이야기가 묘하게 아야카와 씨의 웃음 포인트를 자극한 모양이었다. 아하하하하, 하는 높은 웃음소리가 섬 전체에 울려 퍼질 것 같았는지, 아야카와 씨는 얼른 손으로 자기 입을 막았다.

"……알 것 같네. 돌이켜보면 난 지금까지 전부 그런 식이었는지도 몰라. 끝나고 나면 결국 난 뭘 했던 걸까 싶은 관계뿐이었거든. 분명 멋대로 남에게 너무 기대하다가 실망하는 버릇이 있는 거겠지."

아야카와 씨는 긴장감 없이 천진난만한 표정이었다.

그 후로도 사건 이야기는 하지 않았다.

난 강사에게 칭찬받고 우쭐해져서 잘난 척 주변에 충고하다가 입시에 실패했고, 낯짝 두껍게도 그 입시학원에 계속 다니고 있다는 사실을 아야카와 씨에게 말했다.

가족에게도 비밀로 한 일이었지만, 속을 탁 터놓고 이야기해야 할 때가 온 것 같다는 기분이었다. 이번에는 아야카와 씨도 웃지 않고 들어주었다.

"……사건 때문에 입시 걱정이 머릿속에서 싹 날아갔었는데, 생각을 안 할 수가 없네요.

다음 주부터 또 학원에 가야겠죠. 실감은 전혀 나지 않지만요. 무사히 돌아갈 수 있을지도 모를 일이고."

"분명 돌아갈 수 있어. 걱정하지 마."

아야카와 씨는 대수롭지 않다는 듯 말했다.

"아야카와 씨, 무사히 이 섬에서 나가기 위해 뭔가 생각하는 바가 있으신 거죠?"

"응. 있어. 다들 그 지시서를 '십계'라고 부르지만, 터무니없는 소리지.

계율은 원래 인생을 걸고 지켜야 하는 규범이잖아. 진심으로 종교를 믿는 사람을 무시하는 느낌이야. 그 계율은 섬에 있는 동안만 지키면 되는걸. 그러니까 나나 리에가 어떻게 할 것인가가 문제인데."

"저는 아야카와 씨를 믿어요. 저로서는 달리 어쩔 도리도 없으니까."

"그렇구나. 고마워."

아야카와 씨는 미소를 짓더니 걸음을 약간 빨리 했다.

이윽고 오사나이 씨의 시체가 있는 곳에 접어들었다.

첫 번째 사건이 발생하고 꼬박 하루가 지났다. 시체에 변화는 있을까?

아야카와 씨는 어제와 똑같은 자세로 절벽 가장자리에 쪼그려 앉아 오사나이 씨의 상태를 확인했다. 나도 몸의 중심이 앞으로 기울어지지 않도록 주의하며 고개를 한껏 내밀어 절벽 아래에 시선을 주었다.

"여기서 보기에는 변한 게 없는 듯한데."

"그러게요."

시체는 어제와 완전히 똑같은 자세로 바위터에 누워 있었다. 어쩌면 피부 색깔은 변했을지도 모르지만, 절벽 위에서는 구분이 안 된다. 옷은 어제 내린 비로 젖은 상태였다.

어제 아야카와 씨는 대조기에 수위가 높아지면 시체가 바닷물에 잠겨서 증거가 인멸되지 않겠느냐는 가능성을 제시했다.

하지만 오늘 확인해보니 그다지 현실성이 없을 것 같았다. 시체가 바닷물에 잠기기에는 아직 수위가 한참 모자란다. 모레 아침까지 기다려도 바닷물이 바위터에 다다르지는 않을 듯했다.

하기야 아야카와 씨도 진심으로 그 가능성을 입에 담은 것은 아니라고 했다.

아야카와 씨는 진지한 표정으로 시체 상태를 찬찬히 관찰했다. 절벽 가장자리에서 몸을 내밀고 완전히 집중한 모습을 보자 가슴이 조마조마했다.

잠시 후 무릎에 양손을 얹고 일어서려다가 아야카와 씨는 진창에 발이 푹 빠졌다.

쪼그리고 앉아 있던 탓에 몸이 굳었는지, 아야카와 씨는 얼른 자세를 바로잡지 못했다.

"앗."

"악!"

바로 비명이 교차됐고, 나는 안간힘을 다해 아야카와 씨의 팔을 붙잡았다. 나까지 비틀거린 순간 등골이 싸늘해졌다.

혼신의 힘을 다해 아야카와 씨를 잡아당기며 그대로 땅에 푹 쓰러졌다.

온몸이 진흙투성이가 됐지만, 아무튼 중심은 안정됐다. 절벽 아래로 떨어질 위험성은 사라졌다.

한순간 밀려왔던 공포가 증발하자 이번에는 웃음이 솟구쳤다.

나와 아야카와 씨는 마음이 진정되기를 기다렸다가 호흡을 맞춰 천천히 일어섰다.

"……위험했네요."

"응. 나 때문에 리에도 떨어질 뻔했어."

아야카와 씨가 노란 바람막이 옷자락을 펼쳤다.

"미안해. 다 버렸네."

"그건 상관없지만……."

우리는 옷에 묻은 진흙을 털었다. 손이 닿지 않는 등 부분은 서로 두드려가며 최대한 많이 털어냈다.

"이만 돌아가는 게 좋지 않을까요? 30분이 다 됐을 것 같기도 하니까요."

"착실하구나, 리에. 그래. 돌아갈까."

우리는 별장으로 걸어갔다. 주변에는 아무도 없었다.

현관 포치가 보이자 아야카와 씨가 멈춰 섰다.

"이거 좀 더 빌려도 될까? 최대한 깨끗하게 입을게."

바람막이 이야기였다.

"네. 괜찮아요."

"고마워. 섬에서 무사히 나가면 돌려줄게."

아야카와 씨는 마치 전쟁터에서 약속을 나누듯이 말했다.

어제처럼 내가 먼저 별장으로 들어갔다. 아야카와 씨는 한가롭게 산책을 계속했다.

06

오후에는 시간을 주체하기가 힘들었다. 해야 할 일이 하나도 없었다.

아야카와 씨와 헤어지자 갑자기 마음속에 불안감이 싹텄다. 묘한 이야기지만 이런 상황인데도 아야카와 씨와 함께 있으면 즐거웠다. 혼자 남자, 문제가 전혀 해결되지 않았으며 목숨을 구할 수 있을지 없을지 모른다는 사실을 직시하지 않을 수 없었다.

별장을 돌아다니고 있으니 아빠가 "볼일 없으면 되도록 방에 있어. 문 꼭 잠그고" 하고 걱정스럽게 말했다.

아빠 말에 따르기로 했다. 의미도 없이 아빠에게 걱정과 고민을 더 안겨줄 필요는 없으리라.

내 방에 틀어박히기 전에 큰아빠 방으로 갔다.

소일거리를 찾을 생각이었다. 스마트폰은 봉인됐다. 방에서 무릎을 끌어안고 가만히 있으면 못 버틸 것 같았다.

서가에는 소설책이 수십 권 꽂혀 있었다.

전부 번역물이다. 큰아빠는 국내 작가에게는 흥미가 없었다.

평소 책을 많이 읽지는 않아서 그런지 대부분 모르는 작가의 모르는 작품이었다. 토마스 만의 『마의 산』, 펄 벅의 『대지』, 아인 랜드의 『아틀라스』, 토마스 핀천의 『중력의 무지개』 등등. 작가가 어느 나라 사람인지도 모른다.

제목만 들어본 작품을 두 권 발견했다. 가브리엘 가르시아 마르케스의 『백년의 고독』과 조지 오웰의 『1984』였다.

책을 펄럭펄럭 넘겨보았다. 문고본이고 문장도 읽기 쉬울 듯한 『1984』를 들고 2층 침실로 향했다.

나는 저녁이 될 때까지 독서로 시간을 보냈다.

이렇게 소설에 푹 빠진 건 얼마 만일까?

금방 생각나지 않았다.

목숨을 위협받고 있는 상황에서 소설에 몰두할 수 있다니, 나 스스로도 신기할 지경이었다. 하지만 어쩌면 이 섬만큼 이 책을 읽기에 적합한 곳은 없을지도 모른다.

제목 외에는 아무것도 모른 채 읽었는데, 『1984』는 전체주의에 지배당한 근미래를 그려낸 디스토피아 소설이었다.

소설 속 시민은 감시받고, 사고방식까지 철저하게 관리당한다. 반역자는 고문을 당하고 처형된다.

현재 이 섬은 디스토피아로 변했다. 소설에 나오는 것처럼 어떤 사상을 바탕으로 치밀하게 계산해서 쌓아 올린 디스토피아가 아니라, 폭탄이라는 단순한 지배 도구를 사용해서 만든 즉석 디스토피아다. 살인이 벌어지는데도 범인의 정체를 폭로하는 건 용납되지 않는다. 폭탄에 통제당해, 범인의 지시에 따르고 범죄에 협력하기까지 한다.

내게 반역할 기력은 남아 있지 않았다. 모조리 아야카와 씨에게 맡겨두자는 마음이다.

어쨌거나 살아남기만 하면 그만이다.

07

날이 저물었다. 시간은 오후 6시.

아빠가 부르러 왔다. 어제처럼 저녁만큼은 함께 모여서 먹기로 한 듯했다.

1층으로 내려가서 식당에 가자 다들 자리에 앉아 있었다.

메뉴는 어제저녁과 똑같았다. 내 몫의 즉석 카레가 담긴 접시도 테이블에 놓여 있었다.

"아, 다 모이셨군요. 그럼 드실까요."

사와무라 씨가 말했다. 목소리에 기운이 없어서 혼잣말하는 것처럼 들렸다.

사와무라 씨뿐만 아니라 모두 지쳐 보였다. 어제까지와는 상황이 달라진 탓이다. 아무 일도 없이 시간이 지나가기를 기다리면 될 줄 알았는데, 또 살인이 발생했다. 다음에는 자신이 살해될지도 모르지만, 그때는 아무도 구해주지 않는다.

구사카 씨는 뚱한 표정으로 불쾌한 티를 냈다. 노무라 씨는 테이블에 두 팔을 얹은 채 카레에는 손도 대지 않았다. 후지와라 씨는 초조한 듯 스푼으로 컵 테두리를 두드리며 가끔 사람들의 얼굴을 훔쳐보았다. 아빠는 아무에게도 들키지 않으려는 것처럼 몸을 잔뜩 웅크리고 무심하게 밥을 먹었다.

식당은 찜찜한 분위기로 가득했다. 우리는 범인의 지시에 따르는 걸 당연하게 받아들이기 시작했다.

이제 주어진 계율을 지키면 살아남는다는 조건을 의심하기도 지쳤다. 우리 모두 디스토피아의 주민이라는 사실에 익숙해져 가고 있었다.

그렇다면 이 사건을 어떻게 결판낼지는 역시 아야카와 씨에게 달린 셈일까. 아야카와 씨는 누구보다도 먼저 식사를 마치고, 식당에 있는 사람들을 은근슬쩍 살펴보고 있었다.

"자, 밥도 먹었으니 연락 시간을 가지도록 할까요? 앞으로 하루밖에 안 남았지만요."

사와무라 씨는 섬에서 벗어날 때가 가까워졌음을 강조했다. 범인의 계시가 전부 옳았을 때나 그렇겠지만, 이제 와서 의문을 제시하는 사람은 없었다.

여느 때처럼 5분간 휴식 후 응접실에 모였다.

스마트폰이 든 배낭을 꺼내고 봉인지를 뜯어냈다. 사와무라 씨가 중요한 보물이라도 다루듯이 배낭을 테이블 한복판에 정중하게 내려놓았다.

"그럼 누구부터?"

사와무라 씨는 이제 연락할 마음이 없는 모양이었다. 모레 아침에 풀려난다면, 괜히 마음 심란하게 스마트폰을 확인할 필요 없다고 생각한 듯했다.

"난 됐어. 어차피 대단한 이야기도 안 할 텐데, 뭘."

오늘 아침 연락 시간에 아내에게 고함을 질러대던 구사카 씨도 사와무라 씨와 같은 생각인 것 같았다.

"제가 먼저 해도 될까요? 또 확인만 하겠지만요."

아야카와 씨가 배낭에 손을 넣었다.

지난번과 비슷하게 아야카와 씨의 스마트폰에는 쇼핑 사이트의 광고 메일만 들어와 있었다.

하지만 아야카와 씨의 목적은 메일 확인이 아니다. 자기 스마트폰을 배낭에 돌려놓을 때, 바람막이 소매에 감춰둔 야노구치 씨의 스마트폰도 몰래 넣을 작정이다.

이어서 아빠가 스마트폰 잠금을 풀었다. 엄마에게서 '냉장고, 금요일에 배달된대'라는 메시지가 와 있었다. 아빠는 '잘됐네'하고 답장했다.

후지와라 씨는 스마트폰을 꺼내지 않았다. 그는 어제 아침에 스마트폰을 봉인한 후로 한 번도 스마트폰을 확인하지 않았다.

나도 넘어갔다.

노무라 씨만 남았다. 노무라 씨는 조카의 말썽에 화가 난 여동생의 연락을 어젯밤부터 무시했다.

노무라 씨는 꾸물꾸물 스마트폰을 꺼냈다. 홈 화면에 쌓인 메시지가 몇 개 더 늘어났다.

어떻게 할까 망설여지는지 노무라 씨는 한숨을 내쉬었다. 여동생과 이야기하기는 괴롭지만, 아들도 걱정되는 것이다.

그때 스마트폰이 진동했다.

여동생 전화였다. 노무라 씨는 주변을 둘러보았지만, 의지할 만한 사람이 아무도 없다는 것을 알았는지 떨리는 손가락으로 통화 버튼을 눌렀다.

"어, 여보세요."

―아이 씨! 뭐야? 왜 전화를 안 받아? 사고라도 난 줄 알았잖아.

"아니, 그런 건 아니고. 미안해, 좀 바빴어."

―바쁘다고? 뭐야 그게? 대체 무슨 대단한 일을 하길래 연락도 못 줄 만큼 바쁜 건데? 내가 보낸 메시지 안 봤어? 읽음 표시가 안 뜨던데.

"저기, 쇼가 텔레비전을 망가뜨렸지?"

―봤으면서 왜 연락 안 하는 거야? 정말 속상했다고. 쇼가 주스 캔을 던지면서 놀다가 텔레비전에 맞았어. 자기가 부숴놓고 울더라. 울어도 내가 울어야 하는 거 아니야? 그리고 오늘 또 난리가 났어. 사야카가 친구를 집에 불러서 영화를 보기로 했는데, 텔

레비전이 고장 나서 계획이 다 틀어졌어. 어쩔 수 없이 스마트폰으로 게임을 하면서 노는데 쇼가 끼어들어서 방해하더라고. 친구가 돌아간 후에 둘이 어찌나 싸우는지. 미안하지만 난 사야카 편 들었거든? 그랬더니 쇼가 방에 틀어박혀서 저녁 먹으라는데도 나오질 않더라. 언니, 언제 돌아온댔지? 내일? 난 두 손 두 발 다 들었으니까, 빨리 좀 데리러 와.

"어, 돌아가는 건 아마도 모레……, 시간도 늦을지 몰라."

─뭐? 그때까지 계속 돌보라는 거야? 이틀이나? 아 진짜, 내 입장도 생각 좀 해줘라. 이렇게 적당히 결혼해서 애 낳고 이혼한 사람, 내 주변에는 언니 말고 없어.

우리는 노무라 씨를 둘러싸고 만약의 사태에 대비했다. 노무라 씨의 마음은 분명 삐걱거리면서 망가져 가고 있었다.

─언니, 뭐라고 말 좀 해봐. 앞으로 부모 노릇 제대로 할 수 있겠어? 나한테 너무 의지해도 곤란해.

"있지, 여기서 일이 터져서 말이야. 실은."

우리는 앗, 하고 고함을 질렀다.

후지와라 씨가 제일 먼저 테이블 위의 스마트폰에 달려들었다. 그는 빨간색 통화 종료 버튼을 누르고 스마트폰을 소파에 내던졌다.

"뭐 하는 겁니까! 섬에서 일어난 일을 말하면 안 되잖아요. 다 같이 죽자는 거예요?"

노무라 씨는 카펫에 무릎을 꿇고 소맷자락으로 눈을 덮었다.

"괜찮으세요?"

아야카와 씨가 뒤에서 노무라 씨를 끌어안았다.

"섬에서 일어난 일을 말하려던 건 아니었어요. 그냥 쇼한테 신경 쓸 상황이 아니라고 말하고 싶었을 뿐이에요. 자기 아들이 말썽을 부렸는데 그런 소리를 하면 안 될지도 모르지만……."

노무라 씨는 흐느껴 울었다.

노무라 씨가 진정되기를 잠시 기다려야 했다.

소파에 내팽개쳐진 스마트폰이 진동했다. 여동생이 다시 전화를 건 듯했다.

구사카 씨가 물었다.

"노무라, 동생에게 어디 가는지는 말 안 했지?"

"……섬에 있는 현장이라고는 했지만, 어느 섬인지는 말 안 했어요."

"그럼 이제 전화 안 받아도 되지 않나? 통화하면 마음만 괴로울 텐데. 메시지만 보내지 그래?"

구사카 씨의 제안을 받아들여 노무라 씨는 '미안해. 돌아가면 전부 다 설명할게' 하고 메시지를 입력했다.

"이걸 보낸다고 설마 범인이 화를 내지는 않겠지? 혹시 '섬의 상황을 외부에 전달하지 말 것'에 저촉되려나?"

"범인에게 물어볼까요?"

사와무라 씨의 제안으로 '곳쿠리상'을 했다. 범인은 나무라지 않았다.

메시지를 보낸 후 노무라 씨는 카펫에 무릎을 모으고 앉아서 숨을 푹 내쉬었다.

"노무라, 잘 하고 있어. 조금만 더 힘내. 돌아가면 나도 같이 동생한테 설명해줄까?"

구사카 씨가 위로했지만 이 섬에 어울리지 않는 그 말은 공허하게 들릴 따름이었다.

울음을 그친 노무라 씨는 감사합니다, 라고만 작게 중얼거렸다.

연락 시간은 끝났다. 스마트폰을 봉인한 후 제각기 흩어졌다.

08

곧 오후 9시.

잠자리에 들기에는 이른 시간이다. 나는 침대 위에 다리를 쭉 뻗고 앉아서 다 읽은 『1984』를 펄럭펄럭 넘겼다.

또 살인이 벌어진다면 피해자는 대체 누구일까 멍하니 생각하면서.

내 머릿속에는 명확한 답이 있다. 난 세 번째 피해자를 이미 점찍었다. 야노구치 씨의 스마트폰에 남아 있던 대화를 보면 명백하다. 첫 번째와 두 번째 피해자를 보면 뒤를 이을 세 번째가 누구일지는 뻔하다.

그리고 지금 나로서는 그 사람이 죽든 말든 상관없다.

살해당할 법한 사람이 목숨을 지킬 수 있도록 경고해야 할까. 어제까지만 해도 그 문제를 두고 갈등했겠지만, 이제는 개의치 않는다.

어쩔 수 없다.

굳이 반역자가 돼서 세계를 붕괴시킨들 무슨 득이 있단 말인가.

나는 디스토피아 세계에서 오로지 질서를 철저하게 준수하는 일반 시민이다. 사고방식도 행동도 독재자이자 신인 범인에게 맡겼다.

그렇게 정하자 마음이 한결 편해졌다. 불안감은 백색 소음처럼 늘 마음속에 울려 퍼지고 있지만, 일정한 음량보다 더 커지지는 않는다.

하지만 내일 정말로 세 번째 시체를 발견하더라도 같은 심정을 유지할 수 있을지는 모르겠다. 마비된 죄책감이 되살아날까, 아니면 자신의 상상이 들어맞았음에 안도하고 진상은 모를지언정 사태가 나아가야 할 방향으로 나아가고 있다는 것에 만족할까.

어쩌면 짐작이 빗나가서 죽지 않길 바라는 사람이 죽을까?

그렇게 생각하자 불현듯 공포가 고개를 쳐들었다.

아니면 내일은 아무 일도 벌어지지 않을까.

그렇지는 않으리라. 사건 마지막 날의 일정을 범인이 빈칸으로 놔둘 리 없다.

불을 끄고 이불을 덮어썼다.

무슨 일이 벌어질까.

겁이 났지만 아주 약간 기대되기도 했다.

4

증거 인멸

01

"얘, 리에, 리에."

이날 아침에도 당혹감에 찬 아빠의 목소리를 듣고 깨어났다.

머리를 내저어 정신을 차린 후, 후드티를 입고 문의 자물쇠를 풀었다.

"일어났어? 큰일이야. 또 사건이 터져서 다들 아래에 모여 있어."

아빠는 감정이 느껴지지 않아서 부자연스럽게 보이는 얼굴로 알렸다.

"누가 죽었는데?"

당연하다는 듯 물어보고 나서야, 그것이 비인간적이고 거쳐야 할 단계를 여러 개 건너뛴 질문임을 깨달았다.

아빠는 당황했지만 뭐라고 하지는 않았다.

"아무튼 내려가 보면 알아."

맞는 말이다. 아래에 없는 사람이 피해자다.

현관 홀에 나머지 네 명이 모여 있었다.

사와무라 씨, 구사카 씨, 노무라 씨, 그리고 아야카와 씨. 나와 아빠까지 총 여섯 명이다.

여섯 명이 다 모이자 구사카 씨가 들고 있던 달력 종이를 모두에게 보여주었다.

"이게 또 현관 포치에 남겨져 있었어."

범인의 지시서다. 구사카 씨는 또 뭔가 남겨져 있지 않을까 싶어서 깨어나자마자 조간신문이라도 가지러 가는 기분으로 현관문을 열었다가 지시서를 발견했다고 한다. 서로 연결되는 달력의 사진을 보건대, 어제와 그저께 지시서를 보낸 인물이 썼다는 걸 알 수 있었다.

지시서는 지금까지 남겨져 있던 것 중에서 제일 길었다. 구사카 씨가 첫머리를 읽었다.

후지와라는 지시를 어기고 폭탄의 무효화 또는 섬 탈출을 시도했기 때문에 죽었다. 이 글을 발견한 사람은 별장에 있는 사람들을 모아서 작업장 앞으로 갈 것. 그리고 지하실로 통하는 덮개를 열고 후지와라의 시체를 확인할 것.

다만 지상에서 확인해야 한다. 지하실로 내려가는 것은 금지다. 지하실에는 범인을 나타내는 명확한 증거가 남아 있기 때문이다. 또한 현장 부근의 물품에는 손을 대지 말 것.

그 밑에는 시체를 확인한 후 우리가 무슨 행동을 해야 할지 자세한 지시가 적혀 있었다.

구사카 씨는 더 읽지 않고 지시서를 접었다.

"이다음부터가 문제인데, 일단 지하실이 어떻게 됐는지 확인하러 가자. 그러라고 적혀 있으니까."

앞장선 구사카 씨를 따라 작업장으로 향했다.

우리는 발걸음을 맞춰서 한 줄로 걸었다. 범인의 명령을 받고 시체를 확인하는 일에 이미 익숙해졌다.

구사카 씨는 작업장 동쪽으로 돌아든 후 정면의 문에서 10미터쯤 떨어진 곳에 멈춰 섰다.

문 근처 땅에 철제 덮개가 보였다.

사흘 전 저녁 이후로 나는 지하실을 들여다본 적이 없고, 신경도 쓰지 않았다. 사건과 관계없이 거기는 어릴 적부터 접근해서는 안 되는 곳이었다.

어제 야노구치 씨의 시체를 발견했을 때도 그랬지만, 다들 현장에 접근하기 전에는 신중해졌다. 만에 하나 범인이 실수로 덮개 근처에 증거를 떨어뜨리기라도 했으면 섬이 폭발한다.

멀리서 덮개를 유심히 관찰했다. 주변의 포석은 흙으로 어제보다 더 더러워진 것 같았다. 하지만 달리 이상은 없었다.

우리는 말 없이 서로에게 고개를 끄덕인 후, 작업장으로 슬금슬금 다가갔다.

문 앞에 다다르자 구사카 씨가 쪼그려 앉아 덮개 손잡이를 잡았다.

"괜찮지? 연다?"

다들 엉거주춤한 자세로 덮개에 시선을 모았다.

덮개가 천천히 열렸다.

안쪽은 어두침침했다. 골판지 상자와 방수 시트가 바닥에 펼쳐져 있었다. 뻥 뚫린 구멍을 한 발짝 뒤에서 내려다보는 형태라, 그 밖에 뭐가 있는지 금방은 눈에 들어오지 않았다.

우리는 마음을 단단히 먹고 바싹 다가붙어서 지하실을 들여다보았다.

"으악! 뭐야, 저거! 간 떨어질 뻔했네!"

구사카 씨가 제일 먼저 비명을 질렀다.

시야에 비친 것은 인간의 다리였다.

무릎 언저리에서 절단된 오른쪽 다리가 쓰레기봉투에 감싸인 채 구멍 바로 아래에 널브러져 있었다.

지하실 중간쯤에 톱이 보였다. 끈적끈적한 피로 더러워진 가지치기용 톱과 줄톱이 걸레 위에 놓여 있었다.

후지와라 씨는 해체당한 것이다.

그보다 더 안쪽에 후지와라 씨의 남은 시체가 있었다.

머리를 이쪽으로 향한 채 방수 시트에 눕혀진 상태였다. 작업은 중반쯤 진행된 듯했다.

안쪽으로 갈수록 빛이 닿지 않는 데다 접이식 테이블 뒤쪽이라 시체의 모습이 전부 다 보이지는 않았지만, 피 같은 것으로 더러워진 웃옷과 전기 코드 같은 것이 감긴 목은 확실히 보였다.

얼굴은 흙빛이었다. 다리를 절단당한 탓인지, 그저 지하실이 어두침침한 탓인지는 모르겠다.

구사카 씨는 내팽개치듯이 덮개를 닫았다. 철컹, 하는 쇳소리에 다들 놀라서 갈 곳을 잃은 눈빛으로 탐색하듯 서로를 바라보았다.

"더 안 봐도 되지? 어우, 몸서리가 다 나네."

구사카 씨는 더러워 죽겠다는 듯 손에 묻은 흙을 꼼꼼히 털어냈다.

나는 포석에 웅크려 앉았다. 그리고 방금 목격한 광경에 담긴 의미가 무엇일지 고민했다.

어젯밤에 침대 위에서 이런 생각을 했다.

또 살인이 벌어진다면 피해자는 대체 누구일까?

난 한 명을 명확하게 점찍었다.

예상은 들어맞았다.

세 번째 피해자가 될 것이라 점찍었던 사람은 후지와라 씨였다.

야노구치 씨의 스마트폰에 남아 있던 대화를 본다면 누구나 짐작할 만한 결과였다. 첫 번째와 두 번째 사건에서는 폭탄에 관련된 듯한 사람이 살해당했다. 그렇다면 남은 사람 중에서 그럴 가능성이 큰 사람은?

후지와라 씨다.

후지와라 씨는 첫 번째로 살해당한 오사나이 씨와 같은 회사에 다녔다. 그렇다면 여기 온 목적도 후지와라 씨와 동일했다고 봐야 할 것이다. 오사나이 씨, 야노구치 씨, 후지와라 씨는 폭탄 제조에 관여했다.

세 번째 사건이 발생할지도 모른다고는 생각했다. 그리고 생각했던 대로 후지와라 씨는 살해당했다.

이제 범인에게 따를 수밖에 없다는 마음가짐으로 감정을 마비시키려고 애썼지만, 시체를 앞에 두자 내 의지와는 상관없이 죄책감이 느껴졌다.

마음만 먹었다면 막을 방도는 있었다. 후지와라 씨에게 경고함으로써, 범인에게서 그를 죽일 기회를 빼앗을 수 있었다.

하지만 그랬다가는 범인이 섬을 폭파했을지도 모른다. 결국 후지와라 씨를 구하는 건 모두를 죽이는 결과로 이어진다. 또 시체를 본 충격으로 현기증이 났지만, 몇 번이나 재확인한 그 사실에 매달려 나는 간신히 정신을 또렷하게 유지했다.

그나저나 또 살인이 벌어질 것이라 각오는 했지만, 이렇게 처참한 토막 살인일 줄은 몰랐다.

사와무라 씨가 당연한 의문을 꺼냈다.

"범인은 후지와라 씨를 죽이고……, 시체를 해체하려고 했던 거죠?"

"응. 봤다시피 그렇겠지."

구사카 씨가 덮개를 주먹으로 쿵쿵 두드렸다.

"왜 그런 짓을 해야 했을까요?"

"토막 내지 않으면 못 옮길 테니까. 지하에서 죽였으니, 뭐, 그럴 수밖에. 인간의 몸은 무겁거든."

건축 자재를 반출하는 이야기를 하는 것처럼 구사카 씨의 목소리는 무감정했다.

"후지와라 씨는 밤중에 여기서 뭘 한 거지? 작업장에 침입하려고 했던 걸까요?"

"아마도. 범인이 그렇게 적어놨잖아."

지하실 안쪽 천장에는 작업장 내부로 통하는 출입구가 있다.

물론 범인은 열리지 않도록 조치했을 것이다. 후지와라 씨는 어떻게든 거기로 작업장에 들어가 보려고 시도한 걸까. 그러다 범인에게 들켜서 살해당했다. 지시서에 적힌 내용을 믿는다면 그럴지도 모르지만, 확실한 증거는 없다. 어쩌면 범인이 속임수로 꾀어내 죽였을지도 모른다.

범인은 지하실에서 후지와라 씨를 살해하고 시체를 해체하려 했다. 지하실 밖으로 시체를 옮기려면 다른 방법은 없다. 지하실에 드나들려면 벽에 기대어진 접사다리를 사용해야 한다. 힘이 어마

어마하게 세지 않는 한, 시체를 그대로 짊어지고 올라가기는 불가능하다.

손이 많이 가는 작업이다. 밤 동안 해치우고 싶었겠지만, 분명 시간이 부족했으리라. 날이 새면 들킬 위험성이 커지므로, 반 정도밖에 끝나지 않은 작업을 내팽개치고 현장을 떠나야 했다.

"그럼 범인의 목적은요? 시체를 꺼내서 어쩌려는 겁니까?"

"음, 여기 전부 적혀 있으니까 읽을게. 아까 읽었던 다음 부분부터."

사와무라 씨의 끊이지 않는 질문에 구사카 씨는 귀찮다는 듯한 목소리로 대답하고 지시서를 다시 펼쳤다. 지시서에는 지하실의 시체를 처분하는 방법과 앞으로 해야 할 일이 적혀 있었다.

시체를 확인한 후, 아래의 지시에 따를 것.
후지와라의 시체를 다른 모든 증거와 함께 바닷속에 투기한다. 작업은 범인이 직접 맡는다.

"……범인이 직접 뒤처리를 한다고요?"

어제의 전례가 있는 만큼, 사와무라 씨는 시체 처리를 우리에게 맡기지 않을까 싶었던 모양이다.

"응, 그렇대."

구사카 씨도 반신반의하듯 대답했다. 그리고 다음 내용을 읽어

나갔다.

후지와라의 시체는 분할한 후 지상으로 운반한다. 작업장의 고무보트를 이용해
바다로 나가서 수색하기 어려운 지점까지 이동한 후 시체를 처리한다.
이 작업이 끝나기까지, 범인을 제외한 나머지 사람들은 별장 안에 머물러야 한다.

시체를 처리하는 동안 우리는 별장에서 기다리라는 건가.
그랬다가는 누가 범인인지 훤히 드러나지 않을까.
그 정도는 범인도 당연히 알고 있었다. 지시서에는 시체를 처리
하는 사람이 누구인지 알아내지 못하도록 모두가 해야 할 행동이
적혀 있었다.

대기하는 동안 지켜야 할 절차는 다음과 같다.
제일 먼저 응접실에 봉인한 야노구치의 스마트폰을 꺼낼 것. 그걸 현관 부근에
놓아두고, 오전 9시 반까지는 각자 자기 침실에 돌아가서 덧문을 닫고 커튼을
칠 것.
오전 9시 반부터 1분 간격으로 한 명씩 방문을 복도 쪽으로 열고, 몇 초 기다렸
다가 닫을 것. 닫은 후에는 방문을 잠글 것. 방문을 여닫을 때 복도로 나가거나
복도를 살펴보는 것은 금지. 방문을 여닫는 순서는 여섯 명이 의논해서 미리 정
할 것.

일단 우리 모두 침실에 틀어박힌다.

그리고 한 명씩 방문을 여닫는다. 실내에서 철컥 열었다 철컥 닫을 뿐이지만, 그 사이에 범인은 복도로 나오리라. 이러면 누가 나왔는지 다른 사람은 모른다. 그리고 어디에 쓰려는지 야노구치 씨의 스마트폰을 꺼내두라고 했다.

방문이 잠긴 후, 범인은 각 침실 앞에 조개껍데기를 쌓아둔다. 쌓아둔 형태는 범인이 기록한다. 따라서 만약 범인이 없는 사이에 방을 드나들면, 나중에 즉시 발각된다. 또한 이 작업을 하는 동안 문을 두드리는 소리가 들리면, 절대로 문을 열지 말고 실내에서 문을 두드려 응답할 것.

증거를 인멸하는 동안 다른 사람들이 방에 얌전히 처박혀 있는지 범인은 확인할 수 없다.

그래서 문 앞에 조개껍데기를 쌓아놓는 것이다. 문을 열면 조개껍데기가 무너진다. 어떤 형태로 쌓아놓았는지 실내에서는 알 수 없다.

일종의 봉인이다. 돌아왔을 때 조개껍데기를 쌓아놓은 방식이 달라졌다면, 방에 있던 사람이 밖으로 나왔다고 판단하겠다는 뜻이리라.

문을 두드리는 소리에 응답하라는 건 문을 여닫을 때 범인을 속이고 몰래 밖으로 나오는 걸 막기 위한 조치 같았다.

각 방을 봉인한 후 범인은 녹음기 기능을 켠 상태로 야노구치의 스마트폰을 별장 어딘가에 놓아둔다. 그러고 나서 증거 인멸 작업을 하러 나간다.

그동안 각자 침실에서 조용히 지내야 한다. 소리를 내거나 말하는 것은 금지. 덧문을 열고 밖을 내다보는 것도 금지.

야노구치 씨의 스마트폰은 그래서 필요했던 건가. 범인이 나가 있는 사이에 남은 다섯 명이 서로 말을 걸어서 별장에 없는 사람을 밝혀내는 것을 막기 위한 조치다. 물론 범인이 작업하는 광경을 보는 것도 용납되지 않는다.

증거 인멸 작업은 되도록 오후 1시까지는 완료할 예정이다. 작업을 마친 범인은 각 침실 앞의 조개껍데기가 무너지지 않았는지 확인한다.

이 시점에 현관 초인종이 울린다. 다만 초인종 한 번은 작업 시간이 30분 늘어난다는 뜻이다. 두 번은 한 시간 늘어난다는 뜻이다. 초인종이 울리는 횟수에 따라 작업 시간이 30분씩 늘어나는 셈이다.

작업이 완전히 끝났을 때는 초인종이 몇 초쯤 연속으로 울린다. 초인종을 연속으로 울린 후, 범인은 별장의 어떤 곳에 대기한다.

작업에 세 시간 반 정도 걸릴 것이라 예상한 듯했다.

작업 시간을 일부러 알려주다니 친절하다. 범인 입장에서는 굳이 알려줄 필요 없겠지만, 작업이 언제 끝날지도 모르는 채 방에 처박혀 있으면 공포에 휩싸여 엉뚱한 행동을 하는 사람이 나올 우려가 있다. 작업 시간을 정해두는 편이 안전하다고 본 것이리라.

초인종이 연속으로 울리면 각자 시계를 확인할 것.

그때부터 10분이 지나기를 기다렸다가, 한 명씩 방문을 열고 욕실로 가서 샤워할 것. 머리부터 발끝까지 꼼꼼하게 씻을 것. 샤워가 끝나자마자 자기 방으로 돌아갈 것. 이때 욕실 외에 다른 방에 들르는 것은 금지.

한 명씩 욕실로 가서 씻으라고 한다.

증거 인멸 작업을 하느라 범인은 몸이 더러워졌을 것이다. 작업한 흔적을 씻어내고 싶지만, 자기 혼자 씻은 티가 나면 위험하다. 그러므로 모두 공평하게 물을 몸에 끼얹어야 하는 것이다.

샤워 시간은 각자 20분이고, 주어진 시간을 절대로 넘기지 말 것. 순서는 방문을 여닫는 순서처럼 미리 정해둘 것. 욕실을 왕복할 때는 자기 침실 방문을 세게 여닫을 것. 샤워 순서를 기다리는 사람은, 앞사람이 돌아와서 방문을 여닫는 소리가 들린 후에 방을 나설 것.

샤워할 때도 별난 매너를 강요한다. 자칫해서 욕실과 방을 드나들 때 마주치지 않기 위해서다.

범인은 이 샤워 순서에 슬쩍 끼어들어 자기 방으로 돌아가려는 것이다. 그러면 누가 시체를 처리했는지 증거가 일절 남지 않는다.

모두가 샤워를 마치면 각자 침실에서 나와서 사람들을 만나는 것이 허용된다. 다만 30분의 자유 시간이 지나면 다시 자기 방으로 돌아갈 것. 그리고 오전 9시 30분부터 초인종이 연속으로 울릴 때까지와 같은 시간을 자기 방에서 보낼 것. 그동안 범인은 스마트폰에 녹음된 음성을 재생해, 범인이 없는 사이에 부적절한 소리가 났거나 대화가 오가지 않았는지 확인한다. 대기하는 동안은 방의 출입을 최대한 제한한다. 화장실을 이용하는 등 꼭 필요할 때만 방에서 나올 것. 지금까지 지시한 내용을 전부 지켰을 때, 내일 날이 밝기를 기다렸다가 배를 부르는 것이 허용된다.

긴 지시서가 드디어 끝났다.

구사카 씨는 달력 종이를 접고 둔중하게 몸을 일으켰다. 우리도 그를 따라 일어섰다.

"범인은 저희더러 여기에 따르라는 거죠? 후지와라 씨의 시체를 바다에 버리고 올 테니, 그동안 별장에 처박혀 있으라는 거잖아요."

사와무라 씨가 확인하듯 물었다.

"응, 맞아. 누가 범인인지 모르도록 조치해놓고 증거를 처분하겠다는 거겠지. 머리를 꽤 굴렸군."

구사카 씨는 지시서를 팔랑팔랑 흔들었다.

수학 시간에 어려운 문제가 나왔을 때처럼 침묵이 흘렀다. 범인의 지시에 따르는 것 말고 다른 선택지가 어딘가 있지 않을까?

다들 그런 생각을 하는 듯했다.

떠오르지 않는다면 지시서에 적힌 내용을 실행하는 수밖에 없다. 정말로 그래도 될지 다른 사람이 결단해주기를 다들 바라는 눈치였다.

"범인은 역시 작업장 열쇠를 가지고 있는 거로군. 그야 그런가. 버리지는 않겠지. 혹시나 모를 때를 대비해서 말이야."

구사카 씨가 첫째 날 제기됐던 문제에 답을 내놓았다.

범인은 작업장 열쇠를 가지고 있을까, 바다에 버렸을까?

지시서 내용을 보건대 열쇠는 어딘가에 있다. 아니면 작업장에서 보트를 꺼낼 수 없다.

그렇다면 열쇠를 빼앗을 수는 없을까? 그런 과감한 생각이 범인을 제외한 다른 사람들의 뇌리를 스쳤을 것이다.

하지만 결코 현실적인 방법은 아니다. 범인이 열쇠를 몸에 지니고 있다는 보장은 없다. 섬 어딘가에 숨겨놨어도 이상할 것 없으니, 찾아낼 가능성은 크지 않다. 그리고 열쇠를 찾기 시작한 시점에 범인이 섬을 폭파하기로 마음먹을 수도 있다.

내내 가만히 지켜보고 있던 노무라 씨가 불쑥 말을 꺼냈다.

"작업하는 동안 저희는 범인에게 목숨을 맡겨야 하는 거네요."

사실 이틀 전 아침부터 우리 목숨은 범인의 손아귀에 들어 있던 셈이지만, 노무라 씨가 무슨 말을 하고 싶은 건지는 이해가 갔다.

범인은 다섯 명을 별장에 남겨놓고 시체를 버리러 바다로 나가려 한다. 물론 기폭 장치를 작동시킬 스마트폰도 가지고서. 만약 범인이 변덕을 부려 바다 위에서 기폭 장치를 작동시킨다면? 범인은 안전을 확보한 상태로 남은 사람들을 몰살할 수 있다.

"아니, 하지만 그건 어제 이야기했잖습니까. 그거랑 똑같아요. 만약 범인에게 그럴 마음이 있다면, 시체를 왜 절단하겠어요? 밤에 바다로 나가서 폭탄을 터뜨리면 그만인걸요.

그러지 않고 본인이 직접 시체를 처리하겠다니까, 저희를 뭍으로 돌려보낼 마음이 있는 거예요. 그렇죠?"

사와무라 씨는 누구에게랄 것도 없이 동의를 구했다. 범인의 비위를 맞추고, 더 나아가 그렇게 해 달라고 애원하는 것이다.

사와무라 씨가 별장에서 가져온 쿠션 커버를 들어 올렸다.

"한번 물어볼까요?"

지시에 따르면 정말로 살려줄지 물어보자는 것이다.

아무 의미도 없는 질문이다. 범인의 의사가 어떻든 아니오, 라고 대답할 리 없다.

그래도 우리는 '곳쿠리상'을 했다. 신의 뜻을 묻는다기보다는 범인에게 순종하겠다는 의지를 보여주기 위한 의식이었다. 근거가 불확실한 면죄부에 매달리는 것과 마찬가지로, 조금이나마 안심감을 얻으려는 방편이기도 했다.

쿠션 커버를 열었다. 범인의 답변은 물론 네였다.

범인의 지시에 따른다. 뻔히 알고 있던 결론이 나왔다.

우리 여섯 명은 별장으로 걸어갔다.

도중에 아야카와 씨 옆으로 가서 안색을 살폈다. 아야카와 씨가 어떻게 할 작정인지 궁금했지만, 말을 나눌 수는 없다. 다른 사람들처럼 아야카와 씨도 긴장된 표정이었지만, 나를 보자 용기를 북돋으려는 것처럼 내 손목을 살짝 잡아주었다.

02

오전 8시 반.

한 시간 안에 준비를 마쳐야 한다.

다들 방에 틀어박혀 지내야 할 몇 시간을 대비했다. 먹을 것과 마실 것은 물론, 화장실 대신 사용할 대야나 양동이, 쓰레기 봉지와 화장지를 방에 미리 가져다 놓았다.

웬만하면 화장실의 대용품을 사용하고 싶지 않았으므로, 되도록 먹지도 마시지도 않을 생각이었다.

그리고 책이다.

"재미없어도 되니까 한두 권쯤 방에 가져다 놓는 편이 낫지 않을까요? 무료함을 달랠 방법은 분명 많은 편이 좋을 겁니다."

사와무라 씨의 제안에 따라 우리는 큰아빠 책을 빌리기로 했다.

아무 할 일도 없이 방에 틀어박혀 작업이 끝나기만을 기다리면, 정신이 이상해지는 사람이 나올지도 모른다.

범인이 세운 이번 계획의 전제는 모두가 이성을 유지하는 것이다. 정신 상태가 한계에 다다라 지시를 어기고 방에서 뛰쳐나가는 사람이 생기면 대참사가 벌어진다.

따라서 냉정함을 유지하기 위해 할 수 있는 일은 뭐든지 해두기로 했다.

그나저나 큰아빠 서재에는 폭탄이 터져서 죽을지 모르는 사태에 적합한 책이 별로 없었다. 다들 흥미 없다는 듯한 표정이었지만, 그래도 정성껏 책을 골랐다.

아야카와 씨가 아무리 용을 써도 범인의 작업 시간 안에 다 못 읽을 『중력의 무지개』를 하권까지 꺼내 가길래 하마터면 웃음을 터뜨릴 뻔했다.

『1984』는 다 읽었으므로 나도 서가를 살폈다.

구석에 깊이 꽂혀 있어서 어제 봤을 때는 눈에 들어오지 않았던 책이 있었다. 끄집어내서 확인하자 성서였다. 검은색 가죽으로 장정한 신약과 구약 합본이었다. 마음에 드는 구절을 표시해둔 건지, 군데군데 페이지 귀퉁이가 접혀 있었다.

어쩌면 폭탄이 터져서 죽을지 모르는 사태에 적합한, 몇 안 되는 책인지도 모르겠다. 재미는 하나도 없을 것 같았지만 '십계'라는 말이 유독 많이 들리는 상황이기도 했다. 나는 성서를 방에 가져가기로 했다.

책을 고른 후 주방으로 갔다. 만약을 위해 작은 쿠키 두 봉지와 생수 페트병을 가져갈 생각이었다. 먹지 않고 지낼 작정이기는 했지만, 범인의 작업이 예상외로 길어질 수도 있다.

선반장에서 쿠키와 물을 꺼내는데 아빠가 다가왔다.

"아, 리에."

아빠는 작은 목소리로 부르더니 주변을 살폈다. 다들 방에서 지낼 준비를 하느라 근처에는 아무도 없었다.

아빠는 안심한 기색으로 소곤소곤 물었다.

"저기, 야노구치 씨의 스마트폰 괜찮을까? 아야카와 씨가 도로 넣어놨어?"

지시서에는 범인이 나가 있는 동안 야노구치 씨의 스마트폰으로 소리를 녹음하겠다고 적혀 있었다.

"응. 엊저녁에 잘 넣어놨어."

어제저녁 연락 시간에 아야카와 씨가 소매 속의 스마트폰을 빈틈없이 배낭에 넣는 모습을 나는 봤지만, 아빠는 몰랐던 모양이다. 혹시나 아야카와 씨가 스마트폰을 가지고 있지는 않을까, 아까 지시서를 봤을 때부터 마음을 졸인 듯했다.

"뭐야, 그랬어? 다행이군. 하지만 위험했어. 깜박하고 돌려놓지 않았다면 큰일 날 뻔했다고."

"응. 하지만 괜찮았을걸? 아야카와 씨는 아주 신중한 사람이니까. 이런 경우도 분명 염두에 두고 있었을 거야."

아빠는 내가 아야카와 씨를 왜 그렇게 신뢰하는지 모르겠다는 듯 의아한 표정을 지었다.

"리에, 아야카와 씨가 무슨 생각을 하든, 이제 할 수 있는 일은 없지 않을까? 범인의 지시에 따르는 수밖에 없지 않겠어?"

"그럴지도 몰라. 하지만 범인의 목적이 뭔지 여전히 불분명해. 무사히 돌아갈 수 있다는 보장도 없고.

어차피 나도 아빠도 이미 생각하기를 그만뒀지만, 아야카와 씨는 뭔가 해낼 수 있을지도 모르잖아."

속삭일 때는 아무래도 목소리가 퉁명스러워진다. 그러나 말투에 신경 쓸 여유는 없었다.

딸의 기분이 별로인 것처럼 느껴졌는지 아빠는 풀이 죽었다. 이 섬에서는 언제나 별것 아닌 대화가 마지막 대화로 남을 가능성이 있다.

갑자기 양심의 가책이 느껴졌다. 지금 이런 일로 말다툼을 벌여 봤자 아무 소용도 없다.

"아빠, 몸조심해."

주방을 나설 때 진심을 담아서 그렇게만 말했다.

응, 하고 아빠는 미덥지 못한 표정으로 고개를 끄덕였다.

오전 9시 15분경.

우리 여섯 명은 응접실에 모였다.

정해야 할 일이 있었다. 문을 여닫는 순서와 샤워 순서다.

"이거야 뭐, 적당히 정하면 되겠지?"

구사카 씨가 달력 종이 뒷면에 1부터 6까지 숫자를 적은 후, 자를 대고 잘라서 제비를 만들었다.

구사마 씨가 접어서 뒤섞은 종잇조각을 한 명씩 골랐다. 내가 뽑은 제비에는 '3'이라고 적혀 있었다.

"그럼 각자 주의사항을 적어서 가지고 있도록 할까. 크게 할 일은 없지만, 틀리면 야단나니까. 샤워 순서도 똑같이 하면 되겠지?"

각자 작게 자른 달력 종이를 받아서 자신이 해야 할 일을 항목별로 적었다.

— 오전 9시 32분, 문을 여닫은 후 자물쇠를 잠근다.

— 문을 두드리면, 역시 문을 두드려서 응답.

— 초인종이 연속으로 울리고 50분 후, 20분 안에 샤워(앞사람이 방에 들어가는 소리를 듣고 나서).

이것이 내가 주의해야 할 사항이다. 더할 나위 없이 간단하지만 절대로 틀려서는 안 된다.

여섯 명의 주의사항을 대조해서 잘못된 점이 없는지 확인했다.

"좋아. 그리고 스마트폰."

구사카 씨, 사와무라 씨, 아빠가 캐비닛을 이동시키고 배낭을 꺼냈다. 구사카 씨가 손을 넣어 가죽 케이스가 씌워진 스마트폰을 꺼냈다.

"어, 이게 야노구치 씨의 스마트폰 맞지?"

구사카 씨가 사람들 앞에 스마트폰을 내밀었다.

"네. 그거일 거예요."

아야카와 씨가 천연덕스럽게 대답했다.

"그러고 보니 범인은 잠금 화면을 해제할 수 있을까요?"

"있겠지. 야노구치 씨가 우리 앞에서 잠금 화면을 한 번 해제했었잖아."

어제 아빠와 야노구치 씨가 나누었던 이야기를 사와무라 씨와 구사카 씨도 했다.

스마트폰은 현관 매트 위에 놓아두었다.

그러고 나서 침실 여섯 곳을 돌며 덧문을 닫고 커튼을 쳤다. 모두 함께 확인해야 실수가 없다.

다 끝나자 1층 계단 근처에 빙 둘러서서 마지막으로 절차를 한 번 더 확인했다.

시각은 오전 9시 23분.

"이만 방으로 갈까. 주의사항을 적은 종이는 잘 가지고 있지? 깜박 잠들거나 해서 순서를 놓치면 절대로 안 돼. 그럼."

우리는 각자 침실로 향했다.

03

벽에 걸린 시계를 가만히 바라보며 기다렸다.

9시 30분. 초침이 숫자 12를 지나치자마자 복도에서 문을 여는 소리가 들렸다. 이건 사와무라 씨다. 몇 초 후에 문이 닫히는 소리가 들렸다.

1분 후.

두 번째 사람이 문을 여닫는 소리가 들렸다. 이건 노무라 씨다.

1분이 더 지나 내 차례가 왔다. 문고리를 잡고 손을 복도로 뻗어서 문을 열었다. 다섯을 헤아린 후 문을 쾅 닫았다. 그리고 문고리에 달린 잠금쇠를 돌려서 문을 잠갔다. 이걸로 할 일을 하나 마쳤다.

딱 1분마다 문을 여닫는 소리가 이어졌다. 아빠, 아야카와 씨, 구사카 씨 순서다. 일단 첫 번째 임무는 모두가 정확하게 완수했다.

이 사이에 범인만 복도로 나왔을 것이다. 이 별장은 만듦새가 좋아서 문을 신중하게 여닫으면 소리가 나지 않지만, 까딱 잘못하면 금속 부분이 찰칵거리거나 끼익, 하고 소리가 나기도 한다. 그래서 범인은 역발상을 활용해 모두에게 복도로 나올 기회를 주기로 한 것이다.

나는 한동안 문 앞에 앉아 있었다.

지금 범인이 각 침실 앞에 조개껍데기를 쌓아 올리고 있을 것이다. 카펫이 깔려 있어서 범인의 발소리도, 조개껍데기를 내려놓는 소리도 들리지 않으리라.

그런 생각으로 방심하고 있는데, 복도에서 카메라 셔터 소리가 들려서 펄쩍 뛰어오를 뻔했다.

이어서 문을 두드리는 소리가 들렸다. 부드럽게 두 번. 나도 즉시 문을 두드렸다.

그 셔터 소리는 뭘까? 잠시 생각하다 깨달았다.

문 앞에 쌓아 올린 조개껍데기 사진을 찍은 것이다. 작업이 끝나고 별장으로 돌아왔을 때 사진과 비교해서 드나든 사람이 없었는지 확인하기 위해서다.

그 후로는 아무 소리도 들리지 않았다.

별장을 워낙 잘 지었기 때문이기도 하고, 범인도 조심스레 걸어다니는 것이리라. 현관문이 여닫히는 기척도 방에는 전해지지 않았다.

시간은 느릿느릿 흘러갔다. 마치 남은 목숨을 줄질로 조금씩 깎아내는 듯한 기분이었다.

지금쯤이면 범인은 지하실에서 시체를 마저 해체하고 있으리라.

너무 현실감이 없었다. 지하실에서 밖으로 옮기려면 얼마나 토막 내야 할까? 팔, 다리, 목만 자르면 될까? 아니면 몸통도 잘라내야 할까. 범인도 설마 익숙하지는 않을 테니, 애를 먹어도 이상할 것 없다.

침대 위에서 성서를 펼쳤다.

2단 조판이라 글씨가 자잘했다. 어디를 펼쳐도 낯선 외국어 이름이나 시 같은 구절이 페이지에 가득했다.

평상시라면 도저히 진지하게 읽을 마음이 들지 않았으리라. 하지만 '십계'라는 말이 일상에 녹아든 지금은 그 출전을 훑어봐야 할 것 같았다. 성서를 읽는다는 행위는 그야말로 현재 이 상황에 적합했다.

페이지를 펄럭펄럭 넘겨서 모세라는 이름이 나오는 곳을 찾았다. 출애굽기에 접어들어 그 이름을 발견하자, 군데군데 건너뛰면서도 '십계'에 관한 내용을 읽었다.

모세가 학대받던 이스라엘 백성을 이끌어 이집트에서 약속의 땅 가나안으로 향하는 이야기였다.

모세가 바다를 갈랐다는, 누구나 대충은 알고 있을 유명한 일화도 여기에 나온다. 가나안으로 향하는 길에 이집트 병사들에게 쫓기자 모세가 신의 말씀을 듣고 일으킨 기적이었다. 모세가 손을 내밀자 바다가 좌우로 갈라져 이스라엘 백성들이 지나갈 수 있었다. 이집트 병사들이 뒤쫓자 바다는 원래대로 돌아왔다.

거기서 조금 더 지나자 '십계'가 나왔다. 성서에 '십계'라는 단어 자체는 등장하지 않았지만, 신이 열 가지 계율을 말씀했고, 그것이 적힌 석판을 모세에게 주었다고 쓰여 있었다. 계율을 어기고 우상을 숭배했던 사람들은 벌을 받았다.

사와무라 씨 말대로 책 읽는 시늉을 하고 있으니 냉정함을 유지하는 데 어느 정도 도움이 됐다.

나는 출애굽기의 끝부분쯤에 손가락을 끼운 채 침대에 벌렁 드러누워 이 성서를 가지고 있었던 큰아빠를 떠올려보았다.

큰아빠는 신앙심이 깊은 사람이 아니었다. 교양의 일환이나 단순히 기상천외한 이야기로서 성서를 읽었으리라. 하지만 어릴 적에 딱 한 번 큰아빠가 기독교에 얽힌 이야기를 해준 적이 있었다.

그것도 여름방학에 이 섬에 왔을 때였다.

유성우가 떨어진다길래 큰아빠와 함께 밤하늘을 바라보고 있었다.

왜 그런 이야기가 나왔는지는 기억이 안 난다. 대자연을 대하면 흔히 솟구치는 감동이 계기 아니었을까 싶다.

"리에, 신이 있다고 생각하니?"

"몰라요. 없을 것 같아요."

가까이에 신앙생활을 열심히 하는 사람이 없었을뿐더러, 종교라는 말은 알지언정 실체 없는 뭔가를 인생의 축으로 삼아 살아간다는 것이 어렸던 나로서는 전혀 이해가 되지 않았다.

"큰아빠는 있다고 생각해요?"

"글쎄? 하지만 진심으로 믿는 사람이 있다는 건 알아. 그런 사람은 웬만해서는 할 수 없는 일을 해내기도 해. 신을 위해서 목숨을 버린다거나."

"죽는다고요? 왜요?"

"신을 위해서 죽는 걸 행복이라고 여기기 때문이지. 그러면 천국에 갈 수 있거든. 하지만 천국에 가기 위해 죽는 건 안 된대. 그건 자신을 위한 일이니까 자살이야. 자살하면 지옥에 가지.

에도시대 때 지배층의 탄압으로 죽은 기독교인 중에 이제 천국에 갈 수 있겠다고 기뻐하며 죽은 사람은 지옥에 갔다는 이야기도 있어."

큰아빠는 그렇게 말하고 씩 웃었다.

큰아빠는 상대가 어린아이인데도 아랑곳없이 어려운 이야기를 하고는 했다. 그게 내가 큰아빠를 잘 따르던 이유이기도 했다.

세월이 흘러 중학교 국사 시간에야 기독교인 탄압에 대해 배웠으니, 당시는 큰아빠의 이야기를 제대로 이해하지 못했다. 하지만 생각하는 것조차 죄가 된다는 내용만큼은 강렬한 공포로 다가와 머릿속에 오랫동안 남아 있었다.

디스토피아로 변한 이 섬에서 마치 순교자가 되려는 것처럼, 나는 마음을 억누르고 공포를 잊으려 애썼다.

오전 11시가 지났을 무렵.

밖에서 기계 소리가 희미하게 들려왔다.

범인이 바다로 나갔다! 저건 고무보트에 장착한 선외기[+]의 엔진 소리다.

그 무엇보다도 동요되는 순간이었다. 범인이 우리를 배신하고 섬을 폭파하는 것 아닐까? 그럴까 봐 겁을 먹은 사람이 판단력을 잃고 침실을 뛰쳐나가는 것 아닐까. 여러 가지 걱정에서 비롯된 전율이 온몸을 내달렸다.

다행히 내 걱정은 현실이 되지 않았다. 별장은 여전히 쥐 죽은 듯 조용했다. 다들 신의 말씀을 충실히 지키고 있었다.

엔진 소리가 멀어져도 섬은 폭파되지 않았다. 곧 엔진 소리가 사라졌다. 어딘가 수색할 방법이 없는 지점에 시체를 투기하려는 것이리라.

역시 식욕은 없었다. 생수로 목을 살짝 축인 것 외에는 아무것도 입에 대지 않았다.

드디어 정오가 지나갔다.

다시 엔진 소리가 들렸다. 범인이 시체를 바다에 버리고 섬으로 돌아왔다.

나뿐만 아니라 별장에 있는 사람 모두 이 사실에 안도했을 것이

[+] 선체의 외부에 붙일 수 있는 추진 기관.

다. 범인에게 섬을 폭파하고 도주할 마음이 없었다는 뜻이다.

작업은 순조로웠던 듯하다. 시체를 처리했으니 이제 뒷정리만 하면 되리라.

그리고 오후 1시.

지연되지 않는다면 작업이 끝날 시각이다.

초인종이 연속해서 요란하게 울렸다.

범인이 작업을 완료했다!

침대에 앉아 있던 나는 얼른 주의사항이 적힌 종이를 집어 들었다. 이제부터 샤워 시간이다.

나는 세 번째, 지금으로부터 50분 후다. 반드시 앞사람이 방에 들어가는 소리를 확인하고 복도로 나가야 한다고 몇 번이고 되뇌었다.

1시 10분. 문이 여닫히는 소리가 들렸다. 사와무라 씨가 샤워를 하러 갔다.

1시 26분. 사와무라 씨가 샤워를 마치고 자기 방으로 돌아왔다.

1시 30분. 노무라 씨가 샤워를 하러 갔다. 좀처럼 돌아오는 소리가 들리지 않아서 애가 탔다. 1시 49분, 노무라 씨가 제한시간에 아슬아슬하게 돌아와서 문을 닫는 소리가 들렸다.

시곗바늘이 1시 50분을 지나간 것을 확인하고 문을 열었다.

발아래에서 달그락거리는 소리가 나서 깜짝 놀랐다. 문 앞에 쌓여 있던 조개껍데기가 튕겨 나가면서 난 소리였다.

복도를 보자 사와무라 씨와 노무라 씨 방 앞에도 조개껍데기가
흩어져 있었다.

20분 안에 샤워를 마치고 돌아와야 한다. 나는 부랴부랴 1층으
로 내려갔다.

섬에 온 뒤로 욕실은 한 번도 사용하지 않았다. 그럴 기분이 아
니었고 몸에서 냄새가 날까 봐 걱정할 상황도 아니었지만, 막상 사
흘 만에 샤워하자 온몸이 정화되는 기분이었다.

그러나 시간이 별로 없다. 샴푸로 머리를 감는 건 포기했다. 머
리카락이 뻣뻣해지는 걸 신경 쓸 때가 아니었다.

약 10분 만에 샤워를 마치고 서둘러 몸을 닦았다. 머리를 말릴
시간도 없으므로 수건으로 대충 물기만 뺐다.

14분쯤 지나서 조금 여유 있게 방으로 돌아왔다.

그 후로도 순서대로 샤워를 하러 갔다. 아빠, 아야카와 씨, 구사
카 씨. 주어진 제한시간도 정확하게 지켰다.

전부 예정대로 진행됐다. 3시 3분경, 구사카 씨가 방으로 돌아
오는 소리가 들렸다.

그 순간 부스럭부스럭하는 기척과 함께 별장 전체가 어수선해
졌다. 드디어 밖으로 나갈 수 있다.

04

3시 10분.

그러기로 정한 건 아니지만, 각자 방에서 나온 우리 여섯 명은 1층 계단 근처에 모였다.

다들 몸을 씻은 흔적이 남아 있었다. 범인의 지시를 무사히 수행한 덕분에 아주 약간이나마 마음 편한 분위기가 감돌았다.

"어떻게 할까요? 일단 뭔가 문제가 없었는지 물어볼까요?"

사와무라 씨가 '곳쿠리상'을 제안했다.

'지시에 따랐는데 이걸로 됐는가?'라는 질문에 네, 라는 대답이 돌아왔다. 물론 그런 대답이 나올 줄 알았다.

사람들은 당연한 결과에 만족하며 흩어졌다.

완벽한 자유가 주어진 것은 아니다. 30분 후에 또 방에 틀어박혀야 한다.

이 시간을 어떻게 보낼 것인가?

나는 아야카와 씨와 단둘이 이야기를 나누고 싶었다.

하지만 공교롭게도 아야카와 씨는 속이 안 좋은지 화장실에 갔다.

다른 사람들은 산책을 하러 나갔다. 덧문을 닫고 오랜 시간 방에 머물렀던 터라 바깥 공기가 그리워진 모양이었다.

나도 섬 둘레를 걸으며 바닷바람을 쐬고 싶은 충동에 사로잡혔다. 잠시 후 바깥으로 나간 사람들이 뭔가 발견하고 술렁거리는 기척이 전해졌으므로, 아야카와 씨를 기다리지 않고 현관을 나섰다.

사람들은 별장 반대편, 동쪽 절벽 가장자리에 모여 있었다.

오사나이 씨의 시체가 있는 곳 부근이다. 사람들이 절벽 아래를 유심히 바라보는 것 같기에 무슨 일인가 싶어 달려갔다.

가까이 갈수록 불쾌한 냄새가 코를 자극했다. 단백질이 타는 냄새다.

"아, 리에."

내가 온 걸 알아차리고 아빠가 이쪽으로 다가왔다.

사람들이 모여 있는 쪽으로 못 가게 막으려는 것 같았다. 딸에게 보여줘도 될지 망설여지는 광경이 절벽 아래에 펼쳐져 있는 듯했다.

"좀 놀랄지도 몰라. 안 보는 게 낫지 않겠니?"

"뭔데? 궁금해."

아빠의 제지에도 아랑곳없이 절벽으로 다가갔다.

발 디딜 곳을 확인한 후, 절벽 아래를 슬쩍 내려다보았다.

역시 오사나이 씨의 시체가 있었다.

다만 상태가 싹 달라졌다. 시체가 숯덩이로 변했다.

휘발유를 듬뿍 들이부은 모양이다. 온몸이 탄화해서 골격이 드러날 만큼 철저하게 불태웠다.

돌아보자 아빠가 속삭였다.

"범인이 정말로 했구나."

내게만 들릴 만큼 나직한 목소리였다.

정말로라는 건 아야카와 씨가 말한 대로라는 뜻이다. 이틀 전, 응접실에서 '증거를 인멸하기 위해 범인이 시체를 불태우지 않을까'라는 이야기를 아야카와 씨가 했었다.

마침 그때 아야카와 씨가 나타났다.

"어, 아야카와 씨, 괜찮아? 속이 안 좋다면서?"

사와무라 씨가 말을 걸었다.

"네. 긴장했는지 구역질이 좀 나서요. 이제 괜찮은 것 같아요."

"그래? 하지만 속이 안 좋다면 이건 보지 않는 편이 낫겠는걸."

사와무라 씨는 부하인 아야카와 씨에게 아빠와 똑같이 충고했다. 아야카와 씨도 나처럼 개의치 않고 절벽 아래를 내려다보았다.

"……태웠군요. 증거를 인멸한 건가요?"

아야카와 씨는 범인이 이런 짓을 할 줄은 꿈에도 몰랐다는 듯한 말투를 지어냈다.

"응. 휘발유를 옮기기는 힘드니까, 다들 별장에 머무는 틈에 해치우는 게 제일 확실하지."

구사카 씨는 범인의 일 처리 방식에 공감했다.

절벽 가장자리에 모인 사람들은 불타버린 시체를 보고도 동요한 기색이 별로 없었다.

당연하다. 시체를 불태운 건 첫째 날에 검토한 '범인은 증거를 인멸할 시간을 확보하기 위해 우리를 섬에 가뒀다'라는 가설을 뒷받침한다. 즉, 내일 아침까지만 기다리면 모두 무사히 섬을 떠날 수 있다는 뜻이다. 범인이 증거 인멸 작업을 순조롭게 진행하는 건 오히려 안심할 만한 일이다.

노무라 씨 혼자 사람들과 떨어져 고개를 푹 숙인 채 땅에 꿇어앉아 있었다.

정신이 완전히 피폐해진 듯했다. 섬에서 발생한 일과 본토의 가족 문제에 꽉 끼어서 엉망진창이 된 상태로, 범인이 증거를 인멸하는 동안 방에 갇혀서 답답한 시간을 보내야 했다.

"노무라 씨, 피곤하시죠? 괜찮으세요?"

아야카와 씨가 노무라 씨 곁에 쪼그려 앉아 시선을 맞췄다.

"……저희, 용서받을 수 있을까요? 무사히 돌아간들 세 명이나 죽었잖아요. 그것도 이렇게 참혹하게.

저희에게는 아무 책임도 없는 걸까요? 정말로요?"

노무라 씨의 한탄은 심각했지만 조금 생뚱맞았다.

우리는 분명 범인에게 협력했다. 살인이 벌어졌는데도 신고하지 않았고, 시체를 범인 대신 포장했으며, 증거 인멸을 할 때 범인의 정체가 들통나지 않도록 철저하게 지시를 따랐다.

그렇지만 강요당해서 한 짓이다. 남에게 비난을 받을 이유는 없다.

그래도 죄책감이 아예 없어지지는 않는다. 본토에 도착했을 때 마취가 풀린 것처럼 죄책감이 밀려오지 않을까?

지금 생각해봤자 소용없는 일이다. 이미 그렇게 결론이 났다.

"물론 저는 집으로 돌아가서 또 평범하게 살아가야겠죠? 아이도 있고, 여러모로 책임도 있으니⋯⋯."

아무래도 노무라 씨는 범인의 증거 인멸 작업이 순조롭게 진행되는 걸 보고 맥이 탁 풀린 듯했다. 동시에 이 경험을 간직한 채 남은 인생을 보내기가 두려워진 것이다.

그런 걱정을 하기는 아직 이르다. 무사히 돌아갈 수 있다고 아직 확정된 건 아니니까.

"걱정하지 마! 아무도 노무라가 잘못했다고 생각하지 않으니까! 그렇지⋯⋯."

구사카 씨가 격려하려 했지만, 노무라 씨가 범인일 가능성을 무시했다는 걸 깨달았는지 말꼬리가 흐려졌다.

"앞으로 열몇 시간 남았으니까요. 고민하더라도 그 후에 하는 편이 좋지 않겠습니까?"

사와무라 씨도 무난한 말을 찾아서 노무라 씨를 달래려 했다.

노무라 씨의 심상치 않은 모습을 보고 다들 긴장감을 되찾았다. 우리 여섯 명 중에 범인이 있다. 그 정체가 드러나면 모두 죽을지도 모른다는 사실을 똑똑히 상기한 것 같았다.

"노무라, 방으로 돌아가는 게 어때? 여기 있으면 기분이 더 안 좋아질 것 같은데. 쉬는 게 좋겠어. 어차피 자유 시간은 30분밖에 안 되니까."

구사카 씨의 재촉에 노무라 씨는 몸을 일으켰다.

노무라 씨가 혼자 별장으로 돌아가려 하자 구사카 씨가 쫓아갔다. 누군가 한 사람만 폭주해도 대참사가 벌어질 수 있으므로, 최대한 마음을 잘 다독여줘야 한다.

"저도 가겠습니다. 여러분도 늦지 않게 오세요. 30분은 금방 가니까요."

사와무라 씨도 두 사람을 따라서 별장으로 향했다. 나, 아빠, 그리고 아야카와 씨는 절벽 가장자리에 남았다.

"정말 철저하게 불태웠네요."

아야카와 씨가 다시 절벽 아래를 보며 시체의 상태를 유심히 확인했다.

"음, 뭐, 그렇네요. 이 정도면 경찰에서 조사해도 대단한 건 못 알아내겠죠?"

아빠는 흥미 없는 잡담에 장단을 맞추듯이 말했다.

불탄 시체를 봤지만 나도 충격은 별로 받지 않았다. 아야카와 씨가 그럴 가능성을 암시했고, 무엇보다 오사나이 씨가 폭탄 제조에 관여한 듯하다는 이야기도 들었기 때문이다.

피해자는 범죄자였던 모양이다. 이 사실이 범인의 지시를 순순히 받아들이는 데 도움을 주었다.

아야카와 씨는 가능하면 노무라 씨에게도 그 사실을 알려주고 싶었을지 모른다. 섬을 무사히 떠나기 위해서는 아야카와 씨가 냉정함을 유지하는 것이 중요하다. 물론 야노구치 씨의 스마트폰을 훔쳐봤다는 소리는 못 하니까, 아무래도 불가능했겠지만.

아야카와 씨는 절벽 아래를 마지막으로 한 번 더 힐끗 바라보았다.

"저희도 돌아갈까요?"

아직 시간에는 여유가 있겠지만, 숯덩이가 된 시체를 계속 바라보고 싶지는 않았다.

산책로를 남쪽으로 조금 걸어간 후, 섬 중앙을 가로질러 똑바로 별장으로 나아갔다.

도중에 작업장에 접어들었을 때, 아빠가 희한한 걸 발견한 어린아이처럼 작업장 외벽의 한 귀퉁이를 가리켰다.

"앗, 없어졌네."

오늘 아침까지 거기에는 방수 시트로 감싼 야노구치 씨의 시체가 놓여 있었다.

없어지는 게 당연하리라. 후지와라 씨의 시체를 버리는 김에 바닷속에 가라앉히면 된다.

"범인이 시체를 방수 시트로 감싸라고 시킨 건, 시체를 처리하기 위한 사전 준비였나. 나중에 뭔가 무거운 물건을 달아서 바로 처리할 수 있도록."

지하실에 있는 후지와라 씨의 시체는 금방 눈에 띄는 증거가 남아 있어서 직접 처리할 수밖에 없었지만, 야노구치 씨의 시체를 포장하는 작업은 우리에게 맡겨도 문제없었다. 그런 걸까?

"틀림없이 사전 준비였겠죠. 단순히 귀찮은 일을 우리에게 떠맡긴 게 아니라, 시체를 포장하는 건 범인에게 꼭 필요한 조치였을 거예요."

아야카와 씨는 의미심장하게 말했다.

작업장 정면까지 오자 지하실 덮개는 활짝 열려 있었다.

들여다보자 당연하지만 후지와라 씨의 시체는 온데간데없었다. 그뿐만 아니라 깔려 있던 골판지 상자와 방수 시트도 모조리 사라졌다. 증거가 될 만한 물건을 철저하게 처분했는지, 지하실은 물품이 줄어서 휑해 보였다.

"범인이 아주 빈틈없이 정리했군요. 그러지 않으면 우리도 곤란하지만."

"그러게요. 척 보기에도 핏자국 하나 남아 있지 않아요."

아빠와 아야카와 씨의 말처럼 시체 해체 작업은 신중하게 진행됐으리라.

지하실 확인은 그 정도로 마쳤다. 딱히 볼 것도 없고, 오래 머무를 시간도 없었다.

슬슬 30분의 휴식 시간이 끝난다. 또 한동안 범인의 횡포에 어울려줘야 한다.

05

"3시 40분부터 세 시간 반이니까 7시 10분까지네요. 그때까지 각자 방에 있으면 되겠죠."

사와무라 씨가 지시서를 다시 읽고 절차를 마지막으로 한 번 더 확인했다.

또 현관 홀의 계단 옆에 모였다. 3시 40분까지 5분 남짓 남았다.

"그럼 좀 이르지만 해산할까요?"

첫째 날 받은 '십계'에 30분 이상 한자리에 모여 있으면 안 된다고 적혀 있었다. 범인은 빠르면 30분 간격으로 폭탄의 타이머를 설정해뒀을 가능성이 있다. 범인이 여유롭게 타이머를 조작할 수 있게끔, 되도록 5분 전에 행동하는 것이 바람직하다.

우리는 다시 각자 방으로 향했다.

나는 침대에 드러누워 천장을 올려다보았다.

커튼과 덧문은 그대로 놔두었다. 외부에서 진행되던 증거 인멸 작업이 끝났으니 열어도 상관없겠지만, 어쩐지 귀찮았다. 창문을 막아두는 편이 마음 편했다.

지금은 범인이 별장을 떠난 사이에 녹음된 소리를 듣는 시간이다. 누군가 몰래 대화를 나눠서 범인의 정체를 밝히려 하지 않았는지 확인하는 것이다.

그사이에 다른 사람들이 자유롭게 행동하도록 놔둘 수는 없다. 세 시간 반 동안 혼자 방에 틀어박혀 있으면 자기가 범인이라고 광고하는 셈이다. 따라서 다른 사람들도 방에 격리해야 한다.

시체가 처리되기를 기다릴 때보다는 마음이 차분했다. 이번에는 화장실에 가는 정도는 허용된다. 끝나는 시간도 확실하고, 범인이 안전한 곳에서 기폭 장치를 작동시킬 걱정도 없다.

그리고 범인 외에는 모두 아는 사실이지만, 녹음을 확인하는 건 쓸데없는 짓이다.

우리는 범인의 지시를 충실히 이행했다. 작업이 끝나기를 기다리는 동안, 아무도 끽소리 한 번 내지 않았다. 범인은 괜한 걱정을 하는 셈이다.

다들 조용히 있었으니까 일부러 세 시간 반 분량의 녹음을 들을 것 없다고 범인에게 알려주고 싶을 정도였다. 물론 그런 주제넘은 짓은 자제하는 편이 좋겠지만.

오랜만에 따분함이 느껴지는 시간이었다.

여유가 생긴 것은 섬을 떠날 때가 가까워졌기 때문이기도 하리라.

일출까지니까 앞으로 열세 시간쯤 남았다. 하룻밤만 더 보내면 배를 불러도 된다. 시간이 너무 느리게 흘러서 속이 탔다.

하지만 그다음을 생각하자 불안감이 또 밀려왔다.

현장에 남은 증거는 전부 처분됐다. 우리가 알기로는 녹음 내용만 확인하면 범인이 할 일은 끝난다.

그러면 범인은 내일 아침이 되기를 기다렸다가 죄 없는 사람들과 함께 이 섬을 떠나는 건가.

정말로 계획은 그것뿐일까? 이제 섬에 남은 사람은 여섯 명이 전부다. 경찰은 당연히 철저하게 수사하리라. 수사관의 엄중한 취조에 나는 뭐라고 대답할 것인가?

범인은 어떻게 위기를 넘길 작정일까. 물적 증거만 처리하면 어떻게든 된다는 생각일까, 아니면…….

역시 범인이 그렇게 어중간한 계획을 세웠을 것 같지는 않았다.

그렇다면 사건은 이것으로 끝나지 않는다. 또 무슨 일이 벌어진다.

그때 나는 무사할 수 있을까?

지금은 소리를 내도 괜찮다. 하지만 별장은 괴괴한 정적으로 가득했다.

06

오후 7시 10분.

녹음된 내용은 다 끝났을 것이다. 사람들이 방을 나서는 기척이 복도에서 느껴졌다.

문을 열고 계단을 내려가자 사와무라 씨가 서 있었다. 쿠션 커버를 들고 여섯 명이 모두 모이기를 기다리는 듯했다.

"끝났군요. 문제가 없었는지 물어볼까요?"

이제는 관례가 되다시피 한 '곳쿠리상'을 진행했다.

'우리가 범인을 찾아내려 하지 않았다는 걸 잘 이해했는가? 범인은 현재 상황에 만족하는가?'라는 질문을 던졌다.

답변은 네.

쿠션 커버에는 조개껍데기만 들어 있었다.

당연한 결과에 우리는 안도했다.

"좋았어! 이래저래 힘들었지만, 모두 힘을 합쳐서 잘 이겨냈어. 앞으로 열 시간 정도만 기다리면 집에 갈 수 있어!"

구사카 씨는 넓적다리를 양손으로 철썩 두드려서 경쾌한 소리를 냈다.

"저녁을 먹을까요? 다들 오늘은 식사를 제대로 못 하셨죠?"

사와무라 씨가 제안했다.

나는 결국 쿠키에 손을 대지 않았고, 다른 사람들도 만족스럽게 먹지는 못했으리라.

식욕이 있는지는 잘 모르겠지만, 큰일을 마쳤으니 일단 상을 차려보자. 나도, 분명 다른 사람들도 그런 기분이었다.

식당 테이블에 어제까지보다 등급이 조금 높은 캔 즉석 카레를 차려놓았다. 콘샐러드를 곁들였고 디저트로 시럽에 절인 과일도 준비했다.

전부 어쩐지 지금까지 먹기를 주저했던 음식들이었다. 먹는 즐거움을 먼저 소비하면 이성도 소비될 것 같았기 때문이다.

집에 돌아갈 전망이 밝으니, 이제 먹어도 되리라. 우리는 암묵적으로 그렇게 판단했다.

여섯 명만의 식탁이었다.

세 명이 죽어서 식당의 공기는 정화됐다.

가슴 한구석에서 그런 마음이 고개를 쳐드는 것을 억누를 수 없었다. 그 세 명은 폭탄 제조범이었다. 종잡을 수 없는 이 사건을, 종잡을 수 없는 그대로 받아들이려 하자 내 결론은 그쪽으로 향했다.

다른 사람들의 낌새를 살폈다.

낙관적인 기분도 느껴졌다. 구사카 씨와 사와무라 씨는 할 일을 다 했고, 더는 생각해야 할 일도 없으니 내일이 오기를 기다릴 뿐이라는 듯한 태도였다.

한편 아빠는 식당에서 용의자가 줄어들어서 범인의 농도가 너무 높아진 것이 마음에 걸리는 듯했다. 신경 쓰지 않으려 하면서도 다른 사람들의 눈치를 살피지 않을 수 없는 모양이었다. 무리도 아니다. 아야카와 씨에게는 알리바이가 있다고 내가 주장했으니, 아빠가 보기에 용의자는 세 명밖에 없다.

제일 초췌해진 사람은 역시 노무라 씨였다.

혼자 지낸 세 시간 반 동안 정신적 스트레스가 더 가중된 듯했다.

다른 사람들은 노무라 씨의 마음을 이해하기 어려운 듯했다. 나도 상상이 되지 않았다.

절벽에서 보여주었던 모습으로 판단컨대, 어쩌면 노무라 씨의 공포는 편집증 같은 지경까지 발전했는지도 모르겠다.

구사카 씨가 머뭇머뭇 말을 걸었다.

"노무라, 과일만이라도 좀 먹어보지? 카레는 남겨도 되니까."

"네, 그럴게요."

식사하는 동안 노무라 씨가 꺼낸 말은 그 한마디뿐이었다.

그렇듯 서로 막연하게 탐색하는 가운데, 아야카와 씨 혼자 사람들과 거리를 두었다. 아야카와 씨는 내내 뭔가를 생각하고 있었다.

07

식사가 끝났다.

나와 아야카와 씨가 정리를 맡았다. 접시를 주방으로 옮겼다. 남은 음식은 비닐봉지에 넣었다. 아야카와 씨가 수세미로 접시와 컵을 씻으면, 내가 헹구고 행주로 닦았다.

필요 이상으로 꼼꼼하게 설거지를 했다.

아야카와 씨에게는 분명 뭔가 생각이 있었다. 물론 이 사건에 결판을 내고, 무사히 집으로 돌아가기 위해 필요한 생각일 것이다. 그걸 내게 말할지 말지 식사 시간 내내 고민한 듯했다.

그런 낌새를 알아차렸으므로 열심히 설거지를 하며 아야카와 씨가 말을 꺼내기를 기다렸다.

얼마 후 접시를 전부 씻고 수도꼭지를 잠근 아야카와 씨가 바깥 기척에 살짝 주의를 기울였다. 그리고 내 귓가에 대고 소곤소곤 말했다.

"리에? 긴히 할 말이 있어."

"네."

마침내 기다리던 때가 왔다.

"어떻게 할까. 여기는 좀 그런데. 절대로 남이 들으면 안 되니까……."

그때였다.

느닷없이 식당에서 울음소리가 크게 울려 퍼졌다.

노무라 씨 목소리였다.

나와 아야카와 씨는 그 자리에 뻣뻣하게 굳은 채 숨을 죽였다. 이윽고 구사카 씨가 와서 노무라 씨를 달래는 목소리가 들렸다.

아야카와 씨가 난감한 표정으로 문 쪽을 보다가 내게로 고개를 돌렸다.

"리에, 실은 이제부터 사람들을 모아놓고 이야기를 할 생각이야. 무슨 이야기를 할지 리에에게는 미리 알려주고 싶었는데, 그럴 여유가 없을 것 같네.

그러니 이 말만큼은 해둘게. 내 이야기를 듣다가 몹시 놀랄지도 모르지만, 아무 걱정할 것 없으니까 내가 뭘 하든지 잠자코 봐줄래?"

"알았어요. 믿을게요."

그렇게 말하려고 마음먹고 있었다.

아야카와 씨는 고개를 살짝 끄덕이고 식당으로 향했다.

노무라 씨는 식당 테이블에 푹 엎드려 훌쩍훌쩍 울고 있었다.

구사카 씨가 그 옆에 양손을 짚고 부아가 치민다는 듯이 목소리를 높였다.

"그러니까! 그런 건 지금 생각 안 해도 된다고! 돌아가서 고민하면 돼!"

"그런가요? 하지만……, 이대로 돌아가서……, 그리고 어떻게 하는데요……?"

어느덧 사와무라 씨와 아빠도 상황을 살피러 식당에 왔다.

"……우리 중에 범인이 있잖아요. 그게 누군지 모르도록 하는 게 범인의 계획이죠?

계획이 잘 진행된다는 건……, 우리 모두 6분의 1의 확률로 살인범일지도 모른다고 여기며 인생을 살아가야 한다는 뜻이잖아요. 아닌가요? 그런 건 생지옥이라고요."

"아니, 꼭 그렇게 된다는 보장은 없잖아? 그러니까……."

하지만 '그렇게 된다는 보장은 없다'라는 말은 범인의 정체가 밝혀진다는 걸 의미한다. 그런 생각이 떠올랐는지 구사카 씨는 말을 얼버무렸다.

범인은 이 섬에서 탈출한 후 어떻게 할 작정일까?

노무라 씨뿐만 아니라 다들 꺼림칙했을 것이다. 다만 무서워서 언급하기를 피했다.

정신의 균형이 무너지고 있는 노무라 씨와 범인의 지시를 어기지 않으려 애쓰는 구사카 씨, 생존을 고려했을 때 누가 정답에 가까운지는 알 수 없다.

나는 모든 것을 아야카와 씨에게 맡겼다.

식당이 잠깐 조용해졌다. 아야카와 씨는 사람들의 표정을 한 명씩 신중하게 관찰한 후 입을 열었다.

"……노무라 씨가 걱정하시는 것도 당연해요. 하지만 저는 그 걱정에 관한 답을 가지고 있어요. 그러니 고민하실 필요 없어요."

"답을 가지고 있다고?"

사와무라 씨가 동그래진 눈으로 물었다.

"네, 그래요. 하지만 저는 노무라 씨와는 다른 점이 걱정이에요. 저 혼자서는 결론을 낼 수 없고, 모두 함께 판단해야 하는 일이죠.

그러기 위해 지금부터 이 사건의 진범을 지적하려 합니다."

"어? 뭐라고?"

사와무라 씨는 얼떨떨한 기색이었다.

모두 창백한 얼굴로 아야카와 씨를 보았다. 몇 명은 적의 공격에 겁먹은 것처럼 머리를 끌어안았다.

결코 입 밖에 내서는 안 되는 말이었다. 범인을 알아내려 하면 섬이 폭파된다. 그것이 신의 말씀이었다.

다들 지금까지 냉정하게만 보였던 아야카와 씨가 제정신인지 의심했다.

때에 따라서는 아야카와 씨를 꽁꽁 묶고 입을 막아야 할까?

아니면 이미 늦었나?

아빠, 구사카 씨, 사와무라 씨의 얼굴에 한순간 망설이는 기색이 서렸다.

사람들이 아무 결단도 내리지 못하는 사이에 아야카와 씨가 말을 이었다.

"자포자기해서 여러분과 함께 죽으려는 건 아니니까 안심하세요. 이건 무사히 집으로 돌아가기 위한 이야기예요.

제가 범인을 지목한 후 어떻게 할지는 모두 함께 고민해야 해요. 뭐가 최선일지는 저도 모르니까요.

다만 확실하게 말씀드릴 수 있는 게 하나 있어요. 제가 이 자리에서 범인을 지목하더라도, 범인은 절대 그걸 이유로 기폭 장치를 작동시키지 않을 겁니다. 제 이야기를 들어보면 이해하실 거예요."

범인이더라도 절대 기폭 장치를 작동시키지 않을 인물? 그건?

나는 불길한 상상에 몸이 떨렸다.

아야카와 씨는 누구를 범인으로 지목할 작정일까?

"아야카와 씨, 반드시 지금 그 이야기를 하는 편이 낫다는 거지?

날이 새기를 기다렸다가 섬을 떠나고 나서가 아니라?"

"네. 이야기하는 것 자체는 위험성이 거의 없어요. 문제는 그 후에 뭘 어떻게 하느냐라서요."

"그렇게 자신이 있어?"

"지금 이야기해야 한다는 건 틀림없어요."

"알았어. 들을게."

사와무라 씨는 중대한 일을 신입으로 들어온 부하에게 맡기기로 했다.

다른 사람들은 아무 말 없이 아야카와 씨가 이야기를 진행하기를 기다렸다.

디스토피아의 주민들은 생각했던 것보다 일찍 혁명의 때가 온 것에 당황한 눈치였다.

그래도 아야카와 씨를 방해하는 사람은 없었다. '십계'에 따르느라 입도 벙긋하지 못했지만, 물론 그들도 범인의 정체가 궁금해서 못 견딜 지경이었으리라.

01

"최대한 간단히 설명할게요. 만약 여러분이 제 이야기에 수긍하신다면, 한시라도 빨리 행동에 나서는 편이 나을 테니까요.

이번 사건에는 수수께끼가 여러 가지죠. 일단 범인은 누구인가. 왜 굳이 섬에 모였을 때 살인을 저질렀는가. 왜 폭탄으로 위협해서 우리를 섬에 가뒀는가. 누군가가 비축해놓은 폭탄은 사건과 무슨 관계인가.

어디서부터 생각하면 좋을까, 중요한 건 역시 범인의 정체겠죠. 범인을 논리적으로 밝혀내면 그 외의 수수께끼에는 저절로 답이 나올 거예요."

아야카와 씨는 즉흥적으로는 보이지 않는 유창한 어조로 설명에 나섰다.

아야카와 씨의 말을 의심했던 사람들도 그녀가 논리적으로 뒷받침할 준비를 했다는 걸 믿기로 한 듯했다.

"그럼 범인은 누구인지 따져보죠. 일단 여러분과 공유하고 싶은 전제 조건이 있어요. 섬에서 발생한 사건의 범인은 동일 인물이라는 거예요.

이 섬에서 여러 사람이 각자 다른 동기로 연이어 살인 사건을 일으켰다는 건 거의 고려하지 않아도 될 문제지만, 범인이 남긴 지시서 세 장이 무엇보다 결정적인 증거겠죠.

그 세 장의 달력 종이는 앞면의 산 풍경 사진이 서로 이어졌어요. 범인은 오무로 씨 형님 방의 달력을 한 장 찢어내서 조금씩 잘라서 사용한 거겠죠.

세 사건이 동일 인물의 소행임을 증명하기에 충분한 증거예요.

물론 공범자가 있다든가, 하는 가능성을 따지기 시작하면 한도 끝도 없겠지만, 그럴 때도 세 사건이 공통된 목적 아래 벌어졌다는 건 변함없으므로 범인을 지목하는 데 큰 영향은 없겠죠."

"응, 거기에 반대하는 사람은 없겠지. 걱정하지 마."

사와무라 씨가 맞장구를 쳤다.

"그럼 세 사건을 누가 저질렀는가. 검토해볼 재료는 그렇게 많지 않아요.

범인이 행동을 제한했으니까요. 살인 현장을 자세히 관찰하거나 알리바이를 확인하는 것이 용납되지 않았어요.

오사나이 씨 살해 사건에서 확실한 건 밤중에 석궁으로 살해당했다는 사실뿐이에요. 누구에게나 가능했을 테고, 범인을 한정하는 데 도움이 되는 단서는 남아 있지 않았어요.

후지와라 씨 살해 사건 때도 범인이 지하실에 들어가는 걸 금지해서 현장을 제대로 살펴보지 못했죠.

범인은 당연히 증거를 남기지 않도록 세심한 주의를 기울였을 거예요. 범인이 밝혀지면 모두 파멸이니까요. 지시서도 별장 사람이라면 누구나 가져갈 수 있는 물건으로 만들었고, 글씨체도 감췄어요.

범인과 저희에게 다행스럽게도 범행 때 커다란 실수는 저지르지 않은 것 같아요.

그렇다면 뭘 근거로 범인을 지목하면 될까요?

첫 번째와 세 번째 사건에 저희가 추리력을 발휘할 여지는 없었습니다. 다만 유일하게 야노구치 씨 살해 사건에만 위화감이 들었던 것 기억하세요?"

위화감?

나는 기억을 더듬었다. 확실히 야노구치 씨 살해 사건은 다른 사건과 달랐다. 명백하게 부자연스러운 점이 있었다.

"발자국 말이야?"

구사카 씨가 말했다. 아야카와 씨는 고개를 끄덕였다.

"맞아요. 별장과 살해당한 야노구치 씨가 발견된 작업장 사이에 남아 있던 발자국에 관한 문제죠.

이틀 전 사건이 발생한 밤에 소나기가 내렸어요. 그래서 땅에 발자국이 남는 환경이 조성됐죠.

시체가 발견됐을 때 피해자는 남쪽 길을, 범인은 별장을 둘러 가는 서쪽 길을 걸어간 듯했어요. 살인이 끝나자 시체는 포석 위에 방치됐고, 범인은 야노구치 씨가 왔었던 길을 따라 별장으로 돌아갔죠. 이때 범인은 야노구치 씨의 발자국을 나무토막으로 문질러서 지웠습니다.

그 후 범인은 지시서를 남겼어요. 야노구치 씨의 시체를 방수 시트로 포장하고, 범인이 남긴 장화 발자국을 지우라는 내용이었죠. 아침에 그 지시서를 구사카 씨가 발견하셨고요.

이와 같은 일이 일어났겠지만, 상상력을 조금 발휘해서 보완해야 하는 부분도 있어요.

범인과 피해자는 왜 작업장 앞으로 갔을까요? 확실하게는 모르겠지만, 거기서 만났다고 봐야 제일 자연스럽지 않을까 싶네요.

야노구치 씨와 범인은 각자 다른 길을 지나갔지만, 작업장이 목적지였던 건 틀림없겠죠. 어디 다른 곳에 들렀던 흔적은 전혀 없었으니까요.

둘 다 동일한 목적지로 곧장 향했으니까 범인과 피해자는 밤에 작업장 앞에서 만나기로 미리 약속한 것 아닐까요? 그게 제 생각입니다."

흠이나 으음, 하고 숨을 내쉬는 소리가 들렸다. 다들 아야카와 씨의 가설을 곰곰이 음미하고 있었다.

잠시 후 사와무라 씨가 말했다.

"그렇게 생각하는 게 자연스럽다는 건 알겠어. 하지만 그렇다면 야노구치 씨와 범인이 작업장 앞에서 뭘 하려고 했느냐는 의문이 남잖아?

야노구치 씨는 별 저항 없이 살해당한 것 같으니, 범인을 경계하지 않았다는 뜻이겠지. 그게 말이 될까? 지시서에는 범인의 정체를 알아내려 했기 때문에 죽었다고 적혀 있었잖아."

"네. 확실히 야노구치 씨가 왜 범인을 경계하지 않았느냐는 문제는 있어요. 하지만 그 문제는 범인의 이름이 밝혀지면 거기서부터 역산해서 설명할 수 있습니다."

이번에는 구사카 씨가 반론했다.

"두 사람이 꼭 약속하고 만났다고 장담은 못 하잖아? 야노구치 씨가 밤중에 몰래 작업장 문을 뜯으려 했고, 그걸 알아차린 범인이 다가와서 죽였을 가능성도 있을 텐데?"

"만약 그렇다면 범인은 섬 둘레를 지나는 길이 아니라 야노구치 씨가 갔던 길을 지나가겠죠? 쫓아가는 것처럼요.

그리고 범인의 발자국은 보폭이 부자연스럽게 넓었어요. 누구 발자국인지 모르도록 수를 쓴 거겠죠. 만약 야노구치 씨가 작업장 문을 뜯으려 하는 모습을 발견했다면 보폭에 신경 쓸 여유는 없을 거예요. 야노구치 씨에게 곧장 달려가서 한시라도 빨리 죽이려 하지 않을까요?"

"음, 뭐, 그런가……."

구사카 씨는 미적지근한 목소리로 대답하고 생각에 잠겼다.

아야카와 씨가 바로 보충 설명을 했다.

"물론 지금 시점에서 '범인과 피해자가 몰래 만날 약속을 했다'라는 의견을 사실로 인정할 필요는 없어요. 그냥 그럴 가능성이 충분했다고만 받아들여 주시면 추리를 진행할 수 있습니다."

"아아, 그래? 응, 무슨 말인지 알겠어. 확실히 밀담을 나누려 했던 것처럼 보이는 발자국이야."

구사카 씨는 그렇게 말하고 팔짱을 꼈다.

아야카와 씨는 모두의 얼굴을 둘러보며 누구에게도 의의가 없다는 걸 확인했다.

"감사합니다. 그럼 여기까지는 됐다 치고, 다음 문제를 검토하도록 할게요.

범인은 왜 피해자의 발자국을 지웠느냐? 이게 야노구치 씨 살해 사건에서 가장 큰 수수께끼라고 할 수 있겠죠.

그것도 범인 본인의 발자국은 다른 사람들에게 지우도록 했으면서 말이에요."

그렇다. 거기에 어떤 의미가 있는지 나로서는 전혀 짐작이 가지 않았다.

"일단 당시 범인의 행동을 정리할게요. 범인은 약속 시간에 맞춰서 작업장 앞으로 향했을 거예요.

몇 시인지는 모르겠네요. 어쨌거나 비가 그친 이후에요. 범인과 피해자 중 누가 먼저 왔는지도 현재 시점에서는 모르는 걸로 해두죠.

그렇지만 장화를 신었다는 점, 보폭을 위장했다는 점, 흉기를 미리 준비했다는 점으로 보건대 범인에게는 분명 살의가 있었을 겁니다.

범인은 야노구치 씨를 살해하고 작업장 근처에 있던 나무토막으로 피해자의 발자국을 문질러서 지우면서 별장으로 돌아왔어요. 그 후 지시서를 남기고, 장화도 현관에 내버려두고, 자기 방에서 아침에 누군가가 지시서를 발견하기를 기다렸겠죠.

범인이 저희에게 자기 발자국을 지우라고 시킨 이유는 짐작이 가요. 보폭을 위장했지만 어딘가에 걸음걸이의 버릇이 남아 있지는 않을까, 훗날 발자국 깊이로 체중을 추정하지는 않을까 걱정됐겠죠.

하지만 범인이 직접 자기 발자국을 지우기는 꽤 힘들어요. 나무토막을 들고 발자국을 따라 별장과 작업장 사이의 길을 돌아다녀야 하는데, 왕복이니까 거리가 제법 되고 발자국을 지우면서 남긴 발자국도 지워야 하거든요.

그러다 누군가에게 들킬 위험성도 있어요. 어쩌면 동틀 녘이 다

돼서 작업할 시간이 없었는지도 모르고요.

그래서 저희에게 시키는 게 제일 좋은 방법이라고 판단한 거겠죠. 훗날 경찰이 발자국을 조사하는 것이 범인의 걱정거리였을 테니까요. 저희가 발자국을 본들 범인의 정체가 발각될 걱정은 없어요.

그렇다면 범인은 왜 피해자의 발자국을 지웠을까요? 야노구치 씨가 제 발로 걸어 다니면서 생긴 발자국이니까, 평범하게 생각하면 범죄의 증거와는 아무 상관도 없을 거예요. 그런데도 범인은 그걸 자기 발자국보다 우선해서 지워야 했어요."

"즉, 범인은 우리에게 그 발자국을 보여주기 싫었다는 거지?"

구사카 씨가 물었다.

"네, 그런 셈이죠."

"그 이유를 알면 범인이 누군지 알 수 있다는 건가?"

"네."

물어보면서도 구사카 씨는 전전긍긍하는 태도로 식당을 둘러보았다.

이 자리에서 범인이 밝혀져도 기폭 장치는 작동되지 않을 것이라고 아야카와 씨가 장담했지만, 불안감을 말끔히 씻어낼 수는 없는 것이리라.

하지만 추리가 여기까지 진행됐으니, 결말을 듣지 않고 넘어갈 수도 없는 노릇이었다.

아야카와 씨가 심호흡을 했다.

"그럼 말씀드릴게요. 범인은 어떨 때 피해자의 발자국을 지워야 하는가.

바로 피해자가 실수로 범인의 신발을 신었을 때예요."

나는 무심코 앗, 하고 작게 외쳤다.

다른 사람들도 일제히 숨을 삼켰다. 아야카와 씨가 설명하려는 논리의 윤곽이 대번에 명확해졌다.

"그 외에 범인이 피해자의 발자국을 지워야 할 이유는 없을 것 같네요. 야노구치 씨가 본인의 신발을 신었다면 뭘 어쩌든 범인과는 상관없으니까요.

하지만 다른 신발을 신었다면 사정이 달라지죠. 피해자가 신을 리 없는 신발을 신었을 때, 범인은 그 발자국을 지워야 해요."

"신을 리 없는 신발이라고요?"

추리가 구체적인 형체를 띠자 노무라 씨가 오랜만에 입을 열었다. 냉정함을 되찾은 말투였다.

서로 발을 살피듯 우리는 머뭇머뭇 시선을 내렸다.

아야카와 씨는 아랑곳없이 말을 이었다.

"네. 별장에서 신발을 신고 다니는 사람과 슬리퍼를 신고 다니는 사람이 있죠. 여기 처음 왔을 때 신발을 신고 들어가도 상관없지만, 슬리퍼를 신고 싶은 사람은 갈아신으라고 오무로 씨가 말씀하셨잖아요.

그대로 들어온 사람은 자기 방까지 신발을 신고 갔지만, 슬리퍼로 갈아신은 사람은 신발을 현관에 놓아뒀어요.

　문제는 야노구치 씨가 신발을 신고 지내는 사람의 신발을 신었을 때예요."

"야노구치 씨가 현관에 놓여 있을 리 없는 신발을 신었다는 거야?"

　사와무라 씨가 물었다.

"네. 상상해보자면 이런 경우죠.

　범인과 피해자는 늦은 밤에 작업장 앞에서 밀담을 나누기로 약속했어요.

　범인은 시간에 맞춰 별장을 나서려 했겠죠. 그런데 조금 전에 소나기가 내렸다는 걸 깜박하고, 자기 신발을 신고 밖으로 나갔어요.

　땅이 질척질척하다는 걸 알고 바로 돌아왔겠죠. 사람을 죽이러 가는데 발자국을 남길 수는 없으니까요.

　그대로 들어가면 실내가 더러워질 테니까 진흙이 묻은 신발은 일단 현관에 놔뒀을 거예요. 그리고 별장 안쪽 창고에 장화를 가지러 갔겠죠.

　일시적으로 범인의 신발을 누구나 신을 수 있었던 셈이에요.

　그사이에 야노구치 씨가 그걸 신고 작업장으로 갔다면, 어떻게 될까요? 약속 시간을 정해놨으니 그 타이밍에 야노구치 씨가 별장을 나설 가능성은 충분해요.

　그 신발은 원래 범인이 자기 방에 놔뒀을 물건이에요. 야노구치 씨가 실수로라도 잘못 신을 리 없죠. 그런데 그 신발을 시체가 신고 있다면, 당연히 신발 주인에게 의혹이 향할 거예요. 지금 제가 말씀드린 것 외에 달리 설명할 길이 없으니까요.

장화를 들고 현관으로 돌아온 범인은 그 사실을 깨닫고 당황해요. 얼른 장화를 신고 현관에 남아 있던 야노구치 씨의 신발을 들고서 작업장 앞으로 향했겠죠.

범인은 야노구치 씨를 죽인 후, 시체의 신발을 갈아신기고 발자국을 지우면서 별장까지 돌아온 거예요.

어떤가요? 이것 말고는 범인이 피해자의 발자국을 지울 이유가 없을 것 같은데요."

으음, 하고 여기저기서 탄식이 들렸다.

다들 아야카와 씨의 말을 긍정하면서도 결론이 확실해질 때까지는 섣불리 의견을 내놓기를 피하는 낌새였다.

"……제 상상이 너무 많이 담긴 것처럼 들렸을지도 모르지만, 이 가설을 뒷받침할 사실이 하나 더 있어요.

야노구치 씨의 시체가 발견된 어제 아침, 모두가 현관에 모였을 때 포치의 연석에 신발을 문질러서 진흙을 떨어낸 듯한 흔적이 남아 있었는데요. 기억나세요?"

바로는 아무도 대답하지 않았다.

하지만 나는 기억났다. 모두 함께 범인의 발자국을 지우고 현관 포치로 돌아왔을 때, 연석에 신발의 진흙을 문지른 듯한 흔적이 있어서 어라 싶었다.

나는 조금 망설였다. 하지만 역시 아야카와 씨에게 협력해야 한다고 마음먹고 말을 꺼냈다.

"네. 진흙을 떨어낸 흔적이 남아 있었어요. 신발 밑창을 문댄 것 같은 자국이었죠."

아야카와 씨가 미소 지었다.

이어서 사와무라 씨도 그 광경을 기억해냈다.

"……있었어. 그렇구나. 전혀 신경 쓰지 않았지만 듣고 보니 이상하군."

"맞아요. 저희가 아침에 현관에서 발견한 장화는 밑창이 진흙투성이였죠. 진흙을 깨끗하게 떨어낸 흔적은 없었어요.

그런데도 연석에 진흙 자국이 남아 있었던 건, 범인이 야노구치 씨가 신었던 자신의 신발에서 진흙을 떨어냈기 때문이겠죠. 방에 가져가야 하니까요. 사소한 일이지만 이것도 방증이라 할 수 있을 거예요.

마지막으로 전제 조건을 하나 더 내놓고 싶은데요.

야노구치 씨가 남의 신발을 신은 건 고의가 아니라 실수라는 겁니다. 땅이 질척거리니까 자기 신발을 더럽히기 싫어서 남의 신발을 멋대로 신은 건 아니에요.

신발을 더럽히기 싫다면 본인도 장화를 신으면 됐을 테고, 애당초 야노구치 씨는 신발이 더러워져도 개의치 않는 사람이었습니다."

섬에 온 날, 잔교 근처에서 진창을 밟았지만 야노구치 씨는 전혀 신경 쓰는 기색이 아니었다.

"그리고 범인과 피해자는 만나기로 약속했으니까요. 남의 신발을 멋대로 신더라도, 약속한 범인의 신발을 선택할 리는 없어요. 그 사람이 신을지도 모르니까요. 또한 야노구치 씨가 전혀 무관한 제삼자의 신발을 신었다면, 범인이 발자국을 지울 이유가 없습니다.

따라서 야노구치 씨는 어디까지나 실수로 범인의 신발을 신은 셈입니다. 이렇게 비정상적인 상황에 처했으니 주의력이 떨어졌어도 이상할 건 없겠죠."

폭탄으로 위협당해 섬에 갇혔다는 비정상적인 상황에서 비롯된 특수한 정신 상태를 고려하면, 온천이나 병원에서 자주 그러듯 야노구치 씨가 남의 신발을 잘못 신었다고 해도 이상할 것 없다. 부정할 수 없는 사실이다.

"그럼 피해자가 실수로 범인의 신발을 신었다는 추론을 바탕으로, 범인의 범위를 좁혀볼까 하는데요. 괜찮으실까요?"

아야카와 씨가 우리에게 각오를 촉구했다.

우리는 아무 말 없이 작은 몸짓으로 동의를 표했다.

"야노구치 씨가 신발을 잘못 신을 가능성이 없는 사람을 제외할게요. 남은 사람이 세 사건의 범인입니다.

일단 노무라 씨, 리에, 그리고 저는 무고하다고 봐야겠죠. 야노구치 씨가 아무리 사건에 정신이 팔렸더라도, 여성용 신발을 신었는데 모르고 그냥 갔을 가능성은 없을 거예요."

이 의견에는 물론 아무도 반론하지 않았다.

"그리고 구사카 씨는 버선신을 신고 오셨어요. 야노구치 씨는 운동화를 신고 다녔으니, 아무리 그래도 그걸 잘못 신지는 않겠죠."

"오? 응, 그야 그렇겠지."

구사카 씨는 버선신의 고무 밑창으로 바닥을 탁탁 두드렸다.

"사와무라 씨는 보시다시피 덩치가 커요. 신발 사이즈가 야노구치 씨와 크게 차이 날 테니 실수로 잘못 신으면 바로 알아차리겠죠. 사와무라 씨도 범인이 아닙니다."

"……음, 그렇군."

사와무라 씨는 잠긴 목소리로 나지막하게 대답했다.

자연스레 남은 한 사람에게 모두의 시선이 쏠렸다.

"그리고 오무로 씨요. 오무로 씨는 슬리퍼로 갈아 신고 신발을 현관에 놔두셨죠. 따라서 만약 야노구치 씨가 신발을 잘못 신고 나갔더라도 굳이 발자국을 지울 필요는 없습니다. 피해자가 오무로 씨의 신발을 신고 있어도, 의심받지 않을 테니까요.

뭐, 그뿐이라면 자신의 신발을 되찾고 싶어서 피해자의 신발로 갈아신기고 발자국을 지운 것 아니냐는 반론도 나올 수 있겠지만, 애당초 오무로 씨의 운동화는 흰색이니까요.

아무리 현관의 불빛이 침침했을지언정 야노구치 씨가 자신의 검은색 운동화와 오무로 씨의 흰색 운동화를 착각하는 건 아무래도 비현실적이에요. 따라서 오무로 씨도 범인이 아닙니다."

"엇……."

깜짝 놀랐는지 구사카 씨가 얼빠진 목소리를 내질렀다.

아야카와 씨는 무시하고 말을 이었다.

"그렇다면 남은 사람은 한 명뿐이죠. 이 섬에서 일어난 너무나도 이상한 사건의 범인은 후지와라 씨입니다."

02

침묵이 흐르는 식당은 얼떨떨한 분위기로 가득했다.

나는 아야카와 씨가 식당에 있는 사람 중 한 명을 지목할 줄 알았고, 다른 사람들도 분명 마찬가지였으리라. '범인을 지목하더라도 기폭 장치를 작동시키지는 않을 것'이라고 아야카와 씨가 선언했을 때 설마 아빠를 지목하지는 않을까 싶어서 겁이 났다.

잘 생각해보면 아야카와 씨가 발자국에 관련된 논리를 꺼낸 시점에 누가 범인으로 지목될지 알아차릴 법도 했다. 거기에 해당하는 사람은 분명 후지와라 씨뿐이다.

그리고 그 이름이 밝혀진 순간, 사건의 전모가 눈앞에 어른거렸다. 나는 몹시 놀라고 감탄했다. 그 발자국 하나를 이용해 이런 논리를 쌓아 올릴 수 있다니.

하지만 아직 모르는 점도 있었다. 아야카와 씨의 설명을 더 들어야 한다.

"어, 후지와라 씨가 범인이라니……, 여러모로 설명을 더 해주셔야 할 것 같은데요."

아빠가 쭈뼛쭈뼛하며 말을 꺼냈다.

"네. 그렇지만 그 전에 이 결론이 틀림없는지 확인할게요.

후지와라 씨는 별장에서 신발을 신고 지냈어요. 즉, 야노구치 씨가 신발을 잘못 신고 나갔을 때 의심받을 만한 인물이죠.

덧붙여 후지와라 씨의 신발은 야노구치 씨 것과 비슷하게 생겼고요."

그렇다. 둘 다 검은색 운동화로, 야노구치 씨 것이 더 비싸다는 차이밖에 없다.

"그럼 이제부터 사건 전체의 경위를 말씀드릴게요. 범인이 여기 없으니까 많은 부분을 상상으로 보완해야겠지만요.

일단 여기 있는 분들과 공유해야 할 사항이 있습니다. 바로 오사나이 씨, 야노구치 씨, 후지와라 씨가 폭탄과 관련 있는 듯하다는 사실입니다.

실은 야노구치 씨의 스마트폰에 그 증거라 할 만한 대화가 남아 있었는데, 범인이 스마트폰을 가져가서 확인할 수는 없겠네요.

하지만 저랑 오무로 씨, 그리고 리에가 대화 내용을 증언할 수 있어요."

아야카와 씨가 나와 아빠에게 눈짓했다.

나머지 세 명은 무슨 소리인지 의아해했다.

아빠가 설명했다. 아야카와 씨가 나와 아빠를 믿기로 했으며, 피해자들의 정보를 알아내기 위해 몰래 배낭에서 스마트폰을 꺼냈다고 이야기하자 세 사람은 어이없다는 표정을 지었다.

"그렇게 위험한 짓을 했어? 범인에게 걸렸으면 난리 났겠네."

사와무라 씨의 말에 아야카와 씨는 머쓱해했다.

"그러게요. 죄송합니다. 그래도 스마트폰을 들여다본 덕분에 야노구치 씨와 오사나이 씨가 섬에 오기 며칠 전에 채팅방에서 대화했다는 사실을 알아냈어요."

그들은 이런 대화를 주고받았다.

분량상 미리 행동에 나서는 건 포기할 수밖에 없겠어. 날씨도 마땅치 않아. 당일만 잘 넘기면 어떻게든 될 거야. 최악일 경우에도 도망만 치면 뒷일은 이쪽에서 어떻게든 할게. 맡겨줘.

어떻게든 하겠다니? 어떻게 할 건데?

장소는 확보해뒀어. 때가 되면 안내할게.

아야카와 씨는 대화 내용을 달력 종이 뒷면에 적은 후, 틀림없는지 나와 아빠에게 확인시켰다.

"어떤가요? 저로서는 폭탄에 관해 상의하는 내용으로밖에 안 보

이는데요. '분량상 미리 행동에 나서는 건 포기할 수밖에 없겠어'
의 '분량상'은 폭탄의 양을 가리키는 거겠죠."

사와무라 씨가 달력 종이를 집어서 찬찬히 읽었다.

"즉, 섬에 숨긴 폭탄을 사전에 회수할 수 없으니 앞으로 어떻게
할지 방책을 상의했다는 거야?"

"그렇겠죠."

섬에 함께 온 남자 세 명이 실은 폭탄 제조에 관여한 듯하다.

사와무라 씨, 구사카 씨, 노무라 씨는 이 이야기를 순순히 받아
들였다. 이미 그보다 훨씬 이상한 일을 체험했다. 이 사실이 이번
사건을 이해하기 위해 필요한 요소라는 걸 다들 직감했으리라.

"일단 어쩌다 이 섬에 폭탄이 그득그득 쌓이게 됐는지 생각해봐
야 할 텐데요. 사와무라 씨를 비롯한 세 분께도 이야기를 들어보는
편이 낫겠네요.

무슨 목적으로 폭탄을 제조해서 보관했는지는 모르겠어요. 후지
와라 씨 일당이 실은 테러리스트였다고 하면 제일 간단하겠지만,
그 해석이 맞는지 틀리는지 저희로서는 판단할 수 없겠죠.

뭐, 꼭 지금 알아야 할 필요는 없겠지만요. 나중에 경찰이 그들
의 집을 조사하면 밝혀질 거예요.

이 섬의 주인은 오무로 씨의 형님이지만, 5년쯤 전부터는 아무
도 방문한 적이 없었다는군요.

폭탄을 만들고 보관하기에 적절한 장소인 건 분명해요. 개인이

소유한 무인도라면, 근처 주민에게 신고당할 위험성도 없을 테니까요.

오무로 씨의 형님은 폭탄 제조와 보관에 관여했을까요? 혹시 사정을 아시는 분 계세요?"

사와무라 씨와 구사카 씨는 큰아빠 생전에 안면이 있었다고 했다.

"아니요……, 어떠십니까?"

"몰라. 이럴 줄은 상상조차 못 했어."

그들도 아빠처럼 섬이 폭약고가 됐다는 사실을 큰아빠가 알고 있었을지는 모르겠다고 대답했다.

"그렇군요. 뭐, 이것도 슈조 씨의 유품을 조사하면 뭔가 밝혀지겠죠.

아무튼 오사나이 씨, 야노구치 씨, 후지와라 씨는 슈조 씨와 가깝게 지냈어요. 폭탄 제조와 보관에 쓸 만한 곳을 찾아서 슈조 씨에게 접근했다고 볼 수도 있겠죠."

어쩌면 오사나이 씨와 후지와라 씨는 폭탄을 제조하기에 적절한 곳을 찾을 겸 부동산 회사에서 일했는지도 모른다.

"폭탄 제조범들은 슈조 씨가 살아 있는 동안은 섬에 아무도 오지 않을 것이라고 안심했겠죠.

그런데 약 3주 전에 불의의 사태가 발생했어요. 홋카이도에 갔던 슈조 씨가 교통사고로 돌아가신 거죠.

그로부터 얼마 지나지 않아 개발 회사 담당자가 섬에 폭탄이 있는 줄은 꿈에도 모르고서 리조트 사업 계획을 추진해요. 이야기가 척척 진행돼 유족인 오무로 씨와 함께 섬을 시찰하기로 결정됐죠."

"아아……, 그랬지."

사와무라 씨는 약간 겸연쩍어 보였다.

"폭탄 제조범들은 분명 방심했겠죠. 그래서 슈조 씨가 돌아가셨다는 사실을 늦게 알아차린 것 아닐까 싶어요. 오무로 씨, 장례식도 치르지 않으셨죠?"

"아아, 네. 생전에 형이 장례식은 필요 없다고 했거든요."

"그래서 폭탄 제조범들은 날짜가 코앞으로 다가올 때까지 섬 시찰 계획을 몰랐던 거예요.

그러다 섬 시찰 계획을 알고 세 사람은 당황했겠죠. 사람들이 섬에 가서 폭탄을 발견하면, 신고를 받은 경찰이 섬을 수색할 테니까요. 분명 범인과 관련된 뭔가가 드러나서 세 사람은 체포되겠죠.

원래는 시찰 여행 전에 폭탄과 그 외의 증거품을 모조리 회수하고 싶었겠지만, 양이 너무 많았어요. 보셨다시피 배를 준비한다고 당장 가져갈 수 있는 양이 아니잖아요.

더구나 날씨도 문제였어요. 저희가 섬에 오기 조금 전에 저기압의 영향으로 폭풍이 쳤잖아요. 시찰 여행 전에 섬에 오기가 더 어려워진 셈이죠."

"그래서 야노구치 씨와 오사나이 씨는 이런 연락을 주고받은 건가. 과연."

역시 그건 증거를 인멸할 방법에 관해 상의하는 내용이었다.

아야카와 씨의 설명이 이어졌다.

"자, 폭탄을 옮길 수 없다면, 폭탄 제조범들은 어떻게 해야 좋을까요? 그들은 시찰 여행에 동행하기로 했어요.

그 세 사람은 여행 며칠 전에야 같이 가게 해 달라고 요청했죠?"

"네. 어디 보자, 사흘쯤 전이었나요?"

아빠가 사와무라 씨를 보자, 그도 동의했다.

"차선책으로서 세 사람은 우리와 함께 섬에 와서 폭탄이 발견되는 걸 막으려 한 거예요.

이때 중요한 포인트가 열쇠예요.

작업장과 방갈로의 열쇠요.

오무로 씨, 형님은 분명 섬에 오실 때 별장 열쇠만 지참하는 습관이 있으셨죠? 다른 열쇠는 별장에 놓아두고요."

"아아, 맞습니다. 적어도 5년 전까지는."

어제 아빠 방에서 했던 이야기다. 그 사실을 아야카와 씨는 사람들 앞에서 한 번 더 확인했다.

"슈조 씨가 섬에 오시지 않게 된 후로도, 열쇠 보관 장소는 바뀌지 않았을 거예요.

따라서 폭탄 제조범들은 이렇게 생각했겠죠. 시찰 여행에 동행해서 사람들이 사용하기 전에 작업장과 방갈로 열쇠를 슬쩍하면된다고요.

문을 열지 못하면 거기 보관된 폭탄은 발각되지 않겠죠. 시찰단에게 중요한 건 섬의 현재 상태와 주요 건물인 별장일 테니까, 문이 열리지 않으면 그 외의 곳은 외관만 확인하고 내부는 다음번에 확인하자는 식으로 흘러갔을 거예요. 덧문이 닫혀 있어서 창문으로 안을 들여다볼 수도 없으니까요.

별장에 쓰지 않은 휘발유통과 식료품이 있고, 침실이 어질러져 있는 등 수상한 흔적은 남아 있었지만, 폭탄만 발견되지 않으면 경찰에 신고하는 사태까지는 벌어지지 않겠죠. 슈조 씨가 남에게 빌려줬나 보다고 판단하고 넘어갔을 거예요."

"그렇구나. 오사나이 씨랑 통화했을 때 섬에 갈 거면 꼭 데려가 달라고 아주 적극적으로 나왔거든. 반드시 열쇠를 회수해야 했던 거로군."

시찰 여행 담당자인 사와무라 씨는 일주일쯤 전, 폭탄 제조범들에게 연락을 받았다. 그들에게 이번 여행은 자신들의 앞날이 달린 중요한 일이었다.

"맞아요. 그리고 한 패인 야노구치 씨도 슈조 씨의 옛 친구로서 여행에 참가했는데요. 오사나이 씨와 후지와라 씨와는 깊은 관계가 아닌 척하기로 했겠죠. 뭐, 잘 모르는 사람끼리 너무 친하게 굴면 의심을 살 수도 있으니까요.

어쨌든 슈조 씨와 친분이 있었다는 명분으로, 세 사람은 여행에 참가했어요.

자, 이제 저희가 섬에 도착해서 별장에 들어온 후에 어떻게 했는지 기억을 더듬어 보세요.

일단 오무로 씨가 저희를 응접실로 안내하셨죠. 그리고 오무로 씨는 리에와 함께 발전기에 휘발유를 넣으러 세탁실로 가셨어요.

그때 후지와라 씨와 오사나이 씨가 덧문을 열겠다고 제안한 거 기억나세요?

저는 좀 이상하더라고요. 너무 나선다고 할까, 집주인도 아니면서 그렇게까지 하나 싶었죠. 하지만 부동산업자니까 고객을 안내할 때의 습관이 나왔겠거니, 하고 그 자리에서는 깊이 생각하지 않고 넘어갔어요."

"덧문을 연다는 핑계로 형의 방에서 작업장과 방갈로 열쇠를 슬쩍했다는 겁니까?"

"네. 뭐, 슈조 씨 방에 확실히 열쇠가 있었던 건 5년 전까지니까 사흘 전에 어디 있었는지는 모르지만, 아무튼 별장 어딘가에서 열쇠를 찾아냈겠죠.

열쇠가 없다는 이유로 작업장과 방갈로는 나중에 다시 살펴보기로 한다면, 폭탄 제조범들은 쾌재를 불렀겠죠.

하지만 일이 틀어졌어요."

"제가 형의 금고에서 예비 열쇠를 가져왔기 때문이군요."

"바로 그거예요."

아빠는 그것이 섬에 있는 건물들의 열쇠가 맞는지 아닌지도 모른 채, 만약을 위해 들고 왔다. 폭탄 제조범들은 물론, 다른 사람들 입장에서도 완전히 쓸데없는 짓을 한 셈이다.

"폭탄 제조범들은 오무로 씨가 가방에서 열쇠를 꺼내자 눈앞이 캄캄해졌겠죠. 작업장을 못 열게 제지할 방법은 없었어요.

결국 폭탄이 발견됐죠. 경찰이 작업장과 방갈로를 조사하면 그들이 관여한 증거도 발견될 테고요.

하지만 그들에게는 천만다행이게도, 저희는 바로 신고하지 않았어요."

"네……, 그랬죠."

아빠는 몹시 창피해했다.

혹시 큰아빠가 폭탄에 관련된 건 아닐까. 그런 걱정 때문에 경찰 신고를 뒤로 미뤘다.

"그러고 보니 우리가 신고할지 말지 고민할 때, 그 세 사람은 내키지 않는 눈치였어. 내일 신고해도 괜찮다고 하지 않았나?"

구사카 씨의 말대로다. 그들은 신고를 늦추는 방향으로 아빠를 유도하려 애썼다.

"그 결과, 폭탄 제조범들에게는 하룻밤의 시간이 생겼어요. 그게 이번 사건이 발생한 계기였던 셈이죠."

03

지금까지 아야카와 씨가 설명한 폭탄 제조범들의 사정에는 추측이 많이 포함돼 있다. 하지만 틀림없이 진실이라고 나는 믿었다. 그 외에는 그들의 행동을 설명할 방법이 없었다.

문제는 여기서부터다.

아야카와 씨는 목을 문지르며 목소리를 가다듬었다.

"저희는 폭탄이 가득한 섬에서 하룻밤을 보내게 됐어요. 밤사이에 폭탄 제조범들이 대체 뭘 어쩌려 했는지, 명확한 증거는 남아 있지 않습니다.

하지만 상상하기는 쉬워요. 물론 도망치려 했겠죠. 경찰이 출동하는 건 시간문제니까요.

야노구치 씨의 스마트폰에 남아 있던 대화에도 그럴싸한 내용이 담겨 있었잖아요. '도망만 치면 뒷일은 이쪽에서 어떻게든 할게'라고요."

"그럼 그건 지명수배됐을 때에 대비한 은신처 이야기인가."

"그렇겠죠. 오사나이 씨가 '장소는 확보해뒀어'라고 했으니까요. 만약 폭탄이 발견되는 걸 막지 못하면, 도망쳐서 어딘가에 몸을 숨길 계획이었을 거예요.

그런데 막상 아침이 되자 오사나이 씨는 절벽 아래에서 석궁에 맞은 시체로 발견됐고, 야노구치 씨와 후지와라 씨도 도망치지 않고 섬에 남았어요. 저희는 '십계'에 따를 것을 강요받았고요.

이틀 전 아침에는 무슨 상황인지 전혀 이해가 되지 않았지만, 그 후에 일어난 사건과 후지와라 씨가 폭탄 제조범이자 살인범이었다는 사실을 늘어놓고 보면 앞뒤가 맞는 해석을 이끌어 낼 수 있어요.

설명하자면, 오사나이 씨는 분명 사고로 죽은 거겠죠."

"네?"

무슨 소리를 하려는 걸까? 엉겁결에 말이 튀어나왔다.

아야카와 씨는 내가 더는 말을 꺼내지 않고 입을 꾹 다문 걸 확인한 후 설명을 이어나갔다.

"이 섬 주변은 죄다 절벽이라 몹시 위험해요. 리조트 영업을 하려면 울타리를 쳐야겠다는 이야기도 나왔었죠. 실은 저도 어제 절벽에서 떨어질 뻔했는데, 리에 덕분에 살았어요.

사흘 전 밤, 섬에서 빠져나가기로 한 세 사람은 저희가 곤히 잠들기를 기다렸다가 작업장에서 고무보트를 꺼내서 잔교로 향했겠죠.

그때는 섬 둘레 산책로를 이용해야 해요. 북쪽은 잡초가 무성해서 못 지나가니까요. 달빛뿐이라 어두웠겠죠. 최대한 눈에 띄지 않도록 스마트폰 손전등도 못 켰을 테고요.

그렇다면 오사나이 씨가 실수로 발을 헛디뎌 절벽 아래로 떨어질 가능성도 충분하겠죠?"

"……그렇군."

사와무라 씨가 중얼거렸다.

다들 아야카와 씨의 설명에 개연성이 있는지 조용히 따져보는 듯했다.

"그렇다면 그 후에 후지와라 씨와 야노구치 씨가 섬에 남은 것도 설명이 돼요.

세 사람은 수배를 피할 수 없을 것이라 판단하고 어딘가에 몸을 숨기려 했어요. 하지만 스마트폰에 남아 있던 대화로 보건대, 은신처는 오사나이 씨가 준비한 것 같더군요.

따라서 오사나이 씨가 죽자 후지와라 씨와 야노구치 씨는 막막해졌을 거예요. 도망쳐본들 어디로 가면 좋을지 모르니까요.

한편 후지와라 씨는 궁지에서 벗어날 방법을 떠올렸어요. 야노구치 씨를 희생양 삼아 자기 혼자 살아남는 방법이었죠."

아야카와 씨의 이야기가 어디로 흘러갈지 점차 보였다.

"후지와라 씨는 지시서로 우리를 위협해 섬에 가두자고 야노구치 씨에게 제안해요.

어쩌면 좋을지 모를 상황이니까 일단 시간을 벌자는 거죠. 야노구치 씨도 동의했을 거고요. 어쩌면 후지와라 씨의 제안이 아니라 둘이 상의해서 세운 계획일지도 모르겠네요.

두 사람은 절벽 위에서 오사나이 씨의 시체에 석궁을 쏘기로 했어요.

저희를 붙들어놓기 위해서는 살인 사건이 필요해요. 살인범이라면 정체가 들통났을 때 뭘 어쩔지 모른다고 걱정되는 만큼 협박이 통할 테니까요. 그래서 절벽에서 떨어져 죽은 오사나이 씨가 살해당한 것처럼 위장한 거예요.

덧붙여 아까부터 계속 오사나이 씨의 죽음을 사고사 취급하고 있는데요. 그게 가장 자연스러워서 그럴 뿐, 확실한 증거는 없어요. 다툼이 벌어져서 후지와라 씨나 야노구치 씨가 죽였을 가능성도 있겠죠. 그렇게 중대한 상황에서 과연 싸울까 싶기는 하지만요. 어쨌거나 틀림없이 살해된 모양새를 저희에게 보여주고 싶었던 거겠죠.

두 사람은 슈조 씨 방에서 몰래 꺼낸 석궁으로 시체를 쏩니다. 그 후 현관 포치에 '십계'를 남기고 아침에 누군가 그걸 발견하기를 기다린 거죠.

야노구치 씨는 그렇게 우리 행동을 제한해놓고, 어디로 달아날지 고민할 작정이었겠죠.

하지만 후지와라 씨 생각은 전혀 달랐어요. 야노구치 씨를 죽이고, 자신도 살해당한 것처럼 위장하는 계획을 세운 겁니다."

04

아야카와 씨의 이야기가 진행될수록 내 머릿속에서도 범행의 전모가 점차 명확해졌다.

야노구치 씨 살해 사건으로 이야기가 접어들었다.

"섬에 갇히고 이틀째 아침, 작업장 앞에서 야노구치 씨의 시체가 발견됐어요. 범인이 후지와라 씨라는 사실을 바탕으로 이 사건을 다시 살펴보죠.

아까 범인과 야노구치 씨가 늦은 밤에 작업장 앞에서 밀담하기로 약속했을 가능성이 크다고 했는데요. 범인이 후지와라 씨라면 당연한 일이겠죠. 앞으로 어떻게 도망칠지 누구에게도 들키지 않을 곳에서 상의하자며 불러냈을 거예요.

후지와라 씨는 야노구치 씨를 배신하고 살해했어요. 사건 전후에 땅에 남은 발자국에 대해서는 아까 말씀드린 대로고요.

그리고 발자국에 비하면 사소하지만, 이 사건에는 수수께끼가 하나 더 있었습니다.

저희가 시체를 포장했을 때 있었던 일이에요. 바다에 버릴 때 수고를 덜기 위해서라고 생각하면, 범인이 작업을 맡긴 것 자체는 이해가 돼요.

그런데 구사카 씨와 사와무라 씨가 작업하셨을 때, 묘한 일이 있었던 것 기억하세요?"

"아, 혹시……, 그건가? 내가 절대로 안 풀리도록 단단히 묶었더니 범인이 그럼 안 된다고 퇴짜를 놨잖아. 맞아?"

"네, 그 일이에요."

그런 일이 있었다. 방수 시트로 시체를 감싼 후 고무끈으로 묶을 때, 구사카 씨가 건축 현장에서 사용하는 특수한 방식으로 매듭을 짓자 '곳쿠리상'에서 범인이 퇴짜를 놓았다.

"바다에 버리기 위해서라면 풀리지 않도록 단단히 묶는 게 낫겠죠. 그런데 범인은 그 방식이 마음에 들지 않았어요.

그 이유를 알아보려면 일단 세 번째 사건으로 넘어갈 필요가 있습니다. 오늘 아침에 일어난 일이죠.

작업장 지하실에서 살해당한 후지와라 씨의 시체가 발견됐어요. 지시서에는 후지와라 씨가 폭탄의 무효화 또는 섬에서 탈출을 시도했기 때문에 죽었다고 적혀 있었고요.

시체는 해체하는 도중인 것 같았어요. 지하실에서 꺼내려면 토막 내야 하니까요. 또한 범인을 가리키는 증거가 남아 있으니까 시체에 접근하면 안 된다고도 지시서에 적혀 있었죠.

그렇지만 이 내용을 곧이곧대로 받아들여서는 안 된다는 걸 이제 잘 아실 거예요."

"그렇군. 그때 후지와라는 죽지 않았던 건가."

"네. 저희가 지하실을 들여다봤을 때 제일 먼저 눈에 들어온 건 절단된 다리였어요. 후지와라 씨는 지하실 안쪽에 누워 있었는데, 접이식 테이블에 가려서 상반신만 보였죠.

후지와라 씨가 철저히 계산해서 그렇게 배치했을 거예요. 자신이 살해당했고, 시체는 해체되고 있다는 인상을 심어주기 위해."

"그럼 접사다리 근처에 놓여 있던 다리는 물론……."

"맞아요. 그건 야노구치 씨의 다리입니다. 하루 전에 사망한 시체를 활용해 자신의 시체로 위장한 거죠.

그러면 아까 말씀드린 수수께끼도 해결돼요. 범인이 야노구치 씨의 시체를 방수 시트로 포장해서 작업장 곁에 놓아두라고 저희에게 지시한 건, 야노구치 씨가 확실히 죽었다는 사실을 인식시키는 한편으로 다음 날 아침에 야노구치 씨의 다리가 잘렸다는 사실을 모르도록 하기 위해서였어요.

구사카 씨의 고무끈 매듭에 범인이 불평한 이유도 명백해요. 범인은 밤사이에 방수 시트를 풀어서 시체의 다리를 자르고 빈 부분에 뭔가 채워 넣은 후, 작업장 곁에 다시 놓아둬야 합니다.

따라서 너무 복잡한 매듭을 싫어했던 거죠. 그러면 똑같이 따라서 묶기가 어려우니까요."

"과연 그렇군."

구사카 씨는 수긍했다는 듯 한숨을 내쉬었다.

"이건 저희가 늘 협박당하는 처지여서 가능했던 계획이에요. 아니면 후지와라 씨가 정말로 죽었는지 확인하거나, 방수 시트를 풀어봐서 단번에 발각됐겠죠.

덧붙여 저희 여섯 명 중 누군가가 시체를 처리했다는 결론이 나오도록 하는 것도 계획의 일부였어요. 폭탄으로 만들어낸 비정상적인 상황을 후지와라 씨가 최대한 활용한 셈이죠.

별장에 틀어박혀 문을 여닫거나 샤워를 하는 등, 저희가 지켜야 할 행동이 지시서에 적혀 있었잖아요. 누가 시체를 처리했는지 모르도록 하기 위한 행동이라고 추정됐고요.

저희에게 주어진 선택지는 지시에 따르는 것뿐이었어요. 지정된 시간에 방에 틀어박혀 명령받은 대로 행동했죠.

오전 9시 반이 되자 후지와라 씨는 죽은 척을 그만두고 지하실을 빠져나와 별장으로 돌아왔습니다. 그리고 저희 방 앞에 조개껍데기를 쌓고, 놀리듯이 문을 두드렸죠. 스마트폰 녹음기도 일단은 정말로 켜놨을지도 모르겠네요.

그리고 시체를 처리합니다. 자기는 살아 있으니까 야노구치 씨 것만요.

아, 중요한 사항이 하나 더 있었네요. 야노구치 씨는 손목시계니 뭐니 비싼 물건을 지니고 있었잖아요? 이게 후지와라 씨가 살인을 결심한 큰 이유일 거예요. 후지와라 씨는 사망한 것처럼 위장한 후 어딘가로 달아날 작정이었으니까 자금이 필요하죠. 야노구치 씨의 졸부 취향 덕분에 당장 급한 도주 자금이 손에 들어온 거예요.

귀중품을 챙긴 후, 보트를 타고 바다에 나가 시체와 증거품을 버리고 돌아옵니다.

절벽 아래에 있는 오사나이 씨의 시체에 휘발유를 끼얹고 불태우는 작업도 빼먹으면 안 되겠죠. 절차를 따져보면 시체를 버리러 가기 전에 불을 붙이고, 바다에 나갔다 돌아온 후 제대로 불탔는지 확인하는 것이 효율적이겠네요.

오사나이 씨의 시체를 불태운 건 훗날 경찰이 수사하러 왔을 때, 사인이 확실히 밝혀지지 않도록 하기 위해서예요. 실제로는 사고로 죽었더라도, 석궁에 맞아 살해당했다고 추정돼야 하니까요.

작업이 전부 끝나면 별장 초인종을 연속으로 눌러서 저희 여섯 명에게 샤워를 시킵니다.

이로써 저희 여섯 명 중에 살인 사건 세 건의 범인이 있다는 상황이 완성됐어요. 이제 보트를 타고 몰래 섬을 떠나기만 하면 되죠. 작업장에는 고무보트가 여러 척 있었잖아요?"

"아아, 네, 그렇죠."

아빠가 대답했다.

"5년이나 사용하지 않았으니 정확하게 몇 척이었는지는 확실치 않습니다. 한 척 없어진대도 의심받을 걱정은 없어요. 폭탄 때문에 저희는 작업장에 보관된 비품을 제대로 확인하지 않았으니까요."

큰아빠는 바람을 뺀 고무보트를 세 척쯤 작업장에 보관해뒀다. 하지만 어디까지나 옛날에 그랬다는 이야기다. 실제로는 두 척일 수도 있고, 네 척일 수도 있다.

"후지와라 씨는 살해당한 것으로 판단돼 폭탄 제조범으로 쫓기지 않을 테고, 세 사람을 살해한 범인도 저희 중 한 명이라고 추정되겠죠. 범행 완료예요.

어떤가요? 만약 제 설명에 수긍하신다면 앞으로 어떻게 할지 상의하고 싶은데요."

05

아야카와 씨는 해야 할 말을 다 했다.

이로써 범행 의도는 거의 명확해졌다. 범인에게 직접 물어보지 않으면 모를 일도 남아 있기는 했지만.

나도, 다른 사람들도 아야카와 씨의 추론에 이의를 제기할 엄두를 내지 못했다.

해봤자 아무 의미도 없다. 어쨌거나 아직 완전히 목숨을 건진 건 아니니까.

"앞으로 어떻게 하느냐니, 구조를 요청할 것이냐 말 것이냐 그런 뜻이지?"

사와무라 씨의 질문에 담긴 의미를 다들 이해했다.

"네. 방금 제가 설명한 일이 일어났다 치면, 기폭 장치를 작동시키는 스마트폰은 지금도 후지와라 씨가 가지고 있는 셈이에요.

후지와라 씨는 자신이 죽은 걸로 위장해 저희 중 누군가를 범인으로 만들 작정이었으니, 섬 폭파는 계획에 없었을 거예요. 하지만 나중에 변덕을 부려서 기폭 장치를 작동시킬 가능성이 전혀 없지는 않겠죠.

증거를 남기지는 않았을까 불안해져서 보험 삼아 섬을 폭파하기로 마음먹을 수도 있잖아요? 실제로 섬에서 제가 사건의 진상을 알아차렸고요.

그렇다면 한시라도 빨리 배를 불러서 섬을 떠나는 게 상책이겠죠. 하지만 그러기 위해서는 지금 범인이 어디 있느냐가 중요한 문제입니다.

후지와라 씨가 어느 시점에 섬을 떠났는지는 몰라요. 오후 1시에 초인종을 울린 후, 저희가 순서대로 샤워할 때일 수도 있겠죠. 노를 저어서 소리가 섬에 닿지 않을 만큼 멀어지면 선외기를 켜서 본토로 향하는 거예요.

하지만 후지와라 씨 처지에서 생각해보면, 컴컴해지고 나서 섬을 떠나고 싶을 가능성도 있어요.

그렇다면 저희가 푹 잠들기를 기다릴지도 모르죠. 밤이 깊어진 후 몰래 섬을 떠나려고요."

"그렇다면 후지와라 씨가 아직 이 섬에 있다는 뜻인가요? 작업장 같은 데 숨어서……."

노무라 씨는 찜찜하다는 듯 작업장 쪽으로 고개를 돌렸다.

"네, 그럴 가능성도 있겠죠."

"아니, 그렇다면 밤에도 덧문을 꼭 닫고 밖에 나가지 말라고 지시서에 쓰지 않을까? 보트를 타고 나가는 모습을 들킬 위험성이 있으니까 말이야. 그러지 않았으니, 이미 섬을 떠났을 가능성이 크지 않겠어?"

구사카 씨의 지적에 아야카와 씨는 고개를 끄덕였다.

"제 생각도 그래요. 하지만 확실한 증거는 없죠. 저희가 샤워할 때 섬을 떠날 작정이었지만 마음이 변했을 수도 있잖아요? 그래서 어떻게 해야 할지 저 혼자서는 판단을 내릴 수가 없었어요.

모두의 목숨이 걸린 문제이니, 모두 함께 결정해야겠죠. 범인이 이미 섬을 떠났다고 판단해 당장 배를 부를 것인가, 아니면 아직 섬에 남아 있을 가능성을 고려해 날이 새기를 기다릴 것인가."

"우리가 어느 쪽을 선택하든 죽을 가능성이 아직 남아 있는 건가. 그렇군."

구사카 씨는 작업복 호주머니에 양손을 쑤셔 넣고 버선신 뒷굽으로 바닥을 쿵 굴렀다. 건축 현장에서 일을 시작하기에 앞서 기합을 넣는 듯한 동작이었다.

우리는 비장한 얼굴로 서로 마주 보았다.

아야카와 씨가 논리를 세워 사건을 명확하게 설명하자, 다들 놀랄 만큼 냉정해졌다.

오후 9시 반.

날이 새기까지 여덟 시간 남짓 남았다.

× × ×

아야카와 씨가 들이민 선택지를 두고 다들 고민에 빠졌다.

나는 논의에 끼지 않았다. 결국 아침까지 섬에 머무르기로 결정됐다.

만약 정말로 섬에 후지와라 씨가 숨어 있다면, 배가 도착한 순간 폭탄을 터뜨릴 수도 있다. 따라서 피해자가 늘어날 수도 있는 선택은 할 수 없다. 사람들은 그렇게 결단을 내렸다.

우리 여섯 명은 불을 *끄고*, 식당에서 날이 새기를 조용히 기다렸다.

"만약 후지와라가 섬에 남아 있다면, 잠든 척하고 떠나기를 기다려야겠지? 하지만 폭탄이 터질 가능성도 있는 거잖아. 마지막일지도 모르는데 따로따로 지낼 필요는 없겠지. 다 함께 있자."

구사카 씨의 제안에 아무도 반대하지 않았다.

침침한 간접조명만 켜놓았다. 아빠는 나와 어깨가 닿을 만큼 가까이에 앉아서 옴짝달싹도 하지 않았다. 평소 같으면 말없이 자리를 떴겠지만, 지금만큼은 거부할 마음이 들지 않았다.

하늘이 밝아지기까지 기다렸다가, 응접실의 스마트폰을 꺼내서 배를 부르기로 했다. 캐비닛은 무겁고 옮길 때 소리가 나는데, 만에 하나 창밖으로 다가온 후지와라 씨가 그 소리를 들으면 의심할 것이라는 이유에서였다.

오렌지색 수평선이 흰색으로 바뀔 정도까지 해가 떠올랐을 무렵, 배가 왔다.

섬에 올 때 탔었던 낚싯배다. 선장은 이른 아침에 지금 당장 와 달라는 사와무라 씨의 연락을 받고 의아해하면서도 서둘러 배를 몰고 왔다.

선장은 섬에 왔을 때보다 수가 줄어든 손님을 보고 고개를 갸우뚱했지만, 우리는 개의치 않고 배에 올라탔다.

"죄송합니다만, 최대한 빨리 섬에서 멀어져 주시면 안 될까요? 이유는 나중에 설명하겠습니다."

"응? 아아, 그야 뭐, 꾸물거릴 것 없죠."

사와무라 씨가 재촉해도 선장은 느긋한 태도였지만, 시간을 더 끌지는 않았다. 배는 바로 잔교를 떠났다.

아직 안심할 수는 없다. 폭탄의 위력이 얼마 정도인지는 모른다.

선실로 들어가자 노무라 씨는 부랴부랴 여동생에게 전화를 걸었다.

"여보세요? 아침 일찍 미안해. 최대한 빨리 사정을 설명해야 할 것 같아서.

일 때문에 섬에 간다고 했잖아? 믿기지 않을지도 모르지만, 나랑 구사카 씨, 그리고 함께 섬에 왔던 사람들 모두 폭탄으로 살해당할 뻔했어."

노무라 씨가 막 잠에서 깨어난 사람이 이해하기는 어려울 법한 이야기를 하고 있자니, 배가 속력을 높였다.

통화하는 노무라 씨 말고는 다들 묵묵히 딱딱한 의자에 웅크려 앉아, 배가 섬에서 충분히 멀어지기까지 아무 일도 일어나지 않기만을 바랐다.

배는 순조롭게 나아갔다.

이제 괜찮을까?

여기까지 왔으니 폭발의 영향이 미칠 걱정은 하지 않아도 될까?

그렇게 생각했을 때였다.

"리에, 잠깐 갑판에 안 나갈래?"

범인이 내게 말을 걸었다.

"네, 알겠어요."

우리는 선실 문을 열고 선미 쪽으로 향했다.

갑판으로 나가자 희미하게 남아 있던 아침놀은 완전히 사라졌고, 바다가 눈부시게 반짝였다.

오늘도 날씨가 좋지만, 바람은 아직 싸늘했다. 배 뒤로 꼬리처럼 이어지는 하얀 물살 저편으로 시선을 돌리자, 예상했던 것보다 멀리 왔는지 섬이 조그마해 보였다.

꽉 옥죄였던 마음이 풀리는 기분이었다.

범인은 난간에 몸을 기댔다.

"리에, 고생 많았어. 힘들었지?"

"……아야카와 씨 정도는 아니겠지만요."

"응, 뭐, 그렇지."

범인이 웃었다.

"리에에게는 이것저것 설명해줘야 할 것 같아서. 분명 대강은 알겠지만. 그리고 내가 어떻게 하면 됐을까, 리에에게도 물어보고 싶어."

어떻게 하면 됐을까. 범인은 그렇게 말했다.

그건 내가 물어보고 싶다.

나는 어떻게 하면 됐을까.

사흘 전 아침, 살인 사건이 드러났을 때 섬에 있는 사람들에게 계율이 내려졌다.

이런 내용의 계율이었다. 절대로 살인범이 누구인지 알아내서는 안 된다. 알아내면 섬은 폭파된다.

그렇다면 절벽 아래 오사나이 씨의 시체를 본 순간, 범인을 알아차린 나는 대체 어떻게 하면 됐을까?

아야카와 씨가 섬을 등지고 내게로 고개를 돌렸다.

"리에, 그날 밤에 한숨도 못 잤지?"

"네."

섬에 도착한 날 밤, 나는 아야카와 씨와 같은 침실을 썼다. 침대에 눕기는 했지만 잠이 오지 않아서 창밖을 바라보았다.

그래서 깊은 밤에 아야카와 씨가 몰래 침실을 빠져나가는 것도 알아차렸고, 그 후에 아야카와 씨가 석궁을 들고 작업장 쪽으로 걸어가는 모습도 창문으로 똑똑히 봤다.

그때는 설마 아야카와 씨가 오사나이 씨를 살해할 줄 꿈에도 몰랐다.

아야카와 씨는 날이 희붐해지고 내가 잠깐 선잠에 빠졌을 때 돌아왔다. 어젯밤에 밖에서 뭘 했느냐고 무심코 물어볼 뻔했다.

하지만 이야기할 시간은 없었다. 바로 구사카 씨가 불러내서 절벽 아래의 시체를 확인했고, '십계'의 내용을 들었다.

나는 아야카와 씨와 같은 방에서 지냈으므로, 아야카와 씨가 오사나이 씨를 죽였다는 사실을 알고 있었다. 야노구치 씨와 후지와라 씨도 물론 아야카와 씨가 죽였다. 일련의 사건이 동일범의 소행이라는 것은 아야카와 씨 스스로 증명했다.

나는 사흘 전부터 범인의 정체를 알고 있었다. 하지만 그 사실을 누구에게도 들켜서는 안 됐다.

"설마 그날 밤 사람을 죽여야 할 줄은 몰랐어. 정말 난감했다니까. 리에가 잠들었는지 긴가민가했거든. 만약 잠들어서 내가 나간 줄 몰랐다면 다행이지만, 깨어 있어서 내가 뭘 했는지 안다면 어떻게든 조치해야 하잖아.

그래서 응접실에서 너희 아버지까지 셋이서 이야기를 나눴을 때, 리에가 내게 알리바이가 있다고 주장하는 걸 보고 안심했지. 일단 감싸줄 마음이 있구나 싶어서."

"그야……, 그럴 수밖에 없잖아요. 범인을 밝혀내면 폭탄으로 모두 죽이겠다고 했으니까……."

나도 모르게 눈물이 뚝 떨어졌다. 아야카와 씨는 나를 끌어안고 무섭도록 다정한 손길로 내 어깨를 쓰다듬었다.

내가 깨어 있던 것 아닐까?

범인의 정체를 알아차린 것 아닐까?

아야카와 씨가 그렇게 의심하는 건 알고 있었다.

그래서 아빠를 상대로 아야카와 씨의 알리바이를 위증한 것이다. 범인의 정체를 폭로할 마음이 없다는 걸, 당장이라도 아야카와 씨에게 알려주어야 했다.

"나도 몹시 망설였어. 사정을 어디까지 이야기해도 될지 모르겠더라고. 내가 범인인 걸 백 퍼센트 알고서 감싸주는 건지 확신이 없었거든.

게다가 사정을 이야기한들, 오사나이 씨를 죽인 것도 모자라 '앞으로 두 명 더 죽일 예정인데, 리에는 얌전히 보고 있어'라는 식으로 말할 수는 없잖아. 리에가 정신줄을 놓고 예상치 못한 행동에 나서기라도 하면 곤란하니까.

그래서 일단 아무 말도 하지 않고 상황을 보는 수밖에 없었어. 많이 무서웠겠네."

그렇다. 아야카와 씨는 내가 비밀을 지키는지 계속 살펴보았다. 내가 알고 있는 사실을 남에게 말하는지, 입을 꾹 다무는지…….

"이제는 사정을 알려주실 건가요?"

"대강은 알잖아? 내가 왜 그 세 사람을 죽여야 했는지."

"그들이 폭탄을 만들었으니까……."

"응. 아, 하지만 그뿐만은 아니야. 역시 제대로 알려주는 편이 낫겠네.

폭탄 제조범 세 명이 밤사이에 보트를 타고 도망치려 했다고 그랬었지? 그건 사실이지만, 그냥 도망만 치려고 했던 건 아니었어.

리에와 같은 방을 썼던 날, 오무로 씨가 웃옷을 응접실에 놔뒀었잖아? 침대에 누워 있는데, 오무로 씨 웃옷에 작업장 열쇠가 들어 있다는 게 갑자기 생각나지 뭐야. 아무 데나 내팽개쳐둔 게 좀 불안해서 일단 내가 보관하는 게 낫겠다 싶었지.

응접실에 가려고 1층으로 내려가서 현관 근처를 지나가는데, 야노구치 씨의 신발이 없더라고.

이상하지? 오밤중에 밖에 나갔다는 뜻이니까. 남들 몰래 무슨 짓을 한다면, 그 폭탄과 관계있을지도 모르겠다 싶었어.

그래서 바로 작업장을 살펴보러 갔어. 만약을 위해 석궁을 들고.

그랬더니 그 세 명이 있었어. 보트를 꺼내서 달아날 준비에 한창이었지. 이야기를 엿들었더니 폭탄의 기폭 장치를 세팅할 작정이더라고."

"어."

갑자기 등골이 오싹하고 온몸이 벌벌 떨렸다.

"그럼 그 세 사람은 저희를⋯⋯?"

"응. 보트로 안전한 곳까지 나가서 우리와 증거를 통째로 없애버리려고 한 거지."

우리는 섬과 함께 폭파돼서 죽을 뻔했던 건가.

"잡초 뒤에 숨어서 보고 있었는데, 어쩌면 좋을지 모르겠더라. 뛰쳐나가서 저지하려 해도 상대는 세 명이고, 별장으로 돌아가서 도움을 요청할 시간이 있는지도 불확실했어.

게다가 상대는 폭탄을 가지고 있으니까, 그걸 사용해서 위협하면 이쪽으로서는 아무것도 할 수가 없잖아.

다행히 들키지 않았으니 기습해서 기폭 장치를 빼앗는 게 최선일 것 같았지. 그때 후지와라 씨와 야노구치 씨가 고무보트를 잔교로 옮기더군. 기폭 장치는 오사나이 씨 혼자 세팅하기로 한 모양이었어.

오사나이 씨에게서 기폭 장치와 열쇠를 빼앗을 기회가 생긴 거야."

아야카와 씨는 내 어깨에 손을 얹은 채, 어린아이에게 그림책을 읽어주는 듯한 투로 말을 이었다.

"오사나이 씨가 기폭 장치를 세팅한 후 작업장 문을 잠그고 가길래, 소리가 나지 않도록 조심스레 따라갔지. 절벽 근처에 다다랐을 때 여기라면 죽이기에 딱 좋겠다 싶었어.

석궁은 처음 쏴보는데 절대로 빗나가면 안 되니까 엄청 긴장되더라. 들키지 않도록 최대한 다가갔지. 한 방에 맞혀서 다행이야."

아야카와 씨는 오사나이 씨를 죽였다.

"서둘러 시체에서 기폭 장치를 작동시키는 스마트폰과 작업장 열쇠를 챙겼지만, 그 후에 어떻게 해야 좋을지 막막하더라고.

이래저래 고민해봤는데, 오사나이 씨가 죽은 걸 야노구치 씨와

후지와라 씨가 알아차리면 골치 아플 테니 시체는 일단 절벽 아래
로 떨어뜨렸어."

"만약 아야카와 씨가 오사나이 씨를 죽이지 않았다면, 폭탄 제조
범 말고 다른 사람들은 죽었을 거라는 뜻인가요?"

"응. 어쩌면."

"저희를 구해주신 거군요."

"글쎄? 솔직히 난 언제든 나 자신을 구할 생각밖에 안 하거든.
하지만 리에가 죽지 않아서 다행이긴 해."

이 말은 나를 죽이지 않아도 돼서 다행이라는 뜻이기도 했다.

"그런데 리에, 정당방위라고 있잖아? 법을 잘 알지는 못하지만,
먼저 공격당하고 나서 반격한 게 아니면 정당방위가 인정되지 않
는대.

내 경우는 어떨까? 오사나이 씨를 그대로 놔뒀다면 폭탄이 터져
서 우리 모두 죽었을 가능성이 크지만, 그건 아직 일어나지 않은
일이잖아. 상황을 직접 보지 않은 사람은 세 명을 설득할 수 없었
느냐고 생각할지도 몰라. 더구나 그 세 명에게 우리를 죽일 마음
이 있었는지 증명하기도 쉽지는 않을 테고. 역시 난 살인범 확정이
겠네."

정당방위는 분명 성립되지 않으리라.

그래서 아야카와 씨는 성가신 작업을 진행하기로 결심한 것이다.

시찰단을 섬에 가둔 후, 폭탄 제조범을 모조리 죽이고 그 죄를

후지와라 씨에게 덮어씌운다. 그렇듯 외줄 타기 같은 살인을 저지르는 것 말고 다른 선택지는 없었다.

"야노구치 씨와 후지와라 씨는 잔교에서 고무보트에 공기를 채우고 도망칠 준비를 하고 있었어. 하지만 오사나이 씨가 올 낌새가 없자 찾으러 나섰지.

난 그사이에 고무보트를 잔교 근처 방갈로에 숨기고 문을 잠갔어.

두 사람은 몹시 당황했을 거야. 갑자기 오사나이 씨가 자취를 감췄을 뿐만 아니라 보트까지 없어졌으니까. 대체 뭐가 어떻게 된 건지 몰라서 얼떨떨했겠지. 난 오사나이 씨와 보트를 찾아 섬을 돌아다니는 두 사람에게 들키지 않도록 조심하면서 이런저런 준비에 나섰어."

제일 먼저 아야카와 씨는 응접실에 방치돼 있던 예비 열쇠를 챙겼다.

그리고 달력과 필기구를 큰아빠 방에서 챙겨서 '십계'를 적었다.

"잔교 반대편의 별장에 가까운 방갈로에 숨어서 적었지. 다른 곳은 두 사람에게 들킬 것 같았거든. 그 두 사람도 몹시 다급했겠지만, 별장 근처에서 소란을 떨 수는 없잖아. 폭탄을 만들었다는 사실이 들통날 것 같아서 달아나려던 참이었으니까."

동틀 녘이 되자 야노구치 씨와 후지와라 씨는 무슨 일이 일어났는지 전혀 모르는 채 별장으로 돌아갔다고 한다. 어두워서 절벽 아래에 오사나이 씨의 시체가 있다는 건 눈치채지 못한 듯했다.

"난 날이 새고 나서 현관 포치의 기둥에 달력 종이를 핀으로 고정한 후, 얼른 방으로 돌아갔어. 내가 없었다는 사실을 리에가 알아차리면 어쩌나 걱정됐거든. 리에, 자는 척 잘하던데. 실은 내내 깨어 있었지? 내가 나갈 때도."

"네."

"사람을 죽일 줄 알았다면 다른 방을 썼을 텐데. 하지만 전부 갑작스럽게 벌어진 일이니 어쩔 수 없지. 그렇지만 리에와 같은 방이었던 덕분에, 나머지 두 사람은 죽이기가 좀 편했어."

"……그건 무슨 말씀이시죠?"

아야카와 씨의 말에 마음이 또 뒤숭숭해졌다.

"우리 함께 산책하고는 했잖아. 다들 나와 리에에게는 알리바이가 있다고 생각했겠지. 그래서 붙어 다니는 거라고.

야노구치 씨와 후지와라 씨도 범인이 누구인 줄은 몰랐겠지만, 나와 리에만큼은 아닐 거라고 믿었을 거야. 그래서 함께 상의해서 범인을 밝혀내자는 둥, 지하에서 작업장으로 들어가는 걸 도와달라는 둥 핑계를 대서 밤중에 두 사람을 불러낼 수 있었어.

아니면 죽일 기회를 찾기가 힘들었을 거야."

아야카와 씨는 일단 야노구치 씨부터 죽였다.

그리고 주어진 상황을 헛되지 않게 써먹었다. 야노구치 씨와 후지와라 씨의 신발이 비슷하게 생겼다는 점을 이용하면 피해자의 발자국을 지우는 것만으로도, 후지와라 씨가 범인이라는 논리를 날조할 수 있다.

아야카와 씨는 사람을 죽이는 한편으로 사건을 해결할 방법도 마련했던 셈이다. 두 번째와 세 번째 사건을 진행하면서, 절벽 아래에 엎드린 자세로 떨어진 오사나이 씨가 사고로 죽었다고 해석할 시나리오를 만들었다.

"리에의 바람막이를 빌려서 야노구치 씨의 스마트폰을 꺼낸 것도, 세 사람이 폭탄 제조범임을 증명할 증거를 얻고 싶었기 때문이야. 그게 없으면 후지와라 씨가 범인이라는 걸 사람들이 받아들이지 않을지도 모르니까. 그래서 스마트폰에 그런 대화가 남아 있지 않을까 기대했어.

그리고 후지와라 씨가 모든 일의 흑막이었다는 방향으로 몰고 갈 필요도 있었거든. 은신처를 확보했다는 듯한 오사나이 씨의 메시지가 발견된 덕분에, 거기 갈 수 없게 된 후지와라 씨가 야노구치 씨의 소지품을 빼앗고 본인은 죽은 것처럼 위장했다는 스토리가 완성된 거지.

그런 정보를 얻지 못했다면 후지와라 씨가 두 사람을 배신하고 내뺀 듯하다는 가설로 밀어붙이려고 했지만, 웬만하면 동기까지 제대로 설명하는 편이 낫잖아.

덧붙여 세 사람이 폭탄 제조범이라는 사실을 빨리 리에에게 알려주고 싶었어. 그래야 조금은 안심하지 않을까 해서."

그렇다.

살해당한 사람이 범죄자라는 걸 알고 마음이 약간은 진정됐다.

아야카와 씨는 살인 계획을 진행하면서 내 됨됨이를 꿰뚫어 보려고 했다. 오무로 리에는 섬에 있는 동안, 그리고 섬을 떠난 후로도 비밀을 지킬까? 그걸 알아내려고 했다.

만약 내가 비밀을 누설할 것 같으면 나를 죽이는 수밖에 없다. 아야카와 씨에게는 비장의 수단이 있었다. 정 안 될 것 같으면 보트를 타고 혼자 몰래 섬을 떠나서 기폭 장치를 작동시키면 된다.

"그리고 어제는 정말 피곤했어. 날이 밝기 전에 후지와라 씨를 죽이고 다리를 잘라야 했고, 나중에 바다에 버릴 때도 체력이 소모되잖아. 시체며 휘발유며 보트며, 무거운 것만 옮겨야 했으니까.

게다가 별장에서 복도를 돌아다닐 때, 누가 문을 열지는 않을까 몹시 긴장됐어.

하지만 다들 지시에 잘 따라주어서 다행이었지."

눈물이 그칠 줄 모르고 뚝뚝 흘러내렸다.

아야카와 씨는 참을성 있게 나를 위로해주었다.

"실은 시체를 바다에 버리고 나면, 리에에게 사정을 전부 털어놓고 비밀로 해달라고 부탁할 생각이었어.

하지만 어제는 결국 그럴 시간이 없었지. 스마트폰에 녹음된 소리도 확인해야 했고, 식사를 마치고 이야기할까 했더니 노무라 씨가 난리를 떨었잖아.

뭐, 따로 부탁하지 않아도 괜찮을 것 같기는 했어. 리에는 분명 비밀을 지킬 테니까. 그렇지?"

아야카와 씨는 단정하듯이 말했다.

아야카와 씨의 말은 틀리지 않았다.

난 이 사건의 진상을 평생, 그 누구에게도 말하지 않을 것이다.

계율은 원래 인생을 걸고 지켜야 하는 규범이잖아. 그저께 낮에 아야카와 씨는 그렇게 말했다.

이것이 내게 주어진 계율이었다.

앞으로 대학 입시를 치르고, 학교에 다니고, 프리랜서로 생계를 꾸리고, 그게 안 되면 취직하고, 누군가와 사귀고, 헤어지고, 결혼하고, 어쩌면 아이를 낳고……, 무슨 일이 있든 어디까지 가든, 나는 이 비밀과 함께한다. 상상만 해도 정신이 아득해지는 것 같았다.

그래도 나는 어릴 적에 큰아빠가 몰래 술을 줬던 추억과 함께 이 비밀을 지켜나가리라.

큰아빠가 좋았던 것과 마찬가지로, 나는 아야카와 씨가 좋았다.

울음을 참으며 고개를 끄덕이자, 아야카와 씨는 빙긋 웃었다.

아야카와 씨가 호주머니에서 스마트폰을 꺼냈다.

본인 것이 아니었다. 기폭 장치용 스마트폰이었다.

아야카와 씨가 천천히 말을 꺼냈다.

"리에, 만약 내가 섬을 폭파하면 화낼 거야? 아마 괜찮겠지만 확실히 해두고 싶어서. 혹시나 지하실에 내 머리카락이 떨어져 있을지도 모르잖아."

대답을 예상한 질문이었다.

싫다고는 할 수 없었다. 내 속마음은 이미 공범자에 가까웠다. 어쩌면 큰아빠가 폭탄 제조와 보관에 관여했을 수 있다는 말도 나왔다. 아야카와 씨와 마찬가지로 나도 사건의 모든 흔적이 사라져 버리길 바랐다.

나흘 전, 황폐해진 데다 범죄자의 근거지로 변한 섬에 도착했을 때 나는 환멸감을 느꼈다. 이럴 바에야 차라리 추억 속에 있는 섬으로 충분하다는 희망이 예상치 못한 방법으로 실현된다.

"……괜찮아요."

"그렇구나. 고마워."

아야카와 씨는 스마트록 관리 앱을 열고 망설임 없이 자물쇠 풀림 버튼을 눌렀다.

너무나도 당연해 보이는 손놀림이라, 한순간 늦게야 그게 무슨 의미인지 이해했다.

허둥지둥 선미 쪽을 돌아본 바로 그때.

이미 아주 작아진 섬에서 잇따른 폭발음과 함께 섬보다 훨씬 큰 검은색 연기가 뭉게뭉게 피어올랐다.

바다가 갈라졌다.

모세의 일화를 떠올리지 않을 수 없었다. 폭발로 발생한 물결이 여기까지 전해져서 배가 크게 흔들렸다.

배가 흔들리는 걸 틈타 아야카와 씨가 스마트폰을 바다에 내던지는 모습이 눈에 들어왔다.

이제 진범을 밝혀낼 물증은 완전히 사라졌다.

발소리가 들렸다.

폭발음에 놀란 사람들이 선실에서 갑판으로 뛰쳐나왔다.

"우왓! 후지와라 이 자식, 정말로 터뜨렸잖아!"

구사카 씨가 소리쳤다.

아직도 통화 중이던 노무라 씨는 여동생에게 넋 나간 목소리로 중얼거렸다.

"방금 그 소리 들었어? 섬이 정말로 폭발했어……."

맥이 탁 풀린 듯한 노무라 씨의 그 말과 함께 사람들은 기묘한 웃음에 휩싸였다.

"살았다! 간신히 살았네! 위험했어!"

사와무라 씨는 바다에다 소리를 꽥꽥 지르고는 다시 웃었다. 다들 무사히 살아남아서 기쁘기 그지없다는 표정이었다.

아빠가 아야카와 씨와 얼굴이 눈물로 범벅된 나를 쳐다보았다.

"아, 또 저희 딸아이를 돌봐주셨나 보군요. 죄송합니다."

아야카와 씨는 얼굴에 미소를 만들어 붙였다.

"아니요, 무슨 말씀을요. 리에, 범인이 누군지 몰라서 정말 무서웠는데 마침내 섬을 떠나자 참았던 눈물이 난 모양이에요."

거짓말! 순 거짓말이다!

나는 속으로 그렇게 외쳤다.

"하지만 이제 안심한 것 같으니 걱정하지 마세요. 저도 사흘 동 안 리에가 곁에 있어서 정말 다행이었어요. 리에가 없었다면 불안 해서 도저히 못 견뎠을 거예요."

이건 너무나 뻔뻔한 거짓말일까, 아니면 진심일까.

도무지 알 수가 없었다.

"아참, 이거 돌려줄게. 잘 입었어."

아야카와 씨가 입고 있던 바람막이를 벗어서 내 어깨에 걸쳐주 었다. 속마음을 꿰뚫어 본 것 같아서 어쩐지 무서웠다.

아무것도 모르는 아빠는 그 광경을 보고 자기 나름대로 위로의 말을 건넸다.

"리에, 괜찮니? 경찰에 설명은 해야겠지만, 집에 돌아가면 일상 을 되찾을 수 있을 거야."

"응, 알아. 걱정하지 마. 예대 입시도 잘 준비할게."

그렇게 대답하자 아야카와 씨는 내 어깨를 만족스럽다는 듯이 쓰다듬었다.

◆◆◆

배가 항구에 도착하기까지 아야카와 씨의 신상에 관한 이야기를 들었다.

서류상으로는 결혼한 몸이라고 해서 의외였다. 아야카와는 결혼하기 전의 성씨로, 이번에 취직한 관광 개발 회사에서는 그 성씨를 사용하기로 했다고 한다.

남편은 행방불명됐다.

참담하고 불행한 이야기였지만, 아야카와 씨는 전혀 괘념치 않는 듯했다.

"말했던가? 난 멋대로 남을 좋아하고, 남에게 기대하다가 실망할 때가 많아. 하지만 이번에는 리에를 만나서 정말로 좋았어."

과거에 좋아하고 기대하다가 실망한 사람이 누구인지, 그 사람이 어떻게 됐는지 아야카와 씨는 말해주지 않았다.

진술 조사니 뭐니 성가신 일이 마무리되자 겨우 기차를 타고 도쿄로 돌아왔다.

도중에 내가 아야카와 씨와 연락처를 교환하는 모습을 보고, 아빠는 딸에게 친구가 생겼다며 순수하게 기뻐했다.

아야카와 씨와는 시나가와역에서 헤어졌다.

아야카와 씨는 인파 속에 멈춰 서서 내 눈을 똑바로 들여다보왔다.

"……그럼, 안녕."

어쩐지 익숙한 듯한, 너무나 차가운 인사였다.

『십계』〈클로즈드서클물〉의 또 다른 진화

✱ 작품의 스포일러를 언급하고 있으니, 본문을 먼저 읽어주십시오.

추리소설에서 '클로즈드서클'은 외부와 단절돼 고립된 장소를 뜻하는 용어다. 폭풍이 몰아치는 외딴 섬이나 눈보라가 치는 산장을 대표적인 예로 들 수 있겠다. 그리고 이러한 클로즈드서클에서 살인사건이 벌어지는 추리소설을 클로즈드서클물이라고 한다(『방주』옮긴이의 말 발췌).

이 작품 『십계』도 외딴 섬에서 살인사건이 벌어지는 이야기다. 그렇다면 작가의 전작 『방주』처럼 '클로즈드서클물'이 아닐까 싶지만, 두 작품의 성격은 사뭇 다르다.

『십계』에서는 스마트폰 전파가 잡힌다. 날씨가 좋아서 배를 부를 수도 있다. 연락과 외부 이동이 아예 불가능했던 『방주』와는 천지 차이다. 그리고 결정적인 차이가 하나 더 있다.

『방주』에서는 등장인물들이 생존하기 위해 반드시 범인을 밝혀내야 한다. 그러나 『십계』에서는 등장인물들이 생존하기 위해 절대로 범인을 밝혀내서는 안 된다.

등장인물들이 처한 상황, 등장인물들의 목표도 『방주』와는 정반대다. 이렇듯 '클로즈드서클물'을 거꾸로 뒤집은 모양새인 『십계』를 개인적으로는 '역클로즈드서클물'이라고 부르고 싶다.

이러한 '역클로즈드서클물'을 성립시키기 위해 작가는 제한 상황을 부여한다. 바로 등장인물이 지켜야 할 열 가지 계율, 즉 '십계'다.

섬을 떠나려 하거나 범인을 밝혀내려 하면 섬을 폭파해서 모두 죽이겠다는 내용(이밖에도 다수의 제한이 있음)의 십계가 등장인물들의 행동을 제약해 긴장감을 유발하고, 클로즈드서클이 아니건만 클로즈드서클의 효과를 발휘하는 역설적인 상황을 만들어낸다.

작가 유키 하루오는 『방주』와는 차별점이 있는 클로즈드서클물을 구상하던 도중에 이러한 착상이 떠올랐다고 한다. 그리고 "본격 미스터리에서는 특이하고 개성적인 캐릭터를 설정할 때가 많지만, 그보다는 특수한 상황에 휘둘리는 보통 사람을 그려내는 것이 재미있다"라고 말한다.

그 말대로 『십계』의 등장인물들은 죽음을 코앞에 두고 손발이

묶인 상황에서, 신이나 다름없는 범인의 계율에 따라 움직여야 한다. 범인은 누구일까. 왜 하필 섬에서 사람을 죽여야 할까. 시키는 대로 하면 정말로 살려서 돌려보내 줄까. 궁금한 점은 많지만, 범인의 역린을 건드리지 않게 조심하며 범죄(증거 인멸)에까지 협조하게 된다. 그러는 동안 죄책감은 점점 마비되고 범인에게 동조하는 의식까지 생겨난다. 일종의 스톡홀름 증후군이라고 할 수도 있겠다.

그런 가운데서도 '명탐정'적인 존재인 아야카와는 어떻게든 사건에 결판을 내기 위해 노력하고, 1인칭 화자인 오무로 리에는 아야카와에게 의지하는 모습을 보인다. 범인을 밝혀내면 안 되는 제한 상황에서 이야기는 어떤 결말을 맞을 것인가. 독자의 상상을 초월하는 결말이 기다리고 있다.

스포일러 방지 ------------------------------------

후반부에 접어들기까지는 설정만 색다른 평범한 본격 미스터리처럼 느껴질지도 모른다. 탐정 캐릭터 아야카와가 간결한 논리를 쌓아 올려 지목하는 범인은 의외의 인물이지만, 반전이 약간 아쉽게 느껴지는 것도 사실이다.

하지만 아야카와가 진범으로 밝혀지는 순간, 그리고 1인칭 화자 오무로 리에가 진범을 초반부터 알고 있었다는 사실이 밝혀지는 순간 아쉬움은 사라진다.

진상을 알고 본문을 다시 훑어보면 이야기가 완전히 다르게 읽힌다. 사건을 해결하기 위해 의욕을 불태우는 아야카와와 그런 그녀를 믿고 의지하는 리에가 실은 심리적으로 거리를 두고서 서로 떠본다는 것을 알 수 있다. 별 감흥 없이 넘어간 대화에서 긴장감이 묻어나고, 몇몇 문장에서는 확실히 위화감이 느껴진다.

1인칭 화자가 초반부터 진범을 알면서도 그 사실을 숨긴 것이 불공정하게 느껴질지도 모른다. 하지만 리에는 '십계'가 지배하는 섬에 있다. 살아남기 위해서는 절대로 범인의 정체를 밝혀내면 안 된다. 이는 작가가 도입한 특수 설정의 묘미를 최대한 살린 반전이라 할 수 있겠다.

하지만 여기서 끝이 아니다. 마지막 2페이지에서 아야카와의 사연이 드러난다. 아야카와는 결혼하기 전의 옛날 성씨다. 남편은 행방불명됐다. 멋대로 좋아하고 기대했다가 실망한 사람이 있는데, 그 사람이 어떻게 됐는지는 모른다. 그리고 익숙한 듯한 마지막 차가운 인사말, "그럼, 안녕."

『방주』를 읽은 독자라면 『방주』에서 어마어마한 충격을 선사했던 인물이 떠오르지 않을까?

확실하지는 않지만 유키 하루오가 『낙원』이라는 작품으로 '성서 3부작'을 마무리할 것이라는 소문이 있다.

일단은 『방주』의 배턴을 멋지게 이어받은 『십계』를 읽고 다시 한번 충격을 맛보길 바란다.

2024년 여름

김은모

십계

1판 1쇄 인쇄 2024년 6월 25일 | **1판 1쇄 발행** 2024년 7월 10일

지은이 유키 하루오 | **옮긴이** 김은모
편집장 민현주 | **디자인** 박진범 | **제작** 송승욱 | **총괄이사** 황인용 | **발행인** 송호준

발행처 블루홀식스 | **출판등록** 2016년 4월 5일 제2016-000100호
주소 경기도 파주시 회동길 483-1 | **전화** (031)955-9777 | **팩스** (031)955-9779
이메일 blueholesix@naver.com

ISBN 979-11-93149-23-2 (03830) | **정가** 16,800원